坂本佑介

よみがえる「ハムレット」

正しい殺人／死者の復讐

HAMLET

序　言

ウィリアム・シェイクスピア（一五六四～一六一六年）の『ハムレット』（一六〇〇年頃成立）は、皆が言っているような、或いは映画で演じられているような、さらにはシェイクスピア研究者、ハムレット研究者が述べているものとは、実は全く異なった物語である。確かに復讐譚《ふくしゆうたん》らしきものであり、かつハムレットとオフィーリアの悲恋らしきものが存在するという点では間違ってはいないが、シェイクスピアが作った大きな構想も、悲劇の内容も、ずたずたに切り刻まれ、今日まで、きたならしい、あり得ないような馬鹿げた物語として読まれてきてしまった。

自分の小賢《こざか》しい想念、先入観を棄てて読み進めると、新しい『ハムレット』がその壮大な姿を現してくる。シェイクスピア以前、そしてその後も、誰も書かなかったドラマが出現するのだ。常識に従って読めば、全く違った『ハムレット』が目の前に現れてくる。シェイクスピアもそれを待ち望んでいる。

やがて、シェイクスピア没後四百年を迎える。『ハムレット』を素直に読んで、シェイクスピアの苦心の技を、そして世にも不思議な（と言っても、どこにでも存在し得る現象ではあるが）物語を作った偉大な作家に、「ご苦労さま、さぞや四百年、待ち遠しかったでしょう」とねぎらいの言葉をかけようではないか！

二〇〇七年一月、たまたま本屋に立ち寄って、一冊の本を買った。岩波文庫版の『ハムレット』（野島秀勝訳、第六刷、二〇〇五年六月六日発行）である。特にシェイクスピアに興味があったわけではない。何十年か前、映画で『ハムレット』を観た記憶はあるが、本として読んだことはなかったので、「一度ぐらい読んでみようかな」という程度の軽い気持ちであった。

さて、一読したところ、なんだか、妙に持って回ったようなと言おうか、ぼんやりしたと言おうか、えらく物々しい言葉が連発される割には、印象の焦点が定まらない感じを受けた。

この本は全体で四一四ページある。訳文の下に注記がある上、巻末に補注三一項・三二ページ、解説に五六ページといった具合で、安価な文庫本にしてはなかなか充実している。

その本文や注記などに目を通したが、どうも私にはピンと来ない部分があった。私が疑問に思う場所には、特別な注記がなかったり、注記があっても私の常識には合致しない部分が存在した。やむなく、他の訳者による『ハムレット』も見てみたが、やはり似たりよったりで、私には納得がいかない。結局、納得がいかないをはるかに超えて、「異様な読み方がなされている」との結論に立ち至ってしまった。話の筋が読まれていない、シェイクスピアの書いたことが全く読まれていないことに気付いた。

何やら妙に形而上学《けいじじょうがく》的な言辞《げんじ》の飛び交う解説が山積みされてはいるが、シェイクスピアの描いた話の本筋が全くたどられていない。

　それで、自分なりに常識に照らして読むことにした。何も深く考える必要はない。シェイクスピアは、話の筋を見誤らないように、これでもか、これでもかとサインを送っている。

　だが、この分かりきった話の筋が、何故、四百年間もまともに読まれなかったのであろうか。私に言わせれば、四百年前のロンドンっ子たちは、当然、シェイクスピアが書いたとおりの話として受け取っていたはずである。

　当時、イギリスに君臨したエリザベス女王（在位一五五八～一六〇三年）は、根っからの芝居好きだったらしいから、おそらくこの『ハムレット』を観たり聴いたりしたことであろう。そして、入場料の安い平土間には、大工、左官、飲食店の主人、或いは小役人など、様々な庶民があふれていたに違いない。これらの人々も、妙に哲学的な言葉こそ吐かないが、「ちょいと妙な劇だったね。劇の終わり近くなって、パーッと語の筋が分かるように仕組むなんざー、洒落《しゃれ》てるぜ」などと言いながら、この一風変わった劇を味わったはずである。

　しかし、どうしたことか、現在では全く『ハムレット』が誤読されっぱなしである。信じ難いことである。おそらく、すべての人が、『ハムレット』に関しては、一行も読まないで、異様で自分勝手な想念、しかも意味不明な言葉の渦に巻き込まれているようだ。

　生まれて初めて『ハムレット』を読んで、「四百年間も分からなかったことが分かるはずがない」という声が聞こえてくる。そこで、一つだけ、目覚し時計を掛けてお見せしよう。

この劇は、デンマークの先の王（実は弟のクローディアス＝現在の王に毒殺された）がハムレットの前に現れるところから展開する。この時の甲冑《かっちゅう》姿、それは三十年前に先王ハムレットがノルウェイを討ちとった際の格好なのである。

この亡霊について、ハムレットの親友ホレイショーが「ノルウェイ王をやっつけた時の甲冑姿でした」とハムレットに説明する。これに関し、ホレイショーが先王の三十年前の甲冑姿を知っているはずがない、というのがおおかたの研究者の主張である。本文の中で詳述するが、シェイクスピアは、若き日の先王の肖像は全国民が知っていた、と書いているのだ。それなのに、研究者は、そんなことはあり得ない、と四百年間も言い続けている。こんなお粗末な研究が四百年も続いていいのだろうか。

これでは、シェイクスピアがあまりにも可哀相である。シェイクスピアは、イギリスのロンドンからそれほど遠くない、ストラットフォードに在る、ホーリー・トリニティ教会内陣北側に〝陣取っている〟とのことだ。その辺りでは今も地響きがしていることだろう。

「ハムレットは、母王妃の再婚が悲しくて、或いはすぐさま再婚するような淫乱な母の汚《けが》れた血が自分の中に流れているのが忌まわしくて、苦悩のどん底に蹴落とされている……？　ちょいと待ってくれよ、俺はそんな劇……それじゃー悲劇じゃないぜ。三文作家の喜劇でもない！」と、シェイクスピアは大声をあげ、そして哄笑《こうしょう》していることだろう。その哄笑で、その墓の辺りでは地鳴りがしているに違いない。

それともシェイクスピアは、天国で、あの気高く美しいエリザベス女王や天下の名探偵シャーロック・ホームズたちと談笑しているのだろうか。

クイーンは言うだろう。

「沙翁よー、シェイクスピアさんよー、『ハムレット』を聴いたよ。今まで、この世になかったような劇だねえ」

「お分かりでしたか、女王は？」と沙翁。

「亡霊出現の前の烙印《らくいん》の長科白《ながぜりふ》を聴いて、亡霊の姿を見て、その後のふざけた第一独白を聴いた時、全部分かったわよ」と、女王はその面長《おもなが》の顔で笑いながら言う。

「さすがは女王陛下だ。名探偵たる私でさえ、第三幕第二場でハムレットが『父王が亡くなってまだ二時間』という科白を吐くまでは、真相が分かりませんでした」とホームズ。

「だってホームズさん、私は、貴方もご存じの通り、若い頃からいろいろあったでしょう、この世の裏側ぐらいすぐ分かるわよ。それでなくちゃ、このイギリスを〝世界のイギリス〟にできないわよ。私は私なりに苦労しているからね」と女王は、冷たいが、人を引きつけないではおかない微笑をホームズに向ける。

「私としてはですね、平土間の連中も第五幕第一場では真相が分かるようにしておいたつもりですが」と沙翁。

「そうだわね。でも、サービスが過ぎるんじゃない。前もって第五幕第一場のあの科白に注意せよ、だなんて言って。それにしても今、下界では、ハムレットが、再婚した母の淫乱の血が流れているのが忌まわしくて苦しんでいるのだ……などと言ってるんですって。まるで馬鹿だね。そんなこと言われたんじゃ、私なんかどうなるの。私の異母姉メアリーは近親相姦の子でしょう。でも、私の前にしばらくイギリスを治めたわよ。あっ、それに私の母アン・ブリンは、不義密通のかどで、私の父に処刑されちゃったじゃない！　私なんか、どんな悩みに苦しめって言うの、馬鹿は死ななきゃ治らない。それにしても、私はしゃくにさわるわよ。何が？　ですって。百年ぐらい前だったかねー、誰かが言ってたわー、『イギリスは、仮にインドはじめその全植民地を失おうとも、シェイクスピアは失いたくない』だって。私の苦労より、沙翁のペンのほうが大事だってさあー」と女王。

「お嘆き召さるな、我らがクイーン。クイーンの気高いお美しさは、何ものにも代えられません。それに今日のクイーンは、戴冠式《たいかんしき》の時のお召物をお着けですね」とホームズ。

「ホームズさん、あの時の私の姿を知ってるの？」

「知らないでどうしましょう、誰一人知らない者はいません。酔っぱらいのぐうたら王様の肖像画だって、飛ぶように売れるっていうのがこの世だそうです。沙翁の言によりますとね。当然、女王の肖像画は全国民が持っています」と言って、ホームズはパイプに手を伸ばす。

「沙翁も何かおしゃべりしなさい、そんな斜《はす》に構えないで」とクイーン。

「それでは、ひとこと。あのフロイト博士までが読み間違ったのが残念です。エディプス・コンプレックスとかいう疑似餌《ぎじえ》に飛びつきまして、その先を読んでくれませんでした」と沙翁。

「そうねえ。でもハムレットは、神経症は治らなかったのかねえ、きっとそうよ。最後まで言語化しなかったのねえ」とクイーンの人間観察力は鋭い。

「そうでございます、クイーン。後は申しますまい」と沙翁。


『ハムレット』という劇は、先王ハムレットが弟に殺され、その弟がハムレットの母たる王妃と再婚し王位に就く、先王の亡霊が王子ハムレットに復讐を命ずる、一応その復讐は終了する、という簡単な物語。附随的に、ハムレットとオフィーリアの恋が語られる。オフィーリアは入水《じゅすい》自殺。いたって簡単な物語（となっている）。


本書では、「第3章　独白の検討」までは、私の言う〝真相〟は明確には書かない。賢明なる読者のために、念のため、時代背景（と言うほどのものではないが）を記しておこう。「母たち／父たち」という変な言葉があるそうである。しかしこの物語は、そんな時代のものではない。そんな時代があったかどうかも知らないが、『旧約聖書』の時代も、すでに「母たち／父たち」の時代ではない。「母は誰、父は誰」の時代である。

『ハムレット』が書かれた一六〇〇年頃もそうである。おそらく現在もそうであろう。これが時代背景である。少し短かすぎたかな？

以下本文において、
福田恆存訳、新潮文庫『ハムレット』（一九六七年）は「新潮版」

松風和子訳、ちくま文庫『ハムレット』（一九九六年）は「ちくま版」

永川玲二訳、集英社文庫『ハムレット』（一九九八年）は「集英版」

高橋康也・河合祥一郎編注、大修館書店『ハムレット』（大修館シェイクスピア双書、二〇〇一年）は「大修館版」

野島秀勝訳、岩波文庫『ハムレット』（二〇〇二年）は「岩波版」

河合祥一郎訳、角川文庫『新訳 ハムレット』（二〇〇三年）は「角川版」

と略記する。ページ数のみのものは岩波版からである。


なお、大修館版解説によれば、『ハムレット』の英文テキストとして信頼できるものは、次の二つとの由である。

1　第2四つ折本（第2クォート版 Second Quarto Q_2と略記される）。一六〇四～〇五年刊行。

2　第1二つ折本（フォリオ版 First Folio Fと略記される）。一六二三年刊行。

ちなみに、岩波版は、基本的にはQ_2系列のテキストに基づくものの由（同書 p 367）。Fに基づくのは角川版だとのことである。本文中で「フォリオ版」と表記しているのは、右のF即ち第1二つ折本を指す。

やむを得ず、各訳書・著書の記述内容、考え方、結論などについて、口汚くののしることとなった。しかし、書かれたものを素直に常識をもって読むことは、シェイクスピアに対しての最低限の礼儀ではなかろうか。こう読むことにおいてのみ、悲劇と言い得るものとして、『ハムレット』が生きてくる。現在流布《るふ》しているような読み方は、シェイクスピアを侮辱しているとしか言いようがない。

確かに、有史以来誰も書かなかった、そしてシェイクスピア以後も誰も書かなかった形式による作品である。とは言っても、全く単純明解な作品である。このような形式を、シェイクスピアは単なる技巧として取り入れたのではない。こういう技巧を使わざるを得ないところに『ハムレット』の悲劇性がある。シェイクスピアは小手先《こてさき》のことで人間の魂を引きずったりはしない。どこにでも存在することを表現するだけである。

技巧と内容に必然性、必然的関連性があるという意味において、鑑賞に耐えるものと感じる。シェイクスピアは何回も書き直したり、添削したはずだ。観客の反応を見ながら、書き足したりしたとも思える。真相が知られるように、との思いで努力に努力を重ねた。しかし、それが全く無視されたまま、シェイクスピアの作った大きな路を歩こうとせず、勝手に道なき道をかきわけながら、妙な形而上学的言辞が飛び交う現状は、黙視するわけにはいかない。

シェイクスピアが苦心して作った、ちょっと曲がりくねってはいるが、立派な舗装道路を歩こうとせず、異常異様な想念に取り憑《つ》かれ、道なき道をかきわけて、生い茂る雑草と塵芥《ちりあくた》の間から、眼を引きつらせながら、

「この作品は、遠近法をもって書かれておりますぞ！」

「大発見ですぞ！　ハムレットの恋文は、実は偽造である。その偽造者も、はや突きとめられ、その偽造の動機も謎解きしましたぞ！」

「仮面と憂鬱と、そして鏡でありましょうぞ！」

「いやいや、ハムレットは男でなくて、女であります。ある女が男装しました。そして、女ハムレットは、ホレイショーに恋をしました。ハムレット嬢とオフィーリアは恋仇《こいがたき》と見ました！」

「先王殺しなど、真っ赤な嘘。悪賢いハムレットが、亡霊を捏造《ねつぞう》し、王クローディアスの追い落としを企みはじめました」

「いや、私は、研究に研究を重ね、王妃ガートルードの実家を遂につきとめましたぞ」

等々とわめいている現状は、喜劇を通り越して、無限の不潔感を帯びている。

『ハムレット』を一行も読まないで、世迷い言《よまよいごと》のはびこる不毛の地を逃れて、平凡な青年がたどった悲しい道を一緒に歩いてみよう。シェイクスピアとしては、作品としてこの世の中に投げ出したからには何も言わないだろうが、せめて話の筋ぐらいは読み、そして壮大な技巧の一端だ

けでも賞め称えてやらねばならない。

ところで、この頃は世の中が世知辛《せちがら》くなっている。何にでも「賞味期限」を書かねばならないのだそうだ。「この本の賞味期限は？」と問われたら、私は、何のためらいもなく「零年《ぜろねん》です、シェイクスピアが読まれなくなってからの」と答えておこう。

参考文献の蒐集《しゅうしゅう》には各図書館の方々にお世話になった。また、粗原稿の整理やワープロ入力についてはS・Aさんにご協力をいただいた。感謝の念、無限なり。

なお、「第11章『ハムレット』創作の動機」の末尾に、一六〇〇年に起きた殺人事件の判決要旨（ワッツ対ブレインズ事件）を添えた。私としては、この事件が『ハムレット』創作の具体的なきっかけになったものと考えている。

「挑発なければ正当殺人なし」（心を汚さない殺人とは？）という新判例（イノベーション）だそうである。

この判決要旨の解読には、大塚芳典氏（弁護士）にご協力をいただいた。深謝。また、出版に際しては海鳥社の別府大悟氏にお手数をかけた。同氏との打ち合わせの過程において、私の原稿の毒気が薄れ、幾分上品な本になったようだ。

よみがえる「ハムレット」◉目次

よみがえる「ハムレット」

正しい殺人／死者の復讐

＊以下、断らない限り、『ハムレット』からの引用ページ数は、野島秀勝訳・岩波文庫版（第六刷）より。また、登場人物など固有名詞の表記も原則として同書に従った。

第1章 『ハムレット』の概要

第一幕第一場（p11～25）

場所　デンマーク・エルシノア城の塔上の見張り台、真夜中
人物　ハムレットの親友ホレイショー／衛兵マーセラス・バーナードー・フランシスコー

〔内容〕

1　ノルウェイのフォーティンブラス王子は、父王がデンマークの先の王ハムレットに奪われた領土の奪還をめざして、デンマークに戦争をいどみかけようとしており、デンマーク民衆は日曜返上で軍備増強に追われている。見張りも二十四時間態勢の緊迫した状況。

2　二日続けて先王ハムレットの亡霊が胸壁に現れた。そこで、ホレイショーが確認のためにやって来ている。

3　前二日と同じように、先王の亡霊出現。先王の亡霊は全身甲冑姿。ノルウェイ王を打ち負かしたあの日の勇姿。ただし、兜《かぶと》の面頬《めんぼお》をあげたその顔はしかめたような表情。この表情は、かつて氷原の決戦で橇《そり》に乗ったポーランド軍を打ち砕いたその時のもの。

［備考］

1　真夜中の十二時に、見張りの衛兵が交代することになっている。交代のためにやって来た衛兵バーナードーが歩哨に立っているフランシスコーに対し、「誰だ、そこにいるのは？」という声で、この劇は始まる。

2　この科白《せりふ》について、「identity（正体・同一性）への問いかけで芝居は始まる」（大修館版ｐ85）と言う人もいるし、また、「先に歩哨に立っていたフランシスコが、逆にバーナードーに誰何されてしまう、この関係性の逆転、及びアイデンティティの問いかけは、この芝居全体のモチーフとなる」（角川版ｐ7）と言う人もいる。

identity への問いかけがあるという点は、或る意味では理解できないでもない（後述）。が、関係性の逆転という点は、何を意味しているか理解できない。ただ、シェイクスピアがこの劇の真相を暗示するため最初の仕掛けをしている、とだけ記しておこう。

3　ホレイショーは、先王の亡霊の甲冑姿を、ノルウェイ王に打ち勝った時と同じだと言っている。この点に関し、この勝利の戦いは「三十年前のことである。ホレイショーがそのときのことを知っているはずもない。しかし、こういう矛盾をシェイクスピア劇に探し出したらきりがない」（p16）という指摘があり、一方では「三十年前のことだから、知りえないはず。キャラクターの領域を超えた、芝居全体の語り部としてのホレイショーの役割がここにある」（角川版p11）との指摘もある。

しかし、右二つの指摘は、全く不当である。むしろ私には、右のような指摘がなされることが理解できない。異様とさえ思えてくる。

第一幕第二場（p25〜45）

場所　城中会議の間

人物　王／王妃／大臣ポローニアス／その息子レアティーズ／廷臣ヴォルティマンド及びコーニーリアス、全員盛装

王クローディアスの戴冠式終了直後の最初の御前会議というところか。ハムレットは黒の喪服姿で出席。

［内容］

1　王は兄たる先王ハムレットの跡を継いで、王位に就き、先王の妻（ハムレット王子の母）と

結婚したことについて、参列者一同が賛同してくれたことに対し、謝意を述べる。
2　次いで、現王の最初の公務。先王ハムレットに奪われた領土の返還を、ノルウェイのフォーティンブラス王子がデンマークに強要し、戦争の準備をしている。このような暴挙を慎むようにとの親書を、王クローディアスはノルウェイ王に送ることにした。その使者に廷臣コーニーリアスとヴォルティマンドを任命する（この親書の効果があったらしく、ノルウェイがデンマークに戦争を仕掛ける危険性はなくなる）。
3　最初の右公務終了後、大臣ポローニアスの息子レアティーズに対し、王は、親が子に対するように温かい言葉をかけ、フランス行きを許し、「レアティーズ」と名前を呼ぶ。
4　その後、王位承継第一順位者たるハムレット王子に対し、「わが甥、いや、わが息子」と声をかける。
5　王、王妃はハムレットに対し、父たる先王の死を悲しむのもほどほどにしなさい、と言う。
6　ハムレットは、「ぼくの胸の底には……見かけを超えたものがある」と言う。
7　次いで、第一独白。私は、「沈黙の独白」と名づけたい。
8　第一独白終了後、親友ホレイショーらが登場し、先王の亡霊出現のことをハムレットに告げる。
9　ハムレットは、ホレイショーに、先王の亡霊について「髭《ひげ》は灰色だった、そうじゃなかったか？」と尋ねる。ホレイショーは「御生前、お目にかかったときと同じ、黒に銀色のものが混じっておりました」と答える。

［備考］

1　王の最初の公務が、ノルウェイ王に親書を送ることである。戦争前夜の雰囲気である。デンマークは国家存亡の危機を迎えるかもしれないという局面である。

2　ハムレットは、喪服姿で、かつ「額の雲は晴れぬ」（p30）陰鬱な表情である。母が、先王死亡後、またたく間に先王の弟である現王と結婚したことに対する怒りや苦しみ、さらには、この母の子であるからには、自分にも母の汚れた血が流れているという苦悩等々が原因であるだろうというのが、一般的な理解のようである。が、果たしてそれでいいのだろうか？

3　レアティーズは大臣ポローニアスの息子ではあるが、親の仕送りでフランスの大学に行っている若造が、最初の御前会議に姿を見せているというのも、妙な話である。それ以上に、ハムレットに声を掛けるに先だって、王が「レアティーズ」と呼びかけるのは、一体、何事か？と疑いたくもなる。この点について、「クローディアスは王に選ばれた際、世話になったポローニアスの息子に愛想をふりまいている」（p28）と見る人もいるようである。随分、穿《うが》った読み取りであると感心はする。が、果たしてそうだろうか？　勿論私も、王クローディアスの人間観察力はなかなかのものであるとは考えている。

4　先王の亡霊について、ハムレットは「髭は灰色だった、そうじゃなかったか？」と尋ねている。一体、何のために尋ねたのだろうか？　気になっているから尋ねたのだ。ホレイショーが「そうだった」と答えた時、ハムレットはどのように思っただろうか。このあたりのことについて、誰かちゃんとした説明をしてくれているだろうか。是非、ご高説を伺いたいものである。

第一幕第三場（p45〜56）

場所　ポローニアス邸の一室
人物　レアティーズ／その妹オフィーリア（ハムレットの恋人）／父親の大臣ポローニアス

［内容］

1　レアティーズはフランス留学に出かけるに際し、妹オフィーリアに、王子ハムレットとは身分が違うのだから、簡単に結婚できるとは限らない、だから深入りしないように、と忠告する。これに対しオフィーリアは、「他人には身をつつしめと言いながら、ご当人は道楽三昧《ざんまい》の、どこかの牧師さまじゃ、困りますよ」といったふうな言葉でやりかえす。

2　大臣ポローニアスは娘オフィーリアに対し、ハムレットと会うのも駄目、つれなくせよ、それが身のためだ、と説教する。この後オフィーリアは、この忠告を守ったらしく、王子を避けていたようだ（現実の場面としては現れないが、後日、オフィーリアがそのことを教えてくれる）。

［備考］
オフィーリアが兄にやり返すところがなかなかの見どころである。勿論、文句自体は当時ありふれたものだろうが、しかし、咄嗟《とっさ》にこんな切り返しができるのは、精神が自由な証拠である。このオフィーリアが自ら死の道を選ぶのだから、悲しい限りである。

第一幕第四場（p57〜64）

場所　城壁の塔上
人物　ハムレット／ホレイショー／衛兵マーセラス

［内容］
先王の亡霊の出現を待っている。風と寒気の城壁の上まで、城内の宴会のざわめきが伝わって来ている。ハムレットはホレイショーに、「自分の責任でもない、しかも、実質的には欠点でもない痣《あざ》みたいなものでも、ひとたび烙印として押されてしまうと、貴く美しいものも台なしになってしまう」という趣旨の謎めいた科白をしんみりと述べる。私は「烙印の長科白」と

命名しておく。
この長科白が終わった瞬間、先王の亡霊が現れる。そして、ハムレットを手招きする。

第一幕第五場（p64〜79）

場所　城壁下の空地
人物　ハムレットと亡霊

［内容］
1　亡霊はハムレット一人を、空地まで連れて行く。
2　亡霊は甲冑姿。この姿は三十年前のものであることが、劇の終末直前に明らかにされる。
3　亡霊は自分は「毒蛇に嚙まれて死んだことになっているが、実は、弟たる現在の王に毒殺されたのだ」と言う。ハムレットは「予感していたとおりだ！」と答える。亡霊に対し、復讐を誓ったような形になってしまう。
4　次いで、第二独白。「復讐誓約の独白」というところか。しかし、全体としてふざけた感じの独白である。
5　亡霊は一旦姿を消すが、ハムレットがホレイショーたちに、亡霊出現のこと、及び自分は気違いの振りをすることがあるが、そのことも秘密にしてくれと頼んでいる場面で、姿は見せないが地下から「誓え」と何回も声をかける。

6　ハムレットの最後の科白は「世の中の関節は外《はず》れてしまった。ああ、なんと呪われた因果か、それを直すために生れついたとは！」である。

［備考］

1　亡霊は甲冑姿で出現。なぜ、ノルウェイに打ち勝ったその日の姿で出現したのだろうか？この点について合理的な解答をした人はいないようだ。格好よく見えるから甲冑姿をしたままだ、とでも言うのだろうか？　しかも、この姿が実は三十年前のものだと知らされるのは、劇の終わりの直前である。シェイクスピアもなかなか芸が細かいとしか言いようがない。

2　亡霊は一旦、姿を消した。しかし、すぐ後で地下から声を掛ける。この場面について、識者も一体何事か？　と困惑しているようだ。その理由は何か？

第二幕第一場（p81～91）

場所　ポローニアス邸の一室
人物　大臣ポローニアス／家来のレナルドー／次いで娘オフィーリアが取り乱した様子で登場

［内容］

1　フランスに留学している息子レアティーズに金と手紙を届けるのを、ポローニアスがレナルドーに頼む場面。届けたついでにレアティーズの素行も調べて来てくれ、と頼む。

2　オフィーリアが現れ、ハムレットと会った時の様子を告げる。

「お上着の胸をはだけ……わたくしの顔をじっとお見つめになり……こんなふうに三度もうなずかれながら……」

3　ポローニアスは、自分の命令で、オフィーリアがハムレットにつれなくしたので、ハムレットは失恋の悩みの末に狂ったと判断したようだ。

4　ポローニアスは「この恋の沙汰、隠しておいたら、先々面倒なことになる。（王に）お話ししてお憎しみを受けるほうがましだ」と言う。

［備考］

1　オフィーリアの告げたハムレットの奇妙な様子は、万人を悩ますものらしい。私には「愛していた。しかし別れねばならない」とハムレットが言っているように思える。ただし、オフィーリアはその真意が分からず、恐怖に襲われる。

2　何故、ポローニアスは、この恋を王に告げなければ先々面倒なことになる、と言っているのだろうか。「王子と、国務大臣とはいえ王統の血を引いていない者の娘との親密な関係をほのめかせば、王の不興を買うのは必定だから」（p91注記）との説明もあるが、今ひとつピンとこない。

第二幕第二場（p91〜136）

場所　城内、謁見の間
人物　王／王妃／ローゼンクランツ／ギルデンスターン（この二人はハムレットの幼い時の友達）／次いで大臣ポローニアス

［内容］

1　ハムレットが外面的にも内面的にも変わり果ててしまっている。王としては、先王の死以外に原因は見当たらないと言う。かつての学友二名に、ハムレットを楽しみ事に誘い、同時にハムレットの心の秘密を探ってくれ、と頼む。

2　大臣ポローニアスは、ノルウェイに派遣した使者が、「ノルウェイはデンマークに対し、何の要求もしない」という嬉しい知らせを持ち帰ったこと、及びハムレットの悩みの原因はオフィーリアに対する恋であることが判明した、と報告。

3　ポローニアスは「それがしには娘が、それがしのものでいる限りは、一人おりまして」（p

100）と妙な科白を吐く。

4　ポローニアスは、ハムレットのオフィーリアに対する恋文を読み上げる。

5　王妃は、ハムレットの悩みの原因は、先王（父）の死と、私たちの早過ぎた結婚以外には見当たらない、と言う。

6　ポローニアスの提案で、ハムレットとオフィーリアの会話を、王とポローニアスの二人で盗み聞きをすることとなる（ハムレットの心の内を探るため）。

7　王、王妃が退場し、ポローニアスがいるところにハムレット現れる。そして、大臣に対し「あんたは魚屋」だと言う。

8　元学友の二人に対しハムレットは、俺の心の秘密をさぐりに来たのだろう、と詰め寄る。さらに「すっかり気が滅入って……頭上を覆うこの美しい天空……穢らわしい毒気の凝塊《かたまり》としか見えない……人間など塵《ちり》の塵……女とて同じだ」（p115）と厭世《えんせい》的科白を吐く。

9　現在の王の肖像画が高い値で売れているという。

10　ハムレットは「ぼくは北北西の風が吹くときだけ狂うんだ。南風なら、鷹《たか》と鷺《さぎ》か、そのくらいの見分けはつく」（p120）と理解不可能な科白を吐く。ただし、私には理解可能である。

11　旅役者登場（ハムレットが、かつて都でひいきにしていた者）。次いで、大臣ポローニアス登場。ハムレットはローゼンクランツに、大臣は「まだ襁褓《おしめ》をしたままなんだ」（p120）とささやき、ローゼンクランツは、「……年寄りは赤ん坊に帰るといいますから」と返事をする。

12　ハムレットはポローニアスに「エフタ爺《じい》さん」と呼びかける。ポローニアスは「それがしをエフタと呼ばれますなら、いかにも、こよなく愛でる娘が一人ございます」（p122）と。

13　旅役者に『ゴンザーゴ殺し』という劇（ハムレットは『鼠取り』即ち「わなをかける」の意の題名も付けている（p172））を演じてもらうことになる。元々の劇に科白を足したりして、クローディアスの先王ハムレット殺害を暗示させ、これに対する反応を見て、現王の先王殺しが事実かどうかを見きわめようとの魂胆《こんたん》？　真相はそうではない。

14　この後、第三独白。「罠《わな》仕掛けの独白」とでもしておこう。

［備考］

1　この第二幕第二場は、一見すると分かりやすい。劇を演じて、現王の、兄たる先王の殺害について確証を得たいとハムレットは考える。現に、王は罠にはまり、あわてふためいて、見せかけとはいえ、罪の赦しを神に祈ったりするのであるから。

2　ハムレットはポローニアスをつかまえて、「あんたは魚屋だ」（p106）という。魚屋というのは女衒《ぜげん》を意味する隠語でもあるそうだ（補注p331）。現に新潮版では「魚屋」を「女郎屋の亭《てい》主《しゅ》」（p62）と訳している。集英版によれば、「（魚屋）は『女郎屋』を意味する隠語。魚屋のかみは淫乱、多産とする当時の俗説からも娘（オフィーリア）の妊娠という連想が働く」（p83）と指摘する。大修館版は、「『魚屋』には『女衒』とか『狡猾な裏切り者』といった裏の意味があったとされるが、最も重要なのは……『魚屋の妻や娘は美人で男好き』という当時イメージがあったことであろう」(p177)と指摘。一体、シェイクスピアは何を暗示しようとしたのであろうか。

3 「魚屋」のほうは何だか分からぬでもないが、次の「まだ襁褓をしたまま」というのは、品がなさすぎる。

4 次に、ポローニアスを「エフタ爺さん」と呼ぶ。

『旧約聖書』士師記《ししき》11以下によれば、エフタはアンモン人と戦う破目に立ち至った。エフタは神に「戦いに勝たせていただけたなら、戦いから無事家に帰った時、家の戸口から、わたしを迎えに出て来る者を主《しゅ》のものといたします」(『日本聖書協会聖書』新共同訳。以下、聖書の文言を記載する時は原則としてこの版に従う)と約束した。戦いに勝ったら、誰かを犠牲《いけにえ》、しかも焼き尽くす献《ささ》げ物といたします、と約束した。

戦いに勝って家に帰ると、娘が鼓《つづみ》を打ち鳴らし、踊りながら出て来た。一人娘である。しかし、主との約束は守らねばならない。娘は二カ月間、山で友達と暮らした。その後、処女のまま死んだ。

ポローニアスを「エフタ」と言うからには、ポローニアスは身内の者の誰かを犠牲として差し出したことになる。一体、何を意味するのか? 岩波版は、「オフィーリアを囮《おとり》=犠牲にして、ハムレットの心の秘密をさぐろうと策しているポローニアスへの当てつけである」(p

122）と記載する。随分と惨酷な当てつけである。おそらく、そんな体裁のいい話ではないのではなかろうか。

5　［内容］10に記載の「北北西の風……」の科白の解釈は多種多様である。私は謎掛けであると判断する。

6　ハムレットのオフィーリアへの恋文を大臣ポローニアスが読み上げる（p101）。

「なべての星、燃ゆる焔なるを疑うもよし……なれど、われ君を愛するを、ゆめ疑うことなかれ……」

この恋文は、他人が偽造したのだという説がある。もし、そうならば、シェイクスピアはどこかに、その証拠を残すなり、暗示する場面なり科白を入れるはずである。何の情報も提供されないのに、偽造と考えるのは不当である。偽造説に立つ方々としては、ハムレットが書いたにしては程度が低い、出来が悪いとの判断があるようだ。恋文を書いた時期の特定が最初になされるべき作業である。

第三幕第一場（p137～152）

場所　謁見の間の控え廊下

人物　王／王妃／ポローニアス／ローゼンクランツ／ギルデンスターン／オフィーリア／最後

にハムレット

王とポローニアスがハムレットとオフィーリアの会話を盗み聞きする場面

［内容］

1　二人の元学友は、ハムレットの乱心の原因はつかめなかった、と王に報告。

2　王妃はオフィーリアに、ハムレットの乱心の原因が「オフィーリアの美しさゆえであればいい」と言い、オフィーリアも「わたくしも願っております」（p140）と答える。

3　ハムレット登場。第四独白、「生きるか、死ぬか」（p142）の独白。

4　オフィーリアは、かつてハムレットから貰った贈物を返そうとする。ハムレットは「受け取れぬ。何も与えた憶えはない」（p144～145）と言う。

5　ハムレットはオフィーリアに、「愛してなどいなかった」、そして「尼寺へゆけ」と言う。さらに「雪のように純潔であっても、世間の誹《そし》りはまぬがれない」（p148）などと言う。オフィーリアは変わり果てたハムレットの姿に悲嘆する。

6　ハムレットは「女は淫らなことをさんざしておきながら、なにも知らなかったの、などとぬけぬけと言う。……おかげでおれは気が狂ったんだ。もう結婚など要らぬ――すでにしている奴はしかたない、一人を除いて、生かしておこう。ほかの者どもは今のまま独り身を守るのだ。さ、ゆけ、尼寺に」などと言って引きあげる。

7　右の状況を見た王は、ハムレットの心は恋に向かってはおらぬ、狂人でもない、何か魂胆がある、危険なことが飛び出してきそうだと感じ、そして、ハムレットをイギリスへ行かせようと決断する。

しかし、大臣ポローニアスは、あくまで恋ゆえの狂気と言い張り、あと一回、ハムレットの心の内を探るため、ハムレットと母王妃の会話を盗み聞くことにしたい、イギリス行きはその上で決定してもいいのではないか、と提案する。王はこの提案を了承する。

［備考］

1　尼寺の項については、後に検討したい。

2　6では、「一人は殺す」ということを述べている。皆は当然、クローディアスを指すと考えているようだ。しかし、文脈から見ると「淫らな女の一人を殺す」と読むのが自然ではなかろうか（後述）。

3　王は、ハムレットは狂っておらず、恋が心の中心にあるのではない、何か危険なものがあると感じ、デンマークから出そうと決断した。自分の兄殺しを勘づかれたと思ったのだろうか？なかなかに観察力の鋭い王であるからには、それ以上のことを推察したのかもしれない。

第三幕第二場（p152〜183）

場所　城内の広間
人物　王／王妃ら、その他の廷臣／ハムレット／オフィーリア／ホレイショー
『鼠取り』こと『ゴンザーゴ殺し』という劇が上演される場面

〔内容〕

1　王、王妃らが登場する前に、ハムレットは「劇は真実を映す鏡だ」云々と演劇論のひとくさり。最後に、「道化役には台本に書かれている科白以外はしゃべらせてはいけない」（p155）と言う。しかし、『ゴンザーゴ殺し』には道化役は出てこない（？）。

2　ハムレットは親友ホレイショーに、観劇中の王の表情を注視するように頼む。兄王殺しが事実なら、王に何らかの反応が見られるだろうから、と。

3　ハムレットはオフィーリアの膝の間に頭をのせて観劇する。そして、オフィーリアに、父上が亡くなってまだ二時間もたっていないのに、母上は王と仲睦まじくやっている、と言う。オフィーリアは、四カ月になります、と言う。

4　『ゴンザーゴ殺し』の劇中、殺人者が叔父を殺す場面で、ハムレットは「あの人殺しがゴン

ザーゴの細君を口説きおとす」（p174）と言ったところで、王は顔面蒼白となり、退出する。

5　ポローニアスがハムレットに「王妃がお呼びです」と告げる。

6　「いずれそのうち行く」と言った後、誰もいなくなったところで、ハムレットの第五独白。「母殺しの独白」としか命名のしようがない。

［備考］

1　この場面は、先王死亡後四カ月経っているらしい。だのに、ハムレットは二時間しか経っていない、と言う。第一幕第二場では「二月《ふたつき》！　いや、一月《ひとつき》も経たぬ間に」（p35～36）と言っていたのに、今度は「二時間」と言う。「時間の相対性」などというとてつもない言葉が出現して、何冊もの本が出版されそうな気がする。しかし、そんな形而上学的なことではないのだ。シェイクスピアの親切なサインである。「真相を見てください」というサインである。勿論、母王妃の再婚をきっかけにハムレットの心の内に生じた疑念、その疑念のごく一部をシェイクスピアは見せてくれているのだ。

第三幕第三場（p184～192）

場所　謁見の間

人物　王／ローゼンクランツ／ギルデンスターン／ポローニアス

［内容］

1　王は、ハムレットをイギリスへ連行するようローゼンクランツらに命じる。先王殺しを確知されたからには、この危険なハムレットをデンマークから追放するしかない。「足枷《あしかせ》をはめねばならぬ」（p185）と言うからには、イギリスの王宮に監禁してもらうつもりか。

2　ポローニアスが「母王妃がお呼びです」とハムレットに告げる。ポローニアスは二人の会話を盗み聞きする算段。

3　王は、先王殺しの罪のゆるしを神に祈る（ふりをする）。ハムレットは、王を刺殺しようと剣を抜くが、祈りの最中に殺したのでは、もしかすると王は地獄ではなく天国に行くかもしれない、盗っ人に追い銭だと思い、刺殺を中止したことになっている。私はそのようには解さない。

4　第六独白、「地獄送りの独白」というところか。しかし、口先だけかもしれない。

第三幕第四場（p192～210）

場所　王妃の居間

人物　王妃／次いでハムレット
　　ポローニアスは壁掛けの陰に隠れる

［内容］
1　ハムレットが母に嫌《いや》みばかり言うので、母王妃は「誰か話のできる者を呼びましょう」と言って立ち上がる。そこでハムレットは母の腕をつかみ、「じたばたするのは見苦しい。今、鏡を据えて、その心の奥底まで映して御覧にいれます」と言う。
　母王妃は、「何をなさる？　まさか殺すつもりでは？　あ、助けて！」と叫ぶ。壁掛けの陰に隠れていたポローニアスは「おお、大変だ！　助けてくれ！　誰か、誰か！」と叫び声を上げる。

　咄嗟にハムレットは、「何だ！　鼠か？　くたばれ」と言って壁掛けに剣を突き通す。ポローニアス死亡。ハムレットは「お前の目上の奴（王を指す）と間違えたのだ」とうそぶく。
2　この後ハムレットは、母王妃の情欲を激しく責め立てる。さらに現王を「人殺しの悪党」とののしる。
3　そこへ、先王の亡霊が部屋着姿で現れる。ただし、王妃には亡霊の姿も声も感知されない。亡霊はハムレットに「お前のその鈍った心を研ぎすますため」に来た、母王妃については「苦しみもがく魂をかばってやれ」と言う。

4　最後に、ハムレットは母王妃に「何もかも吐いてしまえばいいのだ……隠しおおせるわけはない……」（p208）と意味不明なことを言う。母王妃は「その心配は無用です」と答える。

5　母王妃の言葉で、ハムレットは母の決意を了解したのであろう。直ちに話題を切りかえて、イギリス行きのことを話す。

6　ポローニアスの死体に向かって「秘密も洩らさず……」（p210）と言う。

［備考］

1　腕をつかまれ、鏡に映し出すと言われて、王妃は「まさか殺すつもりでは？　あ、助けて！」と悲鳴を上げる。鏡を見る勇気がないようだ。隠された何かがあるに違いない。ハムレットに「何もかも吐いてしまえばいいのだ」と言われ、遂に母は或る決意をしたらしく、「……命もないのだから」（p209）と言う。ハムレットは了解した。要件は終わったのだ。そして、イギリス行きの話題に移る。緊迫と転換の描写は見事と言うしかない。シェイクスピアの筆力が冴えわたる場面である。

2　ハムレットはポローニアスを刺殺したが、本当に王と間違えたのだろうか？

3　亡霊は何をしに来たのか？

第四幕第一場（p211〜215）

場所　王妃の居間
人物　王／王妃／ローゼンクランツ／ギルデンスターン

［内容］
王妃は、ハムレットが狂気の果てに大臣ポローニアスを刺殺した、と王に告げる。王は「あれが可愛いあまり、なすべきこととは知りながら、敢えてそれに目をつぶっていた」と言う。

第四幕第二場（p215〜217）

場所　城内の別の一室
人物　ハムレット／ローゼンクランツ／ギルデンスターン

［内容］

二人の廷臣が、ポローニアスの死体がどこにあるかを尋ねるが、ハムレットは訳の分からぬ科白で二人を困惑させる。死体は発見されないまま。

第四幕第三場（p217～223）

場所　城内の広間
人物　王／ハムレット／ローゼンクランツ／ギルデンスターン　他

［内容］
1　王は、ハムレットを放し飼いにしておくのは危険すぎ、それかといって、ポローニアス殺しの件でハムレットを裁判にかけるわけにもいかない、何しろハムレットは大衆の人気者だ、直ちに国外に追いやるが英断だ、さもなくば自分が助からない、と述べる。
2　王は、即刻デンマークを離れるのがそちの安全のためだ、直ちにイギリスへ行け、とハムレットに命じる。イギリスへハムレットを連行するローゼンクランツとギルデンスターンは、「ハムレットを殺せ」という王のイギリス王宛の親書を持って行くことになる。

［備考］

「ポローニアスの死体が発見された」とはどこにも書かれていない。〃死体の蒸発〃――私には『ハムレット』の中で最も奇怪な現象と思える。しかし、誰も問題視しない。

第四幕第四場（p223〜228）

場所　デンマークの、とある港に近い平野
人物　フォーティンブラス／ノルウェイの隊長／ハムレット

［内容］

1　ノルウェイのフォーティンブラス王子の率いる軍隊がポーランドの僻地攻撃に行く途中、デンマーク国内を通過しているところ。

2　戦死者を埋葬する広さもないような、ちっぽけな土地の争奪のために、ノルウェイとポーランド両国が大軍を投入しての戦いに臨もうとしている由。両国とも名誉をかけて戦うということらしい。

3　そこで、ハムレットの第七独白となる。「幻《まぼろし》の名誉の独白」とでもしておこう。フォリオ版ではカットされている。この第四幕第四場は、第五幕第二場にフォーティンブラス王子を登場させるための伏線の意味しかない。

第四幕第五場（p228〜246）

場所　城内の一室
人物　王／王妃／オフィーリア／レアティーズ

［内容］

1　オフィーリアが「デンマークのお美しいお妃様はどこ？」と言いながら登場し、非常に難解な科白を述べる。

2　王は「具合はどうだな、オフィーリア？」、「可愛いオフィーリア、おやめ」とやさしい言葉をかける。

3　大臣ポローニアスの息子レアティーズ、現る。「レアティーズを王に」と叫ぶ民衆を引きつれての登場。父ポローニアスの死は王に責任がある、と考えている様子。

4　レアティーズは「落ちついていられる血が一滴でもあったら、おれは歴《れっき》とした父《てて》なし子、親父の顔に寝取られ亭主の泥を塗り、まさに、貞淑だった母の汚れない純潔の眉間に娼婦の烙印を押すも同然だ」（p238）と不思議な科白を吐く。

5　王は、ポローニアスの死について自分に責任はない、と言う。王とレアティーズは、ポローニアスの死の責任の所在について、とくと話し合おうということで、この場を収める。
6　オフィーリアは、色々な花を王や王妃らに贈る。

［備考］
1　［内容］4記載のレアティーズの科白は検討の余地がある。第三幕第四場で、母についての「娼婦の烙印」（p196）云々というハムレットの科白と、同一のトーンが見られる。なぜか？
2　オフィーリアの叫びこそ、この劇の最も哀しく、そして面白い箇所。私以外、誰一人読もうとさえしなかった場面である。

第四幕第六場（p246～249）

場所　城内の別の一室
人物　ホレイショー／船乗り

［内容］
1　かつての学友にして廷臣たる二名の者に付き添われてイギリスに出発したはずのハムレット

から、ホレイショーに手紙が届く。某所に来てくれ、と。
2　船乗りは、王クローディアス宛のハムレットの手紙も持って来た。

第四幕第七場（p249〜265）

場所　城内の別の一室
人物　王／レアティーズ／次いで王妃

［内容］
1　レアティーズは、王と話し合った結果、父ポローニアスの殺害者がハムレットであることを了解したようだ。
2　ハムレットからの王宛の手紙が届けられる。帰って来るはずはないのに、一人で帰って来たと言う。おかしな話ではあるが、手紙の筆跡からして、ハムレットの実筆に相違ない。レアティーズとしては、父の仇討ちができると判断。
3　王妃にも内緒で、王とレアティーズは剣の試合に名を借りて、ハムレット殺害を計画。ハムレットとレアティーズに剣の試合をさせて、レアティーズがハムレットを殺すという算段。レアティーズの持つ剣にはこっそり毒を塗っておくこととなる。さらに、念には念を入れて、試合の途中で、ハムレットは喉が渇くだろうから、その時飲む杯に毒を入れておくという、二段構えの殺人計画が出来上がる。
4 王はレアティーズに、「君、本当に父を愛していたか?」(p258)と尋ねる。
5 王妃がオフィーリアの水死の状況を述べる。

[備考]
1 4の王がレアティーズに言う「本当に父を愛していたか?」という科白は、第一幕第五場で亡霊がハムレットに言った科白、「この父を愛していたのならば」(p66)とあまりにも似ている。
2 オフィーリアの体は川の底に沈んだが、歌声だけは川面に残っていたようである。その理由を知ってこそ、この劇の哀切さが分かる。

第五幕第一場(p267〜290)

場所 墓場
人物 墓掘り人夫二人/途中から船乗り姿のハムレット/次いでレアティーズ/王/王妃 他

［内容］

1　水死（自殺）したオフィーリアのための質素な墓を、二人の墓掘り人夫が掘っているところ。

2　この場に至って初めて、この劇の真相が疑いようもなく明確となる仕掛けになっている。この場面まで、観客は何が何だか、曖昧だなあーと思っていたに違いない。

3　即ち、あの先王の亡霊が着けていた甲冑姿は、先王ハムレットがノルウェイ王フォーティンブラスを打ち負かしたその日のものであり、しかも、ハムレットはその日に生まれたという事実が墓掘り人夫の口から語られる。墓掘り人夫は「どんな馬鹿だって知ってまさあ」と言い放つ。

4　オフィーリアの亡骸の入った棺を先頭に、司祭、レアティーズ、王、王妃ら登場。

5　簡単すぎる葬儀に、兄レアティーズは不満を述べる。不自然な死のためこれ以上はできない、と司祭。

6　ここで初めてハムレット、オフィーリアの死を知る。

7　棺の降ろされた墓の中に「もう一度この胸に抱きしめたい」とレアティーズは飛び込む。そこで、船乗り姿のハムレットが「デンマーク王子ハムレット」と名乗り出る。レアティーズとハムレットのつかみ合いの喧嘩が始まる。

ハムレットは「オフィーリアを愛していた。たとえ幾千幾万の兄があり、その愛情すべてを寄せ集めたとしても、おれ一人のこの愛には到底、およぶまい……」（p287）と言い、さらに

「妹の墓に飛び込んで、おれの面目をつぶす気だったのか？　さあ、彼女と一緒に生き埋めになったらいい、そのときはおれも一緒だ」と言う。

［備考］

同じ墓に入るという行為には、何らかの意味があるのか？

第五幕第二場（p290〜325）

場所　城内の広間（この劇の最後の場面）

［内容］

1　イギリス行きの船に乗せられたハムレットが、帰って来たいきさつをホレイショーに話す。「ハムレットを殺せ」という王の親書を、ハムレットは「廷臣二人を殺せ」という偽の親書とすりかえた。ちょうどその時、ハムレットらが乗った船が海賊船に襲われる。そのドサクサに紛れ、ハムレットは一人海賊船に乗りうつり、デンマークに帰国したとのこと。

連行役のかつての学友にして廷臣の二人は今頃、イギリスに着いて殺されているだろう。陰謀のお先棒を担いだのだからな、大物同士の切り合いに首を突っ込んでくれば、危険はつきもの、などとハムレットはうそぶく。

2　こうなったからには、即ち王がハムレットを殺させようという意図が明白になったからには、「やるしかない（王を殺すこと）、そう思わないか？」とハムレットは、王殺害についてホレイショーの意見を求めている感じ。

3　ハムレットはレアティーズに関し、「父を殺された同じ身の上……あやまって仲直りしたい」と言う。

4　しかし、そう言った途端に、新米《しんまい》の廷臣オズリックが、ハムレットとレアティーズの剣の試合（表向きは単なる試合だが、レアティーズの剣先には毒を塗ってある。即ち、試合をよそおった殺人計画）の計画を持って来る。十二本勝負で、ハムレットが五本取れば、三本加算して、八本取ったことになり、ハムレットの勝ちになる条件。ハムレットはレアティーズから三本のハンディキャップを貰った形になる。

5　ハムレットは、この賭け試合を受けて立つ決心をする。レアティーズがフランスに行ってから、ハムレットも剣の稽古をずっとしていた。負ける心配はない。「胸のこの辺りが妙に気色が悪いんだ」と言いながらも、「どうせ、一寸先は闇だ、いつ死んだらいいか、誰が知ろう？そんなことはどうでもいいことだ」と試合をすることとなる。

6　王の仲介で、ハムレットとレアティーズは握手する。試合に先だち、とりあえずの仲直りをした形。

7　ハムレットはレアティーズに対し、ポローニアス殺害について謝罪するが、一方では、あの殺人行為は自分がやったことではない、ハムレットの狂気がしでかしたことだ、狂気が真の加害者なのだ、自分だって被害者なのだ、狂気こそハムレットの敵である、と弁解する。しかし、「図らずも自分の大事な兄弟を傷つけてしまった」（p309）と言う。

8　剣の試合開始。

ハムレットの剣は先留《さきどめ》のある試合用の剣。レアティーズは、先留がなく毒の塗られた剣を取る。

第一回目の勝負。ハムレットの勝ち。

ここで王は毒の入った杯をハムレットに差し出したが、ハムレットは「次の一番が終わってから飲む」と言う。

第二回目の勝負。ハムレットの勝ち。

王、「われわれの息子が勝つな」と言う。

王妃、「あんなに汗（原文はfatとなっている。「太っている」という意味）をかいて、息が切れて……お前の幸運を祈って、王妃が飲み干しましょう」と言って毒杯を取り上げる。

ハムレット「母上、ありがとう」

王「ガートルード、飲んではいけない」と言うが、王妃「いいえ、飲みたいのです。お許し下さい」と言って毒入りの酒を飲み、その杯をハムレットに差し出す。

ハムレットは「もうしばらく飲むのは控えましょう――いずれそのうち」。

王妃「さ、顔を拭かせて」と言ってハムレットの汗を拭く。

9　第三回目の勝負、引き分け。
レアティーズが、ハムレットが油断している隙に毒剣で傷を負わす。ハムレットが怒り、乱闘が始まり、この間に二人の持つ剣が入れ代わる。ハムレットは、その入れ代わった剣（毒つき）でレアティーズを刺す。

王妃「ああ、愛《いと》しいハムレット――あのお酒、あのお酒に！　毒が！」と息絶える。

ハムレット「ああ、なんたる極悪非道！　どうして、こんなことが？　扉を閉ざせ――裏切りだ！　下手人を探し出せ！」

レアティーズ「ハムレット、下手人はここに。あなたのお命はもう尽きている。先留《さきどめ》なしの、毒塗りの剣。卑怯な企みの因果は、巡って、この身の上に。……お母上は毒殺――王こそ、すべての元凶」と息絶える。

ハムレット「毒が塗ってあったと！　ならば毒よ、最後の仕事だ」と言って王を剣で刺す。さらにハムレットは、王の口に杯を押しつけ、「これを飲み干せ。貴様の真珠はここに入っているのだな？　母上のあとを追え」と。王、息絶える。

さらにハムレットは「みんなに話したいことがある」と言うが何も語らず、親友ホレイショーに「僕の物語を伝えて欲しい」と頼む。

10　ノルウェイのフォーティンブラス王子、ポーランドよりの凱旋《がいせん》の帰途、挨拶のためやって来る。

ハムレットは「この国の新しい王にはフォーティンブラスを」と遺言する。ハムレットの最後の言葉は「もう、何も言うことはない」。

［備考］

1　母王妃の死は、過失死なのか？　それとも覚悟の自殺か？

2　「誰か？」という言葉に始まったこの物語は、「何も言うことはない」で終わりを告げる。「真相は何ぞや、しかし、それは言わない」と言っているようでもある。

3　剣の試合の三本のハンディキャップ。永遠の謎だそうである。私には、考えるまでもなく分かる程度の謎。

第2章　六つの沈黙

『ハムレット』には、謎めいた言葉だけが記されているが、その謎に対する回答らしきものが見当たらない箇所がある。謎を発したからには、その回答らしきものがあるのが普通である。しかしその真相について、シェイクスピアは沈黙を守るポーズを取り続ける。

『ハムレット』は謎だらけ、と言ってしまえばそれだけかもしれない。しかし、シェイクスピアが謎だけを発して、あとは知らぬふりというのも気にかかる。実際は、シェイクスピアはその答えを何百行、何千行も費やして述べている。誰もそれを見ようとしないだけである。

謎（沈黙）の中で、どうしても見逃すことのできない謎が、少なくとも六つは存在する。よって、「六つの沈黙」という章を設けて、その部分を記述してみたい。謎の答えが六つもあるわけではない。答えはただ一つである。しかも、ほんの一言の答えである。勿論それは、この悲劇の本質を構成する事実である。

第一の沈黙：「見かけを超えたもの」

「見かけを超えたものがある」

ハムレットの言葉（p32）。

第一幕第二場・城中会議の間（p25以下）。先王ハムレット死亡後、弟クローディアスが王位を継ぎ、その戴冠式から戻って来た気配。王位就任後、最初の御前会議というところか。皆は華やかな盛装。王、王妃、大臣ポローニアス、その息子レアティーズ、その他重臣らの居並ぶ中に、ハムレット王子（以下、ハムレット）だけが陰鬱な表情で、かつ黒い喪服姿で出席している。父たる先王ハムレットが死去して間もないとはいえ、すでに現在の王はハムレットの母たる元王妃と結婚し、新王の戴冠式を迎えたのである。王や王妃も、ハムレットの喪服姿に心中おだやかではない様子で、先王の死を悲しむのもいいがほどほどにしなさい、と苦言を呈したくなるのも当然かもしれない。

母王妃の「現在の王になぜ、親しみのこもった眼《ま》なざしを向けてはくれないのです？　人間《ひと》の死はこの世の習い」といったふうな言葉に対し、ハムレットは、鹿爪《しかつめ》らしい喪服、溜息吐息、溢れる涙の川、打ち沈んだ憂い顔……そのような外から見ることのできるものではない、「見かけを超えたものがある」と言う。

この部分は、新潮版では「この胸のうちにあるものは、そのような、悲哀が着て見せるよそ行きの見てくれとは、ちがいます」（p20）、大修館版では「私の心のうちには表象不可能なものがある」（p105）とされている。

いずれにせよ、表現不可能なほどの何かが、ハムレットの心の中にあるということらしい。この心の中にあるものについて、シェイクスピアはそれが何であるかという答えを書いていないように見える。

父である先王の死。先王の妻である母の、現在の王（先王の弟）との早過ぎた再婚。しかも、当時、兄弟の妻との結婚は近親相姦として禁じられていたこと、或いは、先王生存中、現在の王と母は不倫関係にあったのではないかとの疑念。さらに進んで、このような淫らな母の血が自分の中にも流れているという忌まわしさ等々が、ハムレットの苦悩なのであろうか。また、すでにハムレットは、先王は現王に殺害されたのではなかろうか？という疑念も持っていただろう。というのは、後日、先王の亡霊がハムレットの前に現れ、「弟たる現王に自分は毒殺された」と告げた時、ハムレットは「予感していたとおりだ！」（p67）と答えているからだ。

右のような各事実は、苦悩であるには違いない。しかし、「見かけを超えたもの」、「表象不可能なもの」と言わざるを得ないのであろうか。確かに、外形では表現できにくいと言われれば、そうかもしれない。もしそうだとすれば、言語で表現すればよさそうなものだとも思える。

T・S・エリオットという人は、『ハムレット』には客観的相関物がない——つまり、何らかの感情を喚起させるためにはそれに相応する状況がなければならないのにそれがなく、主人公の行動の理由がわからない」（大修館版ｐ43）と評しているとの由である。

私も右の評は、ある意味で的確であると考える（本当は、全く見当はずれな評であるが）。確かに、人間の苦悩を表象外見で表現することは、なかなかできかねることかもしれない。しかし、先述したように、言語による表現は可能ではなかろうか？　もし、言語による表現も不可能だとすれば、自分にとっても、心の悩み自体がつかめていないとしか言いようがない。悩みの実体が自分にも分からないのなら、言語による表現もできるはずがない。もしそうだとすれば、即ち、自分でも自分の悩みの実態が分からないのであれば、無意識の悩みとしか言いようがなくなる。そうなると、フロイトの手を借りて、精神分析でもしてもらわざるを得ないのだろうか？

しかし、もしそうであるならば、「何故、こんなに苦しいのだ。先王の死でもない、母の不倫でもない、母の早過ぎる再婚でもない、先王が現王に毒殺されたことでもない。でも、苦しい。俺にもその苦悩の原因が分からないのだ」と言えばよさそうな気がする。

しかし実際には、ハムレットは「見かけを超えたもの」としか言っていないのだ。「自分にも分からない」とか、「言葉による表現も不可能である」とは言っていないのである。

シェイクスピアは、作家である。「万《よろず》の心を持った人間」とさえ評されているのだ。その人が「ハムレットの悩みは分かりません。どうぞ皆さん、精神分析の先生か深層心理学の先生のところに行って下さい」と言うだろうか？　あまりにも責任感がなさすぎはしないか？　そんないい加減な作家なら、とうの昔、人々はシェイクスピアを見限っているはずである。

勿論、シェイクスピアはちゃんと答えを書いている。ただ、誰もその答えを知らないまま、この奇妙な劇をありがたがっているように思える。「何が何だか分からない。でも分からないところが、有難い。さすがはシェイクスピアだ！」と皆は叫んでいるようにしか見えない。しかし、それではシェイクスピアに対して失礼である。

おそらく、何回も添削が繰り返された作品だろう。おそらく、四百年前のロンドン市民は、この劇を観て（聴いて）、劇の終わった時点で、「ああ、そういうことだったのか！　シェイクスピアもなかなか味な真似をやるじゃないか！」と言ったに違いない。血のめぐりが悪い平土間の観客でも、二、三日したら、「なーんだ、そういうことだったのか！　洪水のような言葉、言葉で追いまくられて、頭がボーッとしていたが、うん、そうか、それなら悲劇と言ってもおかしくない。表面的に見るだけでは、悲劇どころか、喜劇にもならない。言葉、言葉の薄ぎたねえ代物《しろもの》、見る気も聴く気もしねえ、酔っぱらいの譫言《うわごと》だぜ。とはいえ、妙なことを考えたものだな。でも、考えてみれば、そうせざるを得なかったのだ！　……うん！と思ったに違いない。

ところが、四百年も経った今、ハムレットの真相はどこへやら、空虚な言葉だけが乱舞している。人間の苦悩も悲劇も、シェイクスピアの苦労も、知らぬ存ぜぬ。これではシェイクスピアの人格を否定するに等しい。

第二の沈黙：「口が裂けても言わない」こと

「しかし胸は裂けよう、口が裂けても黙っていなければならぬのだから」（p37）

第一幕第二場・城中会議の間での行事が終了した後、ハムレットは、一人で語り始める。いわゆる、第一独白といわれているものの最後の科白である。新潮版では「こればかりは、口が避けても、黙っておかねばならぬ」（p23）、大修館版では「心臓が張り裂けても黙らなくてはならぬ」（p111）と訳されている。

この科白の直前の科白は「近親相姦の寝床にあのように素早く這い寄って行くとは！　許せぬ、このまま無事にすむわけはない」である。右の科白と「口が裂けても黙っている」こととは何か関係があるのだろうか？

おそらく皆さんは言うだろう、分かり切ったことではないか！　母のふしだらな情欲から出た、忌まわしい近親相姦的再婚に決まっているではないか！　何をつべこべ因縁をつけるのだ！　と。しかし、そうだろうか？　母の再婚は、全国民が知っていることだ。言うも言わないもないのではないだろうか。ハムレットは、旅役者の演じる『ゴンザーゴ殺し』という劇を観る場面で、公然とオフィーリアに対し、「ほら、見てごらん、母上のあの浮きうきしたお顔を、父上が亡くなってまだ二時間もたっていないというのに」（p163）と皮肉っている。

さらに、母王妃の部屋で、母に対しハムレットは「腐り爛《ただ》れた情欲の泥沼に溺れ、きたならしい豚小屋じゅうを、睦言《むつごと》と性の愉悦を交わしながら転げまわって……」（p200）等々と言葉の限りをつくして、母の情欲を責め立てている。

第一独白の段階では「口が裂けても黙っていなければならぬ」と思っていたが、ついに堪忍《かんにん》袋《ぶくろ》の緒が切れて、言ってしまったとでも主張されるのであろうか？ しかし、もしそうだとすれば、それが分かるような科白、例えば「面と向かっては言わないつもりだったが、ここに至っては……」とか、そういったふうな科白でも入れてもらいたい。

いずれにせよ、「口が裂けても言わない」ことをシェイクスピアは直説法では教えてくれないのだ。一体、何だろうか？ 分かる人がいたら教えていただきたい。ハムレットのこの世における最後の言葉は「何も言うことはない」である。ハムレットは自分の口から真実は述べなかった。「口が裂けても言わない」ことを見出してこそ悲劇の内容が分かるはずである。

第三の沈黙：亡霊の言葉

第一幕第四場（p57以下）。ハムレット、親友ホレイショー及び見張りの衛兵二名の前に、先王の亡霊が現れる。この亡霊の手招きに応えて、ハムレットだけが城壁下の空地に赴き、亡霊と話を交わすこととなる。

亡霊は「わしは蛇に嚙まれて死んだ、ということになっている……お前の叔父（現在の王）が、わしが午睡《ひるね》をしている時、劇薬を耳に注ぎ込んだ」と告げる。これに対し、ハムレットは、「ああ、予感していたとおりだ！　やはり、あの叔父が！」（p67～68）と答えている。

その直前の会話の部分で、亡霊は次のような言葉を発している。

「われこそは、汝の父の亡霊、夜は幾許《いくばく》かの時を地上にさ迷い、昼は煉獄の業火の中で飢えに苦しみ、生前この世で犯せし罪の穢れが焼き浄められるのを待つこの身の定め。されど、わが牢獄の秘密を明かすことは禁じられている。もし明かすことが許されれば、ただの一言《ひとこと》で汝の魂は苦悶にもだえ、汝の若い血潮は凍《い》てつこう。その両の眼《まなこ》は軌道を外れた星のごとく眼窩から飛び出し、その美しく束ねた髪も解け乱れて、猛り狂った豪猪《やまあらし》の針毛さながら、一本一本、逆立つであろうに。しかし、この永遠の冥界のおぞましい秘密を、現世《うつしみ》の人間の耳に告げ知らせてはならぬのだ」（p65）

一体、何を言わんとしているのだろうか？　皆さんは言うだろう。「牢獄の秘密だ、冥界の秘密なんだ、この世とは関係ない。何だろうとかまわぬではないか！」と。

しかし、それならこんなことを言う必要はないのではないか？　シェイクスピアが思わせぶりに、虚仮威《こけおど》しの科白を吐かせただけだ、牢獄の恐ろしさを譬《たと》えて言っただけにすぎないのだ！　で、済むものだろうか。

ハムレットは、死後の世界について、「旅人が二度と帰らぬ世の果て、未知の国が決心（自殺の決心の意味?)を鈍らせ、見知らぬ他国に飛んでゆくより、いっそ慣れたこの世の煩《わずら》いに耐えるがまし」(p143)といったふうな感想を持っている人物で、死後の牢獄や冥界のことについて具体的な関心を持っているようには見えない。

このような見識しかないハムレットに対し、冥界のことをくどくどと述べる必要があるとも思えない。この劇にとって、必要なこととも思えない。先王の毒殺死を聞いても、「予感していたとおりだ!」と答え、そのすぐ後で、「にっこり笑って人を斬る、かかる悪党も世にはあり。少なくも、このデンマークにいるは確かなり」(p72)と手帳に書き記すぐらいのハムレットである。

このハムレットに対し、「ただの一言《ひとこと》で、魂は苦悶にもだえ、血は凍てつき、眼が飛び出し、髪の毛が逆立つ」ようなこととは、一体何だろうか。少なくとも、先王の毒殺死などより、はるかに恐ろしいことに違いない。シェイクスピアはそんな恐ろしいことを、少なくとも表面的には全く書いてない。「あの世のことなんだ、それで充分。考えるだけ無駄なことよ」と皆さんは言うのだろうか。しかし、私には納得できない。シェイクスピアは、物語と無関係で、しかも血も凍るようなことなどという、思わせぶりな科白を吐かせるような三文文士ではない。

母の不貞、父の毒殺死よりも、さらに何か恐ろしいことがこの劇には隠されているに違いない。シェイクスピアは最後まで表面的には隠し通した。しかも、「ただの一言」で血が逆流し、髪の毛が逆立つこととは、何だろうか。誰も教えてくれない。

第四の沈黙：何を「吐く」のか

「何もかも吐いてしまえばいいのだ」（p208）

ハムレットが母王妃に対して発する言葉である。旅役者の演じる『ゴンザーゴ殺し』、ハムレットによれば『鼠取り』という副題が付けられているが、その劇の中の毒殺の場面を観、かつハムレットの挑発的な言葉に耐えきれず、王は退場した。これで、ハムレットは現王の先王殺しを確信したことになっている。

この後、ハムレットは母王妃に呼びつけられる。王妃の間で二人は会うこととなった。ただし、壁掛けの陰には大臣ポローニアスが隠れており、二人の会話を盗み聞きして、ハムレットの心の中を探ろうとしている。ハムレットが、母たる王妃に対し、その不貞節、情欲などについて、聞くに耐えないような言葉でののしり、或いは説教した後、最後のあたりで発せられる言葉だ。

最後のあたりというより、これは母と子のこの世における最後の会話なのだ。勿論、全員死亡の最終末の場面で、母王妃が、剣の試合をしているハムレットに対し、「あんなに汗をかいて（fat 太っての意）息が切れて」、「さ、顔を拭かせて」と言ってハムレットの汗を拭う場面がある。しかし、会話というほどのものではない。よって、この「何もかも吐いてしまえばいいのだ」云々が、実質的には母子のこの世における最後の会話なのだ。

全文は「何もかも吐いてしまえばいいのだ。あの子（ハムレットを指す）は本当の気違いじゃない、ただ振りをしているだけだと。そう奴（王を指す）に知らせてやったほうが、御身のためでしょう。いかにお美しく、お淑《しと》やかで、お賢いお妃様であろうと、あの蟇蛙《がまがえる》、蝙蝠、雄猫にかかったら、これほどの大事を隠しおおせるわけはないから。誰だって、隠せるはずはない」となっている。

素直に読めば、ハムレットは気違いじゃない、ふりをしているだけだということを王に言ってやったらいいだろう、といった感じの文脈である。しかし、王は、ハムレットが気が狂ってるなどと全く思っていないのだ。

また、「何もかも吐いてしまえ！」と言われて、普通なら、王妃は「一体、何のことですか。チンプンカンプンで何のことか分かりません」と返事するのが常識というものである。ところが、王妃は、「絶対に吐きません」と言っている。母王妃は、ハムレットが何を言っているのか分かっているらしい。勿論、母王妃の返事は、右のように簡単明瞭とは言えない。

「その心配は無用です。言葉が息から、息が命から出るものなら、私には、お前の言ったことを洩らす息も命もないのだから」と、持って回った言い回しになっている。シェイクスピアはこの劇においては、肝腎のことを表現する時、妙に煙幕を張る癖がある。勿論、単なる癖ではない。この劇においては、このようにせざるを得なかったのである。このようにせざるを得ないことこそ、この劇の悲劇と言える所以《ゆえん》であるのかもしれない。

この母王妃の言葉はまた後述することになるが、ここでは「吐いてしまえばいい」ということの対象が全く不明である。謎だけを掛けて、その答をシェイクスピアは書いていない、とだけ言っておこう。識者はおそらく、「吐いてしまえばいい」ことの対象は、現王の兄王殺害の事実である、と言われるかもしれない。しかしハムレットは、現王のことを「人殺しの悪党」（p201）と公然と母王妃に言い放っているのだ。今さら、「吐く」、「吐かない」の対象になるはずはない。

第五の沈黙：「秘密も洩らさず」

第三幕第四場。前記の「何もかも吐いてしまえばいい」云々の科白の直後、自分が刺殺した大臣ポローニアスの死体を引きずりながら、ハムレットが吐く科白である。「母上、今度こそ本当に、おやすみなさい。この大臣もやっと静かになった、秘密も洩らさず、えらく重々しくなったな。生きているうちは、愚かなお喋りだったが……さあ、これでお前さんとの腐れ縁もお仕舞いだ……おやすみなさい、母上」（p210）

実質的には、大臣に対しての最後の科白がこの「秘密も洩らさず」である。当然、ポローニアスが知っている秘密である。秘密というからには、今まで誰もが語らなかったことであるのは間違いない。自分が刺殺した大臣の死体に対して吐く言葉としては、冷酷である。よほど大きな秘密であろう。「うっかり、殺してしまった。天国に行ってもらいたいものだ」ぐらいの言葉をかけるのが普通ではなかろうか。

この冷酷な言葉から想像すると、何だか口封じのために殺したのではないだろうかとさえ思える。確かに、「お前の目上の奴と間違えたのだ」、即ち王と間違えて殺したと言わんばかりの科白を吐いているが、果たしてそうであろうか？

皆は、この秘密とは、現王の先王殺しのことに違いない、と主張するかもしれない。しかし、現王の先王殺しは、劇を演じてまで暴きだしたのだ。今さら、死体に対して「秘密も洩らさず」と言う必然性が全く感じられない。わざわざハムレットが「秘密」と言ったからには、ハムレットに関係のあることであろう。まさか、ハムレットとは無関係な、デンマークの政治に関する秘密ではあるまい。

ポローニアスの死体に対して、ハムレットが言った「秘密も洩らさず」の「秘密」とは、何だろう？　ここでも、シェイクスピアは何一つ語ってくれない。四百年間も、誰一人このような疑問を提起しなかったことが理解できない。

第六の沈黙：「話したいことがあるのだが」

第五幕第二場の大詰めの場面。

ハムレットとポローニアスの息子レアティーズが剣の試合をする場面。表向きは単なる試合であるが、レアティーズの剣には先留《さきどめ》もなく、かつ毒が塗ってある。ハムレットは毒剣で刺され、死に瀕《ひん》している。ハムレットはレアティーズを毒剣で刺し、王も刺し、さらに王の口に毒杯を押しつける。母王妃は、故意か過失かは分からないが（後述）毒杯を飲んでしまった。

王妃は「ああ、愛しいハムレット……」と言いながら息絶え、次に王が、ついでレアティーズが死ぬ。すでに恋人オフィーリアは入水自殺をしているし、大臣ポローニアスもハムレットに刺殺されている。

最後に残ったハムレットにも、死が刻々と迫っている。この状況下で「ああ、みんなに話したいことがあるのだが」（p319）と言う。話したいことがあれば、話せばよさそうなものである。死が目の前に迫っているのだ。その時、「話したいこと」というのは、どうでもいいような些細《ささい》なことではないはずである。誰だって死ぬ前に、何か言いたいこともあるだろうさ……ですまされるのだろうか。

この科白の後にハムレットが言うのは、親友ホレイショーに対し、「君は生きて、何も知らぬ人々にぼくのことを、ぼくに課せられた大義のことを、正しく伝えてくれ」（p318）、さらに「真相がこのまま知られずに終ったら、死後にどんな汚名が残るか知れない！　……ぼくの物語を伝えて欲しい」ということだ。

ついでハムレットは、デンマークの新しい国王にノルウェイのフォーティンブラスを推挙する。ひょっとすると人々は、この二つのことを話したかったのだろうと主張するかもしれない。しかし、そのような理解は不可能である。というのは、ハムレットの最後の言葉は「何も言うことはない」である。「何か言いたい」と言っておきながら、もういい、やはり「言わないことにする」という形で終わっている。

一体、何を言いたかったのか？ 或いは何を言いたくなかったのか？ シェイクスピアは、劇の真相が誤解されないように、「誰だ！」で始まる悲劇を、「それは言わない」という大きな構想で締めくくったのであろう。シェイクスピアの腕前の冴えに驚嘆するばかりである。

以上、六つの謎と沈黙の科白。ハムレットが遂に言わなかった事実こそが、この悲劇の出発点である。事実を否定し、虚構のまま死んだハムレット。ハムレットが隠した真実を見ない限り、この劇を「悲劇」と言うことはできない。そうしない限り、三流作家の書いたうすぎたない物語に成り下がってしまう。

第3章　独白の検討

「独白」とは『広辞苑』によれば、「劇で或る役が心中で思っていることなどを観客に知らせるため、相手なしで語ること。また、そのせりふ。モノローグ」である。だとすれば、『ハムレット』の中にある七つの独白を検討するのも無駄ではないだろう。ハムレットが独白の中で真実を言ってくれれば、真相が明白になるが、独白においてすら真実を覆い隠せば、真相は見えにくくなってしまう。

結論を先に言ってしまえば、ハムレットの独白は、真相を言いかけることはあるが、結局は真相を隠すようなものになっている。いずれ判明することではあるが、ハムレットは事実を拒否して生きた人間である。独白もそれ故、真相があるような、無いような、実に分かりにくいものになっている。

第一の独白：第一幕第二場（p35～37）

「ああ、この穢《けが》れに穢れた肉体が」で始まる。ただし、「堅い堅いこの肉体が」と訳されている本もある。というのは、訳の対象となったテキスト（英文）が数種類あるので、どのテキストに拠ったかで、当然訳文も異なってくるのはやむ得ない。

翻訳者の判断で、或るテキストを選んだり、或いはテキストを混合的に、即ち、いいと思う部分部分をつなぎ合わせたりという状態であるようだ。どのテキストが最良であるかを判断することは容易なことではない。

独白を要約して、いくつかに分記する。

1　この肉体がなくなってしまえばいい。自殺を禁じる掟などなければいい。
2　この世は荒れ放題で、悪臭を放っている。
3　母王妃は、立派な先の王が亡くなって二カ月も経たないのに、半人半獣のような現王と再婚してしまった。いや一カ月も経っていない。もろき者、汝の名は女なり。
4　先王と現王は、ヘラクレスと自分の差と同じぐらい格段の差がある。
5　母王妃は、偽りの涙が渇かないうちに、一カ月も経たないで結婚した。

6　このまま無事に済むはずがない。
7　しかも、口が裂けても黙っていなければならない。

よくは分からないが、1、2は、この世は汚《けが》れ切っている、死んでしまいたいぐらいだ、ということであろう。

3は、母の早過ぎる再婚に対する非難のようである。ただ、二カ月も経っていないと言ってすぐに、一カ月も経っていないと言う点がおかしい。

このことについて、大修館版は「心理的な時間の流れを表していると考えられる。彼の気持ちとしては父の死はまだつい昨日のことのように思われるということであり、実際の時間がどうであれ、父の死後すぐ母が結婚したという辛い思いがつきまとうのだ」（後注p391）と解説している。

この解説が不当であるとまでは言わないが、私はそのようには解さない。二カ月で再婚、いや一カ月でだ。しかし、ハムレットの心の中では、さらにその先があるのだ。5にあるように、一カ月で結婚したところを見ると、先王の死んだ時、母が流していた涙は偽りの涙であったのではないか！「偽りの涙」と言うからには、本心は先王の死を喜んでいたのではないか、との疑いである。もしそうなら、二人が結びついたのは、先王死亡より以前ではないのか、とハムレットは心の中で言っているとしか解せない。早過ぎる再婚ではなく、もともと関係があったから早々と結婚したのだ、というハムレットの内心を、ぼんやりと指し示している科白であろう。

4の科白も、私には気になる。ヘラクレスと自分の差は先王と現王の差に等しい、と言っているのだ。この対比の仕方を見ると、先王をヘラクレス的人物と見ているようだ。勿論、先王は自ら戦場を駆けめぐり、次々に隣国を征服し、三十年間デンマークに君臨した偉大な大王である。それゆえ、ヘラクレスと表現してもぴったりである。

もし先王をヘラクレスに置き換えると、

ヘラクレス－現王クローディアス

ヘラクレス－ハムレット

という対比関係になってしまう。ハムレットと現王クローディアスが同じ場所に収まってしまう。偶然かもしれないが、そうでないかもしれない。ここでは、これ以上深入りするのはやめておくが、亡霊出現の場で問題となることである、と記しておこう。

6は、良くないことが起こるに違いないということであろう。

7で突如として、「口が裂けても黙っていなければならぬ」と言うが、何を言わないのかが全く分からない。「沈黙の独白」とでも言わざるを得まい。

第二の独白：第一幕第五場（p71～72）

先王の亡霊と別れた直後の独白である。文の調子を感じていただきたいので、全文を引用する。

おお、天使の群れよ！　おお、地の群れよ！　ほかに何かあるか？
おまけに地獄も呼び出しておこうか？　馬鹿な！
裂けるな、裂けるな、心よ。筋肉よ、にわかに老い萎《な》えるな、
しっかとおれを支えろ……〔立ちあがる〕。忘れるなと？
忘れるものか、哀れな亡霊よ、この狂わんばかりに乱れた頭に
記憶力がなおも座を占めているかぎり。
忘れるなと？　よし、おれの記憶の銘板から
そこに刻まれた愚にもつかぬ記録の一切を、
本から習い憶えた金言名句、幼い日より観察し写しておいた
物の姿や印象、それらことごとくを拭い去り、
ただお前の命令だけを、この脳裡の手帳に書き留めておくぞ、
他のくだらぬ事など目もくれずに――そうだ、天に誓って！
ああ、それにしても何という邪《よこし》まな女か！
それに、ああ、あの悪党、悪党め、微笑《ほほえ》み浮べた大悪党！
この手帳に〔懐から出す〕、しっかり書きつけておこう。
にっこり笑って人を斬る、かかる悪党も世にはあり。

少なくとも、このデンマークにいるは確かなり――〔書き記す〕
さあ、叔父貴め、これがお前の正体だ。つぎはおれにとっての大事な言葉、
「さらば、さらば、父のことを忘るるなよ」――〔跪き、剣の柄に手を置く〕
これで誓いは済んだ。〔祈る〕

要は、一切の記憶をなくして、先王の「父の仇を討て」という命令のみを頭に入れておく、という内容である。そして、手帳を取り出して「にっこり笑って人を斬る、かかる悪党も世にはあり。少なくとも、このデンマークにいるは確かなり」と書き記すのだ。

岩波版注記によれば、「エリザベス朝の伊達男や法学院の学生たちは常時、手帳をたずさえ、……名文句や機知に富んだ言葉を、備忘のために書きとめておくのが習いであった」（p72）とのことであるが、復讐といった、忘れようもないことを書き記すこと自体、しっくりとこない。まるで、ふざけているようだ。書き記した内容だって、何やらふざけている。冒頭の「おまけに地獄も呼び出しておこうか？」という科白だって、ふざけた感じである。この劇の中心となる事件、その復讐の誓いとしてはふざけ切っている。心の底に重く沈み込むような独白であってこそ、ふさわしいのではないか。観客は「一体、何なのだ？」と、いぶかしい思いにかられるのではないだろうか。

この独白の後、ハムレットは親友ホレイショーたちの所に戻るのであるが、その際、亡霊が地

下から声を掛ける場面がある。その際も、ハムレットは亡霊を「もぐらもち」、「あっぱれ見事な坑夫ぶりだ」などと小馬鹿にする。まるで、「鬼さんこちら」と言って、亡霊を右往左往させるのだ。

一体、何たることだ。最も重厚な独白でなければならないはずなのに、何故に、こんなに軽く、ふざけた感じになっているのか？　このような問い掛けは今までなされなかったのだろうか？一応、「復讐の独白」と言わざるを得ないが、何故、シェイクスピアはこんな独白にしたのだろうか。

結論を言ってしまえば、シェイクスピアはここで、もう手の内を見せたのだ。この劇の真相のサインを送っているのだ。この独白もさることながら、亡霊の態度は検討を要する。別項で述べることとしたい。

ところで、このあたりで、親子関係について、『旧約聖書』がどんな態度をとっていたかを見ておくのも無駄ではなさそうだ。

『旧約聖書』出エジプト記21－(3)　死に値する罪
12　人を打って、死なせた者は、必ず死刑に処せられる
15　自分の父あるいは母を打つ者は、必ず死刑に処せられる

他人を殺せば死刑。しかし、自分の父母に対しては、打っただけでも死刑。厳しいものだ。日本でもついこの前まで（一九四五年以前）、父母（尊属）に対する殺人は別格扱いの重罪であった。

幾分ふざけた独白であると言ったが、ハムレットは、心からふざけ切っているわけではない。亡霊と復讐の約束をしてしまったような形になってしまった。ハムレットは進退窮まったのだ。ふざけた科白の一つも吐かなければ、神経が持たないのだ。哀れと言えば哀れである。

第三の独白：第二幕第二場（p132～136）

旅役者の一団がお城にやって来た。『ゴンザーゴ殺し』という殺人劇に少し手直しして、現王の先王殺しを劇で再現し、それに対する現王の反応を見て、亡霊の言った「自分は弟たる現王に毒殺された」ことが、本当だったかどうかを再確認しようとしているところである、との由。

独白は次のように構成されている。

1　役者は、赤の他人の、そして絵空事《えそらごと》の中の人物になり切って、魂を打ち振るわせている。

2　おれの悲しみを役者が演じたとしたら、きっと観客は気を狂わせられるに違いない。

３　ところが、当の御本人はぼんやりふさぎ込んでいる始末。あさましい限りだ。
４　舞台で演じられる技で、悪事を白状した人もいるとのことだ。劇を現王に観せて反応を見てやろう。
５　亡霊の言葉だけではなく、もっと確かな証拠がほしい。現王に罠をしかけよう。

２の部分では、ハムレットの悲しみの動機ときっかけがあったら、そして、それを役者が演じたとすれば、「舞台を涙で浸し、恐しい科白で観客みんなの耳をつんざき、罪ある者の気を狂わせ、罪なき者を怯えさせ、無知な者を動転させ、見物の目も耳も、その働きは一切、混乱の極みに達しよう」（p133）と言うのだ。どんな悲しみなのだ？　と聞いてみたくもなる。当然、「父を殺され……」ということになるのだろうか？

しかし、亡霊から「毒殺された」と告げられた時、ハムレットは「予感していたとおりだ！」と答えただけである。気が狂った様子も、動転した様子もなかったではないか？　この落差を埋めるものがなければならない。一体、何を隠しているのだ、と言いたい。毒殺以上にハムレットにとって恐ろしいことがあると言っておきながら、それが何かということには一切触れられていない。

第四の独白：第三幕第一場（p142〜144）

王と大臣ポローニアスが、ハムレットと恋人オフィーリアを会わせて、その二人の様子をこっそりと見聞きして、ハムレットの心の内を探ろうとしている場面の直前。『ハムレット』の中の一番有名な科白で始まる独白である。

1　生きるか、死ぬか、それが問題だ。どちらが立派な生き方か。

2　気まぐれな運命が放つ矢弾《やだま》にじっと耐え忍んで——生き続けるか、それとも、打ち寄せる苦難に刃向かい、戦って相共に死んでしまうか。

3　死は眠りと同じ。苦しみもなくなる。でも夢を見る。どんな夢を見るかと思うと不安である。この不安ゆえに、死をためらって、嫌な人生を生きながらえるのだ。

4　結局、見知らぬ死の国に行くより、この世の煩らいの中で生きていくことになるのだろう。

なにやら迷っていることは分かる。だが、分かりにくい独白である。「気まぐれな運命」という言葉は、亡霊出現直前の長い科白、私が「烙印の長科白」と命名した科白の中の「生まれつきの痣《あざ》のような欠点」の烙印を連想させる。

しかし、世間の人が烙印を押さなければ、即ち「生まれつきの痣」を隠しておけばいいのではないだろうか。黙っていれば分からないのではないか。口に出しさえしなければ、矢弾は飛んで来ないのではないだろうか？

先王の子供として、そして、第一位王位継承者として、生きていけばいいじゃないか？　それとも、事実を知ったからには、事実を言うべきだという魂のうずきがあるのか？　そういうふうに人間はできているのか？　しかし、事実を言うくらいなら、死んだほうがましなのだろうか。

いずれにせよ、この独白の直後、ハムレットはオフィーリアに会って「尼寺へゆけ」と言い放った。ということは、この独白の時点では、すでに「見せかけのまま」死ぬことを決断していたことになる。

この独白は、形而上学的な難しいことを言っているのではない。真実には背を向けて、偽りのまま死んでいくと決断しているのだ。そうは言っても、最終場面の死は、ハムレットの意思というより、或る意味では偶然なのだ。ただ、そのような偶然の機会がいつかやって来ることを予感している。いや、待ち望んでいるのであろう。

全く意味不明の言葉を羅列してしまった。徐々に私の言ってることが分かってくるはずである。ただ、"to be or not to be"は色々なことを重層的に暗示しているのだ。誰だろう、ＡなのかＢなのか？　生きるか死ぬか。

しかし、迷いの言葉を発した時は、すでに迷いから脱却しようとしているとも言える。自分の心の中の迷いを言葉として発するという行為は、或る意味では迷いを客体として、客観視していることとなる。だとすれば、その迷いから脱して、第一歩を踏み出す前兆だとも言える。勿論、またもや混沌とした想念に戻ることもあるかもしれないが。言葉というものの意味、言葉を口に出して言うことの意味を、シェイクスピアは知っていたようだ。

それ故、シェイクスピアは、この独白の後、ハムレットの決断を示すこととなる。即ち、ハムレットはオフィーリアに対し「尼寺へゆけ」と言う行動に出る。ハムレットの初めての行為である。

この独白は、形式的には「迷いの独白」であるが、実質的には「決断の独白」と言ってもおかしくない。

第五の独白：第三幕第二場（p183～184）

母、王妃がハムレットに会いたいと言っているらしい。ポローニアスの言によれば、王妃にハムレットを「手厳しくお叱り」（p186）ください、ということらしい。母に会いに行く前の独白。わずか十二行の短い独白。しかし、一番恐ろしい独白。すでにオフィーリアには「尼寺へゆけ」と言った。今度はいよいよ、母王妃の番だ。私は「母殺しの独白」と言いたい。全く分かりやすい独白である。他のことは一つも書いてない。「夜もふけて、今は魔の刻《こく》」という、すごい科白で始まる。「熱い生き血を吸い、日の目が見たら震えおののく残忍な所業もやってのけられよう」と言いながら、ハムレットは母王妃の間に乗り込むのだ。しかし、「匕首《あいくち》は使うまい」。ネロは自分の母親を切りきざんだが、あんなことは絶対にしないぞ！　言葉だけで殺すのだ。『旧約聖書』では、父または母を打っただけで死刑になるのだ。でも、言葉で殺すのなら罪にはならない、と言わんばかりだ。

本物の匕首を突き刺せば、人間は死んでしまう。ハムレットは匕首は使わないで、言葉を突き刺すというのだ。言葉を突き刺して、人間は死ぬのだろうか？　そう——言葉で、母王妃を自殺に追い込むのである。これ以上恐ろしい独白はない。

そして、実際、母王妃との間の、母子の会話でそれが実現するのだ。本当の実現は、最終場面で発生するのだが。この独白は分かりやすい。しかし、どういうわけか、誰もこのように読まない。なぜだろう。不思議だ。この独白どおり、母王妃は自ら死ぬことをハムレットに約束するというのに。こんな分かりやすい、短い独白を読み間違えられたのでは、シェイクスピアも浮かばれない。

しかし、間違って読まれることも、半分は願っているのだろう。人が錯覚に陥るように、あちらこちらに仕掛けをしているのだろう。しかし、どこに仕掛けがあるかも分からない。シェイクスピアは言葉の魔術師なのだ。人間の心の表と裏を知りつくしていればこそ、可能な魔術であろう。

第六の独白：第三幕第三場（p190～192）

第五独白の後、ハムレットは、母王妃の部屋に行くことになる。今度も、大臣ポローニアスは母子の会話を盗み聞く算段。

母王妃の間に行く途中、王クローディアスが謁見の間で祈っている場面を、ハムレットは垣間見る。王は、兄先王殺しの許しを神に祈っているようだ（実際は、うわべだけの祈りであったが）。今なら、王の背後から剣の一突きで、復讐が実現するに違いない。

ここで独白となる。内容は、今殺せば、祈りの最中だから、もしかすると王は天国に行ってしまうかもしれない。それじゃ、泥棒に追い銭だ。先王は祈る間とてなく殺されて、あの世で苦しんでいるのに。王が近親相姦の臥所《ふしど》にある時にでも殺せば、間違いなく地獄に行く。それまで復讐は延期する、という内容である。確実に地獄に送ろうというのであれば、「地獄送りの独白」となるだろう。しかし真実は、「またもや、復讐先送りの独白」と言うのがふさわしい。

どうも、ハムレットの本心を見ると、この時点でも現王を刺殺する気はないように見える。本当に決心するのはまだ先なのである。見栄《みえ》っ張りのハムレットが、いいところを観客にアピールする感じの独白である。

復讐のため、ハムレットは剣を抜いている。しかし、これは単なる格好だけである。先王ハムレットは、そんな殺人をせよとは言っていないのだから。

それにしても、シェイクスピアは随分とおかしな劇を作ったものだ。しかし、ハムレットが選んだ人生である。シェイクスピアはそれを忠実に守っているだけだ。

第七の独白：第四幕第四場（p226～228）

ハムレットは、廷臣二人に護衛されてイギリスに渡るため、ある港に来ている。廷臣は、「ハムレットを殺せ」というう王クローディアスのイギリス王宛の手紙を携えている（勿論、ハムレットは知らない）。

偶然に、ポーランドに向かうノルウェイ軍の隊長と出会う。ノルウェイとポーランドは、無価値な狭い土地の奪い合いを始めようとしているとのこと。取るに足らぬもののために、面子《めんつ》のために両国とも数千の命を賭けている。

この話を聞いてハムレットは、ぼやぼやしてはおれないと最後の独白となる。内容は、両国は名誉のため、それは取るに足らぬ幻想みたいなものだが、それに命を賭けようとしている。この俺は、父を殺され、母を汚されたのだ。当然、立ち上がらねばならない。心よ、血みどろの残忍になれ、さもなくば、くたばってしまえ！

ここでもハムレットの心の中は、はっきりしない。「血みどろの残忍になれ」と言ったすぐ後で、「さもなくば、くたばってしまえ！」と、どっちつかずだ。すでにオフィーリアに対しては「尼寺へゆけ」（p147）と言った。大臣ポローニアスは死んだ（p195）。母王妃は、死を約束してくれた（p209・6～8行）。だとすれば、残るのは、王クローディアス一人のはずである。だとすれば、王クローディアスに攻撃をしかけようという独白のはずである。しかし、具体的にどうしようとしているのか、さっぱり分からない。

実際は、この時点では、王はハムレットを殺害するためイギリス行きを命じているのだから、すでに挑発が明確となっており、「心を汚さない殺人」の条件は整っている。しかし、まだハムレットはそれを知らない。

なお、フォリオ版ではこの第七独白はカットされている。

第4章　二つの大きな仕掛け

シェイクスピアの他の作品に、どのような技巧や仕掛け、或いは構成が用いられているか、私は知らない。いくつかの作品は眺めてはみたが、通読してはいない。ただ、『ハムレット』では、劇全体を覆う大きな仕掛けが二つ施されている。私には見事な仕掛け、或いは見事な構成のように見える。

第一の仕掛け

この劇は、「誰だ、そこにいるのは?」という交代歩哨の声によって始まる。岩波版では「誰だ、そこにいるのは?」、集英版では「だれだ?」のみとされている。そして劇は、ハムレットの「何も言うことはない」で終わる。

正確には、このハムレットの最後の言葉の後、親友ホレイショーの科白とノルウェイのフォーティンブラス王子のハムレットに対する讃辞が存在するが、主人公たるハムレットの「何も言うことはない」という言葉が、劇の実質的な最後と見ていいだろう。
この最後の言葉についての訳文には、少しばらつきがある。
「あとは沈黙。ああああ」（角川版）
「もう、何も言わぬ」（新潮版）
「あとは、沈黙」（ちくま版）
「あとはすべてただ沈黙」（集英版）
しかし、「何も言わない」というニュアンスという点では一致していると見ていい。
冒頭が「誰だ？」で始まり、そして最後が「何も言わない」で終わるという構成で、この劇は作られている。「誰なのだ？」と問いは発せられたが、最後には、答えはなく、「それは言わない」のである。
ハムレットとは誰なのだ？ さらには、レアティーズ、そしてオフィーリアとは誰なのだ？ しかし、それは明確な言葉では申し上げません、という構成である。
ハムレットとは誰なのか？ ハムレットの悩みは「俺は誰なのか？」であった。勿論、ハムレットは知っていた。しかし、「みんなに話したいことがあるのだが――」（p319）という科白は吐いたが、やはり「言うまい」で息絶えた。
ハムレットは、尊敬し、愛した、あの先王ハムレットの輝かしい王子として生き、そして死にたかった。先王死亡後、またたく間にクローディアスと母王妃ガートルードが再婚した。二カ月も経たないうちに！　いや、一カ月も経っていないぞ！　冗談じゃない。二時間も経っていないじゃないか？　とまではハムレットは口に出した。

この先はないのか？　勿論ハムレットは、母とクローディアスはいつ結びついたのか、「先王死亡後二時間」とまでは口に出したが、その先は口が裂けても言わないのだ。皆さんは「そんな馬鹿な！」と言い出すだろう。しかし、シェイクスピアはそう書いているのだ。

ハムレットの心の中では、先王死亡後二時間で結ばれたのではなく、一年前から、いや、五年前から、いや、三十年前にも？　そう言えば、「俺が生まれた時、あの日は、先王がノルウェイ王を打ち負かした日である。誰一人知らないことのない事実である。ノルウェイとの戦いだって、長い月日を要したのだ。その前には、ポーランド軍と氷原の決戦をおやりになったではないか！先王ハムレットの新婚時代は、お城に居るいとまもなく、このデンマークのために、自ら先頭に立って剣をふるっておいでであったのだ。だが、あのクローディアスは戦争に行った気配もない。もしかすると……いや、考えまい、言うまい……しかし、もしかすると？　ああ、俺の父は、敬愛する先王ハムレットではなく現王クローディアスなのだ！」と知り、それ故、絶望の淵に突き落とされたのだ。

この絶望の淵に落ち込んだ一人の青年を、シェイクスピアが描き出したのである。勿論、絶望に落ち込まず、あっけらかんと乗り越えることだってできたかもしれない。『ジョン王』ではそのような人物を描いているようだ。

ただ、ハムレットは、先王ハムレットを父と仰ぎ、我が太陽と感じ、或いはヘラクレスのように立派な父であると敬愛していた。その心を変えることはできない。軽蔑していたあのクローディアスが父だなんて、「絶対認めないぞ！　認めてやるものか！　口が裂けても言わない。言わないどころじゃない、心からも消してやる」と絶叫しているのだ。先王ハムレットの王子として生き、そして死んでいくのだ。だから最後まで「何も言わなかった」のである。

ここに、シェイクスピアは悲劇性を見た。「父たち／母たち」の時代ではない。これは「父は誰か、母は誰か」がその人のアイデンティティの大きな要素となる時代に発生した、一つの悲劇である。「ハムレットとは何人《なにびと》でしょう？」、「それは、やはり言いますまい」という壮大な仕掛けがここにある。ハムレットが口が裂けても言わないと言う限り、このような構成を取ってみよう、とシェイクスピアは考えたのである。私はやはり、見事なものだなーと感じる。

ついでに、最初の誰何《すいか》「誰だ、そこにいるのは？」について、私の考えを述べておこう。夜の歩哨が交代する場面である。真夜中の十二時近く、闇の中を交代のためにやって来たバーナードーが、歩哨に立っているフランシスコーに対し、「誰だ、そこにいるのは？」と誰何する。この点に関して、フランシスコーが誰何するのが筋ではないか？　という疑問が出されているようである。

しかし、私としては、交代にやって来たバーナードーが最初に声を出すことのほうが自然ではなかろうかと感じる。例えば、夜中の十二時に、知人宅を訪問する約束をしたとしよう。訪問者は、家の中の人に「夜分、申し訳ありません」とか「只今参上しました」とか、言葉を発するのではないだろうか。よそのお宅の前に突っ立って、不安になった家の中の人に「誰だ！　そこに立っているのは？」と声を出させるのは、失礼ではないだろうか。

こう見てくると、歩哨に立っているフランシスコーが不安がらないように、「やって来たよ、俺だよ」とバーナードーがまず声を出すのが自然というものではなかろうか。それは分かった。しかし「誰か？」という言葉は変じゃないか、との問いが出されそうである。確かにそうである。「誰だ」という科白は、単なる合言葉であろう。

もし、本当の敵が密かに来たとしよう。その敵が最も発しそうにない言葉は、立っている歩哨に対して「誰だ、そこにいるのは？」という誰何であろう。最もありそうにない言葉を合言葉としたのかもしれない、と思う次第である。

しかし、右のようなことはどうでもいい。シェイクスピアは「誰だ？」で劇の幕を開け、「それは言わない」というハムレットの言葉で幕を降ろした。シェイクスピアの見事な構成に拍手を送ろうではないか！

第二の仕掛け

ハムレットがいつ生まれたのかは、第五幕第一場で墓掘り人が教えてくれる。船員服を着たハムレット（船員服なので、墓掘り人夫、道化役にはハムレットその人だとは分からない）が墓掘り人に対し、「墓掘りになって何年になる？」と尋ねる。それに対し墓掘り人の道化は、「忘れもしねえ、前《めえ》の王さまのハムレット王がフォーティンブラスを負かした、あの日からずっとでさあ」。「それから何年になる？」とハムレット。「ご存じねえとは恐れ入谷《いりや》の鬼子母神だな。どんな馬鹿だって知ってまさあ。ハムレット王子さまが生まれた日だもんな」と墓掘り人道化は答える。

実は、ここで、この劇の真相が初めて明白になるのである。それまで、なんだか一体全体、この劇はなんなんだ？　と暗い闇に覆われたような気分になっているところに、一万ワットの光がパーッと差し込んで来るのだ。ハムレット王子は、あの日に生まれたのだ！

そのことを、事もあろうに墓掘り人夫が言う。しかも、「その日から」この墓掘り人は、墓掘り人夫になったのだって！　「こりゃあ、驚いた、そんなことだったのか！」と、さすがの勘の鈍い平土間のお客もびっくりして目をさますのだ。

何故だって？　何のことかさっぱり分からないね！　という声が聞こえるようだ。簡単な謎解きをしよう。謎解きというほどのことでもないが。

ハムレットは三十年前に生まれた。そして、その日、この道化は墓掘り人夫を始めた。即ち、ハムレットが生まれた時、生まれ落ちた時、早くも不吉な死がまとわりついていたのだ。先王ハムレットが死亡してから、墓が掘られ始めたのではない。生まれ落ちた時、死の烙印がハムレットには押されていたのだ。「不義の子」という烙印が押されていたのである。

『旧約聖書』シラ書23－22以下「みだらな女」の項。

22　夫を顧《かえり》みず、よその男によって世継ぎをもうける女も、同様である。

25　その子供たちは、根づくこともなく、枝を張って実を結ぶこともない。

今時、『旧約聖書』を持ち出すのはけしからん、という罵声も聞こえてこよう。しかし、お釈迦さまの言葉を耳にしたことはないか？　孔子の『論語』はもう死に絶えてしまったのか？　仮に『旧約聖書』を無視するとしても、「不義の子」という烙印は、手を洗えばすぐに消えてしまうほどのものなのか？　美しく貴いものさえも、破壊するに足る烙印ではないのか？

私は、ハムレットの生まれた日に墓掘り人が墓掘りを始めましたということは、出生の時、すでに不吉なものが予定されていた、と読む以外にないと感じる。

ここで、この劇の見せ場に戻ることにしよう。

先王の亡霊は、ハムレットが生まれた日に着けていた甲冑姿で現れているのだ。何故、あの姿で現れたのか？　誰一人説明できなかったのではないのか？　劇の冒頭に、この劇の真相が隠されていたのだ。それをやっと、第五幕第一場でシェイクスピアは謎解きをしてくれたのだ。

それでも、研究者は反論するかもしれない。たかが道化の科白じゃないか！　そんな劇なんか観たこともない、道化という分際はいい加減なことを言うに決まっている、天下のシェイクスピアがそんな馬鹿げたことをするはずがない、と。果たしてそうだろうか？

シェイクスピアは、『ハムレット』には時間をかけている。ちゃんと仕掛けをしているのだ。「道化の科白に留意せよ！」と信号を送っているのだ。私はこんな作品を見たことがない。

第三幕第二場で、芝居は鏡であるといったふうな演劇論をハムレットが述べる（p154〜155）。一応、演劇論が終わり、最後に一言、ハムレットに言わせている。「道化役には台本に書かれている科白以外はしゃべらせてはいけない」と。この言葉は、「道化役の科白は、作者が一番神経を使って書いた場所だから、間違ったらいけない」ということである。ということは、重大なことが書いてありますよ、とシェイクスピアが言っているのだ。だから、道化の科白は重要なのだ。研究者はこう言うに決まっている。たしかにハムレットはそんな科白を吐いている。しかし、最後にちょいと言ったまでで取るに足らない、と強弁されるかもしれない。

『刑事コロンボ』というテレビ番組があった。あのコロンボは、容疑者に色々と重要なことを質問して、帰りかける。そして、立ち止まって振り向きながら、「ああ、そうそう、最後にあと一つ」と言って、訳の分かったような分からぬような質問をする。ところが、その最後の質問が一番重要なことなのだ。それ故、ハムレットが、付け足しみたいにちょっと言ったからといって、無視できないのだ。

しかしその科白は、『ゴンザーゴ殺し』を演じる旅役者に対して言ったのだから、『ハムレット』には無関係だ、と反論されるかもしれない。そう言われるとそうかもしれない。だが、『ゴンザーゴ殺し』には道化役は出て来ないのだ。『ハムレット』の中で出て来る道化は、この墓掘り人だけなのである。これでも、墓掘り人の発言は無視していいのか？

シェイクスピアは、「道化の科白に真相が隠されているから、よーく聴くのだぞ！」と、平土間の観客に言っているのだ。観客は道化の出現を待っているのだ。

そこに道化が出現する。劇の最初に出現したあの亡霊の甲冑姿、その意味はその時点ではさっぱり分からない。何のために甲冑を着けているのか分からない。

ところが、劇の途中で、ハムレットが「道化の科白に留意せよ」と信号を送る。そして、遂に道化が現れて、あの亡霊の甲冑姿の意味を教えてくれる。あの甲冑姿は、先王ハムレットがノルウェイ王を打ち負かした時に着けていたものである。その日にハムレットは出生した。三十年前のことである。

墓掘り人道化はその日、即ちハムレットが生まれた日から、墓掘りを始めた。ハムレットが生まれた日、墓掘りが開始されたのだ。何という不吉なことだろう。単に不吉というより、死を暗示するものだ。

何故に、生まれると同時に死が準備されたのか？

前述したように、「不義の子」は「根づくこともなく、枝を張って実を結ぶこともない」のだ。先王が死去して、ハムレットの悲劇が始まったのではない。生まれ落ちた時、すでに「死の悲劇」が準備されていたのだ。先王がクローディアスに毒殺された時から悲劇が始まったのではない。ハムレットが生まれた時、すでに「死への悲劇」が始まっていたのだ。

私にはこのように読むことしかできない。

第一幕第一場で現れた先王の甲冑姿の意味が、終幕直前の第五幕第一場で明らかにされる。しかも、第五幕第一場の道化の科白の重要性について、劇の中間である第三幕第二場で述べられる。なかなかの構成ではなかろうか！　劇全体を覆う見事な構成である。

このように、シェイクスピアは苦心して作品を作り上げているのだ。その苦労に報いるためには、『ハムレット』を一行でも正しく読むべきではないのか？　形而上学的言辞、精神分析的言辞もよかろう。しかし、話の筋を勝手に作り変え、訳の分からぬ代物にこねくりまわして、空虚な言辞を吐くのは慎まなければならない。

以上、二つの仕掛けの意味を味わえば、『ハムレット』は卒業も同じだ。

しかし、もののついでに、さらにくだくだと書き記すこととしよう。

第５章　亡霊についての検討

1　亡霊の甲冑姿をホレイショーは知っていた

この劇は、数カ月前に亡くなった先王ハムレットの亡霊の出現によって始まる。塔上の見張り台には二十四時間体制で歩哨が立っている。

先王ハムレットに領土と命を奪われたノルウェイ王の息子フォーティンブラス王子が、デンマークに攻撃をしかけようとしている。父を殺され、領土を奪われたフォーティンブラス王子は、命知らずの無法者を掻き集め、デンマークを攻撃しようとしている。

それ故、デンマーク国民は日曜日返上で軍備増強に駆り出され、城内でも二十四時間体制で見張りが立っている。国の存亡がかかる戦争が始まるかもしれないという空気が、デンマーク全体を覆っているのだ。

真夜中の十二時。二晩続けて、見張り台の歩哨の前に先王ハムレットの亡霊が現れる。このことを聞いたホレイショーが、亡霊出現を確認するために、歩哨と一緒にこの塔上の見張り台にやって来ている。

このホレイショーの前に、今夜もやはり先王の亡霊が現れた。その亡霊は、頭の天辺《てっぺん》から爪先まで一分の隙もなく甲冑に身を固めている。手には元帥杖《げんすいじょう》を持ち、威厳ある足どりでホレイショーの前に現れ、そして無言のまま消えて行った、とホレイショーはハムレット王子に語る（p40）。この甲冑姿は、劇の終わり直前に、三十年前に先王ハムレットがノルウェイ王を討ち負かした日のものであることが明らかにされる。

ところで、ホレイショーは三十歳になるかならないかの年齢である。生まれたばっかり、或いは生まれる前かもしれない頃の先王の甲冑姿を彼が知っているはずはない、というのがハムレット研究者のおおかたの見解である。

岩波版注記には、「三十年前のことである。ホレイショーがそのときのことを知っているはずもない。しかし、こういう矛盾をシェイクスピア劇に探し出したらきりがない」（p16）と記載されている。

角川版注記には、「先代ハムレット王がノルウェー王を打ち破ったのは、最終幕の墓掘りの言葉に拠れば三十年前、ハムレット王子が生まれたとき。とすれば、王子の学友ホレイシオは、そのときのことを直接には知りえないはず。キャラクターの領域を超えた、芝居全体の語り部としてのホレイシオの役割がここにある」（ｐ11）と記載されている。

私はこのような見解を読んでびっくりした。というより、異様な感じに襲われた。それ故、『ハムレット』を読もう、と思った。なぜ異様に感じたかと言うと、シェイクスピアは『ハムレット』の中で、ホレイショーは、いやデンマークの国民全員は、三十年前の先王ハムレットがノルウェイのフォーティンブラス王を打ち負かした時の甲冑姿を知っている、と書いているのだ。それにも拘らず、ホレイショーは知っているはずがない？　異様な現象だ！

研究者は言うに違いない。「どこに書いてある？　書いていないじゃないか？　嘘を言うとはもっての外！」と。確かに「ホレイショーは、三十年前の甲冑姿を知っていた。全国民が知っていた」という言葉は存在しない。しかし、シェイクスピアはちゃんとした科白でこのことを述べてくれている。

先の王ハムレットは、自分の命を賭けてノルウェイ王と自ら戦った。また、ポーランド軍を自ら氷原の決戦で、怒りの赴くままに打ち砕いた（ｐ17）。英雄の中の英雄である。そして、三十年以上デンマークに君臨し続けたのである。

ところで、現在の王は、王位に就いたばかりだし、戦争にも自ら行った気配もない。先王とは比較できないほどのへだたりがある。

ところが、ハムレットに言わせると、「現に父上が御存命中、叔父（現王クローディアスのこと）を小馬鹿にしていた連中も、叔父がデンマーク王になると手のひらを返すように、今では彼の小さな肖像画一枚に二十、四十、五十、いや百ダカットもの大金を払うありさまなのだから」（p119）という状態である。王になったばかりのクローディアスの肖像画を、高い金を払って皆が我先にと買い求めているのである。

先王は、自分の命を賭け、自ら剣を握り、兵士の先頭に立ち、ポーランド軍を橇に乗って打ち負かし、そしてノルウェイ王を討ち、ノルウェイの領土を勝ち取ったのである。おそらく、ノルウェイを打ち負かしたその時の甲冑姿は、銅像として宮殿の前に建てられていただろう。橇に乗って、兜の面頰《めんぼお》をあげて、怒りの表情でポーランド軍を打ち砕く様子は、銅版画で、町のあちらこちらに見受けられたことだろう。王妃の部屋には今も、その勇姿の絵が掛かっているに違いない。国民もこぞって、先王の肖像画を買い求めたことであろう。このようにシェイクスピアは言っているのだ。

例えば、小説の中に「春だなあー、山の北側の日の当たらない場所の桜も咲きはじめた」という科白があったとしよう。では、山の南側の日当たりのいい場所の桜は満開だろう、と読者は想像するだろう。これが常識というものである。

ところが、ハムレットの研究者は、日の当たる場所の桜については、書かれていないからまだ咲いていないはずがない、と力説しているのだ。「今日は、潮が悪くて、十尾しか釣れなかった」という言葉を聞けば、「潮の具合のいい時は、二十尾くらいは釣れるのだろう」と私は想像する。しかし、ハムレットの研究者は「一匹も釣れない」と強弁するのであろう。

しかし、このように自分勝手に話を曲げる権利はないのではないか。平地に一〇センチの雪が積もったと言われたら、山には三〇センチ、いや五〇センチの雪ではないのか。ハムレットの研究者は、山の雪のことは書いていないから、山には雪は降っているはずはないと主張しながら、研究を続けているのだ。このような異様な状況が、はや四百年も続いているのだ。これではシェイクスピアが可哀相である。

シェイクスピアは、この劇で今まで誰もが考えなかったことをやってのけたのである。シェイクスピアの書いたことを勝手に変更してはいけない。常識を持って眺めてさえすれば、話の筋は分かるように書いてある。

『ハムレット』を観たり聴いたりした一六〇〇年代の観客はどうだっただろうか。ホレイショーは嘘を言っている、或いは、劇の進行役だから誰も知らないことを観客に教えるため、知ったかぶりをしている、と思うのだろうか。

仮にハムレットの科白がなかったとしても、先王の若き日の晴れ姿をホレイショーが知っていると言っても、当然のことだと観客は思ったに違いない。というのは、当時、イギリスに君臨していたエリザベス女王（一世）の肖像画をいつも見ていたからである。

フランシス・A・イエイツ『星の処女神エリザベス女王』（西沢龍生・正木晃沢、東海大学出版会、一九八二年）には、エリザベス女王の見事な肖像画が十枚以上、写真で載せられている。

なお、『ビショップ聖書』（一五六九年版）の題扉にも、エリザベス女王の絵が載せられているとのことである（同書巻末写真10 b）。

エリザベス女王の肖像画が何枚売れたかまでは分からないが、聖書に肖像画が載るほどであるから、ロンドン市民はエリザベス女王をよく知っていたはずである。それ故、ホレイショーが先王ハムレット王の甲冑姿の話をしても、何の異和感も持たなかったはずである。

ただ、ホレイショーが、亡霊の顔の髭は「白髪まじりでした」などと言おうものなら、観客は「甲冑姿なら分かるが、白髪まじりとは何たることだ。嘘をつくな！」とブーイングになるだろう。その通りである。

ホレイショーは、ハムレットに尋ねられて、「御生前、お目にかかったときと同じ」と前提しておきながら「黒に銀色のものが混じっておりました」と、観客の疑念を取り去っている。

このような点から見ると、シェイクスピアはなかなか気配りをしていることが感じられる。ホレイショーが甲冑姿を知っているはずはない、などという発想自体、ジョイントが外れてはいないか？　私はそう考える。

2　烙印の長科白とネミアの獅子

亡霊出現直前のハムレットの長い科白。重要な意味を持っているはずである。私は「烙印の長科白」と命名していいと考えている。

ハムレットとホレイショーは、城壁の上で亡霊の出現を待っている。ここまで城内の王の酒盛りのざわめき、乱痴気騒ぎ、王が杯を干《ほ》すたびに、その飲みっぷりを囃《はや》し讃《たた》える太鼓や喇叭《らっぱ》の響きが伝わってくる。

この乱痴気騒ぎを耳にして、ホレイショーが「あれ、習慣なのですか?」と尋ねる。その質問に自然に答えるかのように、ハムレットの長科白が始まる（p58）。長くなるが、全文を書き写す。ただ、説明の便宜上、①〜⑤に分けておく。

①そう、習慣だ。ぼくはこの国に生れ、この国の仕来たりに慣れているはずだが、しかしあんな習慣は、守るより破ったほうが名誉だと思う。あんな酔いどれ祭りのせいで、東西あまねく外国から侮られ誹《そし》られる破目になる。酔っ払いだの、豚だのと呼ばれて、名を汚《けが》される。いかに立派な偉業を成し遂げても、折角の名誉は骨抜きにされてしまう。

②そういうことは個人の場合にも、よくあることだ。生まれつきの痣《あざ》のような欠点ゆえに、と言っても、それは当人の罪ではないが、（なぜって、それが生れつくのは当人の意志ではないからな）……

（なお、この部分は、新潮版では「誰《だれ》も自分の意思で生れてきたわけではないからな」（p35）となっている）

③とにかく何か一つの気質が勝ち過ぎて、それが理性の枠、砦を打ち壊したり、あるいは生れ

てから身についた習慣ゆえに、好もしい生き方がすっかり台無しになったりして――。

④こうした個人は、いわば『自然』の象徴《しるし》か、それとも『運命』の星の徽章《きしょう》か、一つの欠点を烙印のように焼きつけられ、ほかにどれほど純粋で、人間に可能なかぎりの美点があろうと、このたった一つの欠点ゆえにすべて打ち果て滅んで、世間の批難を浴びることになる。

⑤ほんのわずかな疵《きず》がもとで、貴いものがすべて帳消しにされ、揚句の果てに恥をさらすのは、よくあることだ。

この科白の結論は、②④と⑤、即ち、生まれつき存在する一つの欠点が、それが取るに足らない疵でも、烙印として押されると、純粋なもの、無限の美点、或いは貴いものが消えてしまうのだ、ということである。

①の連日の乱痴気騒ぎとか、③の理性の枠を打ち破るような気質の歪み、などというものは、それが遺伝だろうと、或いは後天的習慣だろうと、その人の美点を帳消しにしたって当然であろう。よって、この科白は②④⑤だけで充分。充分というより適切である。

では、何故、①や③をシェイクスピアは加えたのか。一言で言えば、この科白全体が、何が何だか分からないような印象を与えるようにするためだ。シェイクスピアは『ハムレット』においては、真相を明らかにしたかと思うと、隠してしまう、隠した矢先に真相を言ってしまう、というような手法を使うのだ。

ハムレットは「見せかけ」で生きるつもりである。しかし、それが「見せかけ」であると知ってもらうためには真相を語らねばならない。しかし、「真相」一本槍で行けば、ハムレットの「見せかけ」が消えてしまう。このようなわけで『ハムレット』には歯切れの悪さがつきまとうのだ。しかしシェイクスピアは、このような技法が、この『ハムレット』に関しては必然性を持つものだと判断したのである。

この烙印の長科白を簡潔に訳すれば、「私生児、または不義の子として生まれること自体、自分の責任ではない。そして、その事実は実質的には、その生まれてきた子供の価値とは関連のないものだ。せいぜい痣程度のとるに足らないものなのだ。しかし、世間は『不義の子』という烙印を押しがちなものだ。一旦、そうなれば、『純粋さ』、『美しさ』、『貴さ』もたちまち、消え去るのだ」ということになる。

この、純粋で、美しくかつ貴いもの、というのは何だろうか。

オフィーリアは、ハムレットを「美わしいこの国の希望の薔薇《ばら》」、「雅《みやび》の鑑《かがみ》」と評した（p149）。ホレイショーは「気高い御心」（p321）と言った。ということは、ハムレットは不義の子ゆえにいずれ滅びる運命なのだ、とホレイショーに語りかけているのだ。

ウイッテンバーグ大学、あの宗教改革のルターが教鞭をとっていた大学で、新しい息吹に触れていただろうホレイショーである。しかし、彼には言葉の裏を見貫くようなところはない。それを見込んで、ハムレットは自分の本心を、シェイクスピアとしてはこの劇の進行を、幾分ぼやかしながらではあるが、吐露したのである。

　私としては、この科白、亡霊の甲冑姿、態度、そして、第二独白、即ちふざけた復讐の独白で、この劇の根幹が語り尽くされていると考える。あとは具体的にどう展開していくかである。それ故、この科白は重要なのである。そもそも、亡霊直前の長科白が重要でないわけがない。

　ただし、この長科白のほとんどは、フォリオ版では存在しない由（角川版p40注記）。私は、あっても有害とは思わない。しかし、この劇の最大の見せ場である亡霊の出現を前にしての長科白は緊張感を減ずる、とシェイクスピアは考えたのかもしれない。しかし、それ以上に、亡霊の出現を今か今かと待つハムレットが長科白を吐くのは不自然、即ち長科白を吐く心理的余裕はないのではないかと感じて、削除したのであろう。当時の劇は、科白のみによるものであったゆえ、役者は相当におしゃべりにならざるを得ない。と言っても、シェイクスピアは、なるべくこの世の現実に合わせるために削除したのかもしれない。

　右の長科白が終わった途端、先王の亡霊が出現する。亡霊はハムレットを手招きする。ホレイショーは、ついて行ってはいけない、とハムレットの手をつかまえる。ハムレットは、ホレイショーの手を振り切って、そして奇妙な科白を吐く。「おれの運命が呼んでいる、この体のか細い筋肉一本一本までが今や、ネミアの獅子の筋骨のようにぴんと張りつめている」（p63）と言う。ネミアの獅子というのは、「古代ギリシアの南東部ネミアの谷で、ヘラクレスに退治された不死身の猛獣」（注記p63）だそうだ。亡霊のあとについて行こうとしているのだ。筋肉が緊張することは分からぬでもない。しかし、その筋肉の緊張を表現する時、なぜ「ネミアの獅子のように」と言うのだろう。

「ネミアの獅子」を退治したヘラクレスは、ギリシャ神話中、一番武勇にすぐれた英雄と言ってよさそうである。ところで、『ハムレット』の中の登場人物で、一番ヘラクレスに似ている者、それは先王ハムレット以外にはいない。

先王ハムレットは、ハムレットによれば、「日の神ヒューペリオンの波打つ巻き毛、神々の神ジュピターの秀《ひい》でた額、三軍を叱咤し……神々の使者メルクリウスさながら」（p197）と言っている。また、「あの叔父、父上の弟と、兄弟とはいえ、このおれとヘラクレス同様、似ても似つかぬ男」（p36）と言っている。即ち、先王と現王の差は、ヘラクレスと自分の差と同じぐらいだと言う。直接的ではないが、先王を、ヘラクレスを連想してもおかしくないように描写している。

先王ハムレットが、この劇の登場人物の中では一番ヘラクレス的な人物だとしたら、ハムレットは、自分をそのヘラクレスに退治される獅子に見たてたこととなる。実の父子が「父＝ヘラクレス」、「子＝ミネアの獅子」と対比されることは、あってはならないことである。実の親子が対面しようとしているのだ。勿論、相手は亡霊ではある。だが、会う前から、敵対関係を連想させるような表現は不適切ではなかろうか。

さらには、獅子ライオンから連想されることがある。牡《おす》ライオンは、自分の配下の雌《めす》ライオンが、他の牡ライオンとの間に生んだ仔ライオンを食い殺すといわれている（当時、この事実が実証的に知られていたかどうかは不明であるが)。

ヘラクレスと、それに退治されるミネアの獅子。先王をヘラクレス的人物と見る限り、この父と対面するのにミネアの獅子を持ち出すのは、あまり適切な表現ではないのではないか。シェイクスピアは、ここでも先王ハムレットとハムレット間の父子関係の不確定さを暗示しようとしている、と考えるのが妥当なところではないか。

例えば、父が死亡した、その息子は亡き父を敬愛しているとしよう。父は生前、猪狩りの名人だった。ある時、山の主《ぬし》と言われていた大猪を仕留めた。そして、そのことは誰もが知っていることだし、息子もそれを誇りに思っていたとしよう。或る時、父の亡霊が裏山に現れるというので、息子がその亡霊に会いに行った。父の亡霊が現れた。息子はその時、「待ちに待った、亡き父上と出会うと思うと、ああ、俺の筋肉は、父上に射止められたあの大猪の筋肉のように、張りつめるのであった」と言ったとしよう。

観客はどう思うだろう。この父と子の関係は、一体全体どうなっているのか？　本当に実の親子かいな？　変なことだな。こりゃ、三流作家、いや、それ以下だ、と思うのではなかろうか。

常識をもって考察してもらいたい。愚にもつかない形而上学的言辞を弄するのではなく、この私の質問に答えてみたらどうだろう。少しは眼が覚めるかもしれない。

３　近親相姦と不義密通

先王の亡霊はハムレットに対して言う。「そうだ、あの近親相姦の、あの不義密通の獣《けだもの》が、奸知の魔法、裏切りの才覚を使って……あれほど見事に女をたぶらかすとは！――わしのこよなく貞淑に見えた妃《きさき》の心を奪い」（p68）

当時、兄弟の妻との結婚は近親相姦の一つとされていたということである。だとすれば、兄嫁との結婚を近親相姦と表現することは可能である。

次の「不義密通」は何を意味するのか？　当然、婚姻外の関係、今風に言えば不倫である。だとすれば、ハムレットの母王妃は、先王ハムレレット死亡後、夫の弟たるクローディアスと近親相姦的結婚をしたのみならず、先王生存中、すでにクローディアスと関係があったことを意味することになる。

この先王生存中の不倫関係の存否については、従来から両説が対立している由である。

岩波版は、生前からの姦通説のようである（補注p329）。

ブラッドレーは、「（王妃は）不謹慎に再婚を急いだに過ぎないのではなく、先王の生前既に道ならぬことをしてゐた」（『シェイクスピアの悲劇』岩波文庫、中西信太郎訳、p214）と述べている。

大修館版は「生前すでにガートルードと通じていたとする説もあるが、“adulterate”は当時必ずしも『姦通』を意味せず、罪一般を指したとする説もある。いずれにせよ亡霊の視点からの理解を示す」（p141）と記す。要約すれば、読んで字のごとく、生前からの姦通説。一方では、「姦通」を指すものではなく、「罪深い」といったような評価を示すにすぎない。ひらたく言えば、罪深い近親相姦的結婚を意味する、という説である。

念のため、近親相姦及び不義密通についての宗教的、または社会的評価について検討を加えてみたい。

兄弟の妻との結婚を近親相姦の一つに挙げるのは、『旧約聖書』に起源があるとのことである。『旧約聖書』レビ記20－21は、「兄弟の妻をめとる者は、汚らわしいことをし、兄弟を辱《はずかし》めたのであり、男も女も子に恵まれることはない」と記す。

いかなる歴史的背景があるのかはともかくとして、兄嫁との結婚を近親相姦と表現しても不当なことではなさそうだ。しかし一方、『旧約聖書』申命記25－5には次のように記されている。「死んだ者の妻は家族以外の他の者に嫁いではならない。亡夫の兄弟が彼女のところに入り、めとって妻として、兄弟の義務を果たし」とある。

この記載の表題は「家名の存続」となっているが、内容は明らかに兄弟の妻との結婚をすすめている。単にすすめているだけではない。「（この結婚を拒んだ者は）靴をその足から脱がせ、その顔に唾《つば》を吐き、彼に答えて、『自分の兄弟の家を興《おこ》さない者はこのようにされる』と言うべきである。彼はイスラエルの間で、『靴を脱がされた者の家』と呼ばれるであろう」。ここまでくれば、近親相姦のすすめを通り越して、近親相姦の半強制と言ってもおかしくはない。

こう見てくると、兄弟の妻との結婚は、近親相姦と言えなくはないが、少なくとも倫理的批難度のきわめて低いものであることは間違いなさそうである。

レビ記20が列記する「死刑に関する規定」のうち、不義密通または近親相姦に関連するもののいくつかを列記しておく。

10　人の妻と姦淫する者、男女ともに死刑
11　父の妻と寝る者、同右
12　嫁と寝る者、同右
17　自分の姉妹、すなわち父または母の娘をめとり、その姉妹の裸を見、女はその兄弟の裸を見るならば、それは恥ずべき行為であり、彼らは民の目の前で断たれる。彼は自分の姉妹を犯した罪を負わねばならない（即ち、姉妹、異父姉妹、異母姉妹との結婚の禁止）。

要は、兄弟の妻との結婚は、近親相姦だと言えなくはないとしても、その倫理的批難度は他のものに比べて低いもののようである。兄弟の妻との結婚は、「女も男も子に恵まれない」程度の罰であったが、不義密通は「男女ともに死刑」である。兄弟姉妹間の姦淫は「民の目の前で断たれるのである」（おそらく死刑の意味か）。

『旧約聖書』は、不義密通と兄弟の妻との結婚は明らかに次元の違うものと捉えている。だとすれば、兄嫁との結婚を「不義密通」呼ばわりするのは、そう簡単にできることではないのではないか。『ハムレット』の中でシェイクスピアは、「不義密通」という言葉を安易に使っているだろうか。そうではなさそうだ。

一応、当時の状況を見てみよう。

『ハムレット』が書かれたであろう一六〇〇年頃、イギリスにはエリザベス女王（エリザベス一世）が君臨していた。このエリザベス女王の実父は、ヘンリー八世（在位一五〇九～四七年）である。ヘンリー八世は兄嫁であったキャザリンと、兄死亡後に結婚した。まさに近親相姦である。それゆえ、ローマ教皇の特別許可が必要であったとのことである。しかし、キャザリンとの間に子供はできたが、多くは死産、夭折《ようせつ》で、メアリーが成人しただけであった。ヘンリー八世はキャザリンと離婚して、美貌のアン・ブリンと結婚しようと計画したらしい。実質的には結婚同様の生活を送っていたが、正式に結婚することを望んでいたらしい。ヘンリー八世は、キャザリンとの離婚とアン・ブリンとの結婚をローマ教皇に願い出たが、受け入れられることにはならなかった。

このことだけではないのだろうが、遂にヘンリー八世はローマ教皇から独立して、イギリス教会はイギリス王の下にあるべきと考えたらしく、遂にローマ教皇と縁を切ってしまった。そして、一五三三年五月、カンタベリー大司教トマス・クランマーの法廷で、キャザリンと離婚、アン・ブリンとの結婚が承認されることとなった（小嶋潤著『イギリス教会史』刀水書房、一九八八年、p63以下参照）。

要は、兄嫁との結婚は、近親相姦ではあっても、国王ですらそれが可能であった（一般庶民はさらに容易であったのではなかろうか）。

ヘンリー八世は、アン・ブリンとめでたく結婚し、エリザベス女王が誕生した。しかし、そのアン・ブリンは一五三六年五月、愛人と姦通したとして、ヘンリー八世によりロンドン塔に投獄された上、姦通相手とされた五人の男性とともに処刑された（姦通の事実があったかどうかはきわめて疑わしいようであるが）。ヘンリー八世は二週間後には、ジェイン・シーモアと結婚した（『マクミラン版　世界女性人名大辞典』国書刊行会、二〇〇五年、p395〜396参照）。

兄嫁との結婚、即ち近親相姦と不義密通とは、『旧約聖書』においても、現実社会においても、異なる扱いをうけていたことは事実である。だとすれば、「兄嫁との結婚」に、近親相姦という言葉ではあきたらず、さらに「不義密通」を冠することには、躊躇《ちゅうちょ》を感じざるを得ないのではないか。兄嫁との結婚は許され得る近親相姦であり、その余の近親相姦は倫理的に忌まわしいものであると見ることができる。

私は、「不義密通」は読んで字のごとく、ガートルードとクローディアスは、先王生前からの関係であったと読みたい。そして、その事実を亡霊はハムレットに告げているのであろう。ただ、いつ頃から不義密通があったかについては、どこにも書かれてはいない。それは、「沈黙」の対象にされている。

4　亡霊はハムレットに何を命じたのか？

この劇は、先王の亡霊の出現によって始まる。そして、亡霊はハムレットにいくつかのことを命じる。この命じたことの内容が、この劇の進行に大いに関わっていると考えるのが常識であろう。いや、亡霊の命令などどこの劇とは全く無関係である、亡霊の命令など単なる言葉の羅列である、無意味だ、と言う人がいるとすれば、私は『ハムレット』を読むのをやめたほうがいいでしょうと言いたい。

確かに、すべての人が亡霊の命令に注意は払っているようだ。しかし、誰一人、シェイクスピアが折角書いたことを読んでいない。一行も読まないで、解説が山ほどあるのも不思議な現象である。

亡霊の命令の意味は、この劇の中で一番分かりにくそうに見える。その時は、ひたすらゆっくりと眺めるがいい。結論を自分の頭で出すのではなく、シェイクスピアが書いたとおりを、気に入ろうが入るまいが、淡々と読むだけである。勿論、小学一年生ぐらいの常識は必要であろう。実に不思議な命令である。あせらず、ゆっくり読めば、奇想天外な命令、しかし当然の、そしてありふれた命令が目の前に浮かび上がってくる。

先王は、心のやさしい、細やかな神経の持ち主であったようだ。神の教えも、そして法律も守るような人物であったようだ。微笑ましくもある。あの物々しい甲冑姿には似つかわしくないほど、細やかな心情を持っていたようだ。

亡霊の命令を見てみよう（p66～67）。

亡霊は、自分を殺したのが現王クローディアスであることを言う前に、「父の敵《かたき》を討て」と言う。その後、改めて長々と恨みつらみを述べた後、次のように命じた。

①父を思う心あらばこれを許すな。

この科白は、先の「父の敵を討て」という言葉と同じであろう。

②デンマーク王の高貴な臥床《ふしど》を、淫楽と呪わしい近親相姦の床《とこ》にしてはならぬ。

③だがしかし、そのために如何なる手段を取ろうとも、お前の心を汚してはならぬ。

④母に背くようなことは一切、企んではならぬ。母のことは天に、あれの胸に宿る棘《とげ》の呵責《かしゃく》に委ねるがいい。

亡霊は、殺人犯人はクローディアスであるということを告げる前に「父の敵を討て」と命じ、ハムレットは「早く、早く、お聞かせ下さい（犯人の名前を）。きっと復讐を遂げますから」（p67）と言う。

「犯人はクローディアス」と告げた後、亡霊は念を入れて「父を思う心あらば、これを許すな」、即ち、前述の「敵を討て」と言ったのであろう。「敵を討て」は分かるが、「お前の心を汚してならぬ」と言われると、はたと困ってしまう。

元々キリスト教即ち聖書では、復讐そのものが禁じられているようである。『新約聖書』ローマ信徒への手紙12－19では、「愛する人たち、自分で復讐せず、神の怒りに任せなさい。『復讐はわたしのすること、わたしが報復する』と主は言われる」とされている。

しかしながら、ハムレットは「犯人の名前をお聞かせ下さい。きっと復讐を遂げますから」と約束してしまっている。約束してしまった後に、犯人の名前を言う亡霊は、いささかフェアプレイの精神に欠けるようだ。勿論、疚《やま》しさを感じたればこそ、亡霊は改めて「犯人はクローディアスであるぞ！」、それでも、この父ハムレットを愛しているなら、あのクローディアスを許すな、と駄目押しをしたのだ。

しかし、「心を汚さない」殺人（復讐）とは、一体何だろうか。勿論その答えは、後日ハムレットの口からはっきりと説明されるが、この亡霊の命令の時点では、それを抜きにして考えてみよう。

まず、聖書を見てみよう。何のことはない、ちゃんと「心を汚さない殺人」が堂々と明記されている。キリスト教圏の人はとうの昔から知っているのだ。

『旧約聖書』出エジプト記「(3)　死に値する罪」

12 人を打って死なせた者は必ず死刑に処せられる。
13 (略)
14 しかし、人が故意に隣人を殺そうとして暴力を振るうならば、あなたは彼をわたしの祭壇のもとからでも連れ出して、処刑することができる。

即ち、12は殺人罪、即ち良心に恥ずべき犯罪。一方、14は、祭壇から引きずりおろしてその人を殺していい、即ち正義の殺人である。相手が故意に隣人を殺そうとして暴力を振るうならば、祭壇から引きずりおろして殺してもいい、と言っているのだ。相手が先制攻撃をかけてから殺せば、当然無罪、むしろ正当殺人、正当攻撃である。

念のため、現在のイギリスの刑法を眺めてみよう。殺人罪には二種類あるそうだ。重い殺人は「謀殺」とされ、軽い殺人は「故殺」と呼ばれている由である。

奥村正雄著『イギリス刑事法の動向』(成文堂、一九九六年、p74・75)によれば(現在は刑法が改正されているかもしれないが)、

謀殺罪
ⓐ人を殺す意図をもって、またはⓑ人に重傷害を負わせる意図があり、かつ人を殺す可能

性を認識して、人を殺した者

故殺罪

「限定責任能力」、「挑発」、「過度の有形力の行使」の抗弁が適用されることによってのみ、謀殺罪の責めを負わない者

謀殺罪は終身刑、故殺罪の刑は上限が終身刑。右の内容を正確に理解し解説することは、一般人には不可能なことである。私がここで留意したいのは、故殺罪に関する記載の中に「挑発」という文言があることである。しいて勇猛をもって理解に努めるならば、人を殺す意図で人を殺せば謀殺（重い殺人罪）となるが、被害者の「挑発」があった場合には（勿論、その挑発の程度、内容、要件など厳格に規定または解釈されているのであろうが）罪一等を減じられる可能性が無きにしもあらず、ということではないだろうか。

聖書の言う正当殺人のことが書いてあるなどと言っているわけではない。その痕跡の、そのまた痕跡が、もしかすると現刑法典に存する「挑発」という言葉の中に認め得るのではないだろうか、と言っているだけである。

なお、一六〇〇年頃も、謀殺と故殺という区分は存在したようだ。特に、故殺の場合には、聖職者には特権適用可能性があったので、謀殺と故殺の区分は重要であったとの由である。

当時の見解は、「計画的殺意に基づく殺人」は謀殺。「突発的闘争の過程での殺人」は故殺。ひ

らたく言えば、「冷静な血」による殺人は謀殺、「興奮している血」による殺人は故殺ということであったらしい。

しかしその後、偶発的争いも、「挑発された」のでなければ謀殺となる。即ち、「血が興奮していた」から軽い故殺になるのではない。「挑発」があって、即ち「挑発されて殺人行為に及んだ」という時、初めて軽い殺人罪にしてもらえる、ということになったそうである。

「挑発」があってこそ、殺人が軽くなる。「挑発」があってこそ、その殺人は正義のほうへ一歩近づく（謀殺から故殺へと、或いは時によれば無罪にも？）という考えに移行したそうである。「挑発」の存否こそ、殺人の軽重のメルクマールになるという考え方、その最初の判例が登場したのが、何と一六〇〇年であった。シェイクスピアが『ハムレット』を書き始めた頃なのである（J・ベイカー著『イングランド法制史概説』〔小山貞夫訳、創文社、一九七五年〕を参照させていただいた。深謝）。

いずれにせよ、聖書によれば「相手が自分を殺そうと考え、その考えを実行に移した時においては、祭壇から引きずりおろしてでも、殺してかまわない」。正に心を汚さない殺人、或いは復讐となるのである。

相手の挑発を待て！　その挑発が明確になった時、その時こそ、正義のために立ち上がれ、「心を汚すでないぞ！」と先王は命じたのである。それゆえハムレットは、その機会をずっと待っていたのだ。「さあ復讐だ！」、「剣を抜いた！」という科白はすべてはお芝居なのだ。まだその時期には挑発がないのだ。復讐をしないのは、ハムレットが亡霊の命令を守っているからなのだ。それほど、敬愛する先王の命令は重いものであった。

これで一応、「心を汚さない復讐」は終わることにしたい。

だが、一難去ってまた一難である。

「デンマーク王の高貴な臥所を、淫楽と呪わしい近親相姦の床としてはならぬ」

近親相姦と言えば、当然、クローディアスとガートルードの結婚を考えるのが人情というものである。しかし、はたと困るのである。というのは、時期はともかく、クローディアスは殺さねばならない。殺すと仮定すれば、王妃だけが残り、当然、近親相姦状態はなくなるのだから、あらためて命令する必要はないことだ。それとも亡霊は、王と王妃に離婚をすすめるよう命じたのだろうか？　仲のいいあの二人が離婚するはずはないだろう。そんな漫画みたいな命令をするはずはない。

クローディアスが殺されたとした場合、どんな近親相姦があるのか。もしかしてここで、精神分析の大家が登場して、待ってましたぞ！「母王妃とハムレットの結婚を禁止する」との命令であるに違いない、と言い出しはしないかとハラハラする。これは考え過ぎというものだ。

いずれにしろ、遅かれ早かれ、クローディアスは亡き者にしなければならない。それゆえ、近親相姦の床としてはならない、などと言う必要性がないのだ。勿論、必要性がないことをシェイクスピアが記すはずはないのだ。

もし、クローディアスとガートルードのことを言うのならば、「今、存在する近親相姦の床をただちに打ちこわせ！」と言うべきなのである。しかるに、「床としてはならない」と言っている。今後のことを命じているのだ。

こんな回りくどい論議はやめにしよう。シェイクスピアは、クローディアスとガートルードのことなどここでは述べていない。先々のことを言っているのだ。ハムレットに言い聞かせているのだ。

『ハムレット』の中に「近親相姦」という言葉は五回出現する。

亡霊が二回。
1「あの近親相姦の、あの不義密通の獣《けだもの》が」（p68）
2「呪わしい近親相姦の床としてならぬ」（p70）――先王の命令
ハムレットが三回。
3「近親相姦の寝床にあのように素早く這い寄って行くとは！」（p37）
4「近親相姦の快楽を臥所《ふしど》でむさぼっているか……」（p191）
5「近親相姦の、人殺しの、地獄落ちのデンマーク王」（p318）

1・3・4・5はいずれも、クローディアスとガートルードに関する記載であることは明白である。2即ち先王の命令だけは、誰のことか分からないようだ。しかし、王と王妃のことでないことだけは歴然としている。何故だ！ と詰め寄られるだろう。ここだけは唯一、「呪われた近親相姦」と書かれているのだ。

兄の妻との結婚は、『旧約聖書』で一応禁止されているようだが、一方では義務とさえ書かれているほど倫理的批難度の低いものである。現に、エリザベス女王の父ヘンリー八世は兄嫁と堂々と結婚していたではないか。これは近親相姦でも「呪われた」ものではないのだ。

ここでは「呪われた近親相姦をするな。許されることのない、そんな近親相姦をして、デンマークの王の臥所を汚すでないぞ！」と亡霊は命じた。この時のハムレットの驚きは計り知れないものであったろう。全身の関節が外れてしまうようなショックであっただろう。この点については後述する。

「呪われた近親相姦」は、王と王妃の関係とは全く無関係である。兄嫁との結婚は「呪われた近親相姦」ではなく「許される近親相姦」である。

最後は、「母に背くようなことは一切、企んではならぬ。母のことは天に、あれの胸に宿る棘《とげ》の呵責《かしゃく》に委ねるがいい」。

「」部分については訳に差異があるようだ。新潮版（p41）、ちくま版（p60）、角川版（p49）はほぼ同じで、「母に危害を加えてはならない」、集英版は「かりそめにも母を傷つけるでないぞ！」（p58）となっている。岩波版の「母に背くようなことは一切、企んではならぬ」では、「何もするな」と言うに等しいように思える。

おそらく「危害を加えてはならぬ」、または「傷つけるでないぞ」の趣旨ではなかろうか？少なくとも、劇の進行を見ていると、この命令をハムレットは「手を上げてはいけない」、「暴力はいけない」という命令と解しているとしか言いようがない。よって、岩波版の訳者には失礼であるが、ここでは他の訳文を拝借することとしたい。

先王の命令は、

1　敵《かたき》を打て、しかし、現王クローディアスの挑発行為を待て、さもないと自分の心が汚されることになるぞ！

2　ハムレットよ、呪われた近親相姦をするでないぞ！

3　母には手を振り上げてはいけない。母の自発的行為に任せよ。

ということになる。

当時のロンドンでは、熊に犬をけしかける熊闘技とか、牛攻め闘技、または闘鶏などが盛んであったとのこと。惨酷な動物たちの死闘を見物する人々の群れ。おそらく、心の内に満ち足りた感情が充満していたとは思えない。何か事情があれば、噂話になり、どこかの何とかさんが「縛り首」になったと言っては、何やかやと議論を闘わせたり……そう、他人の不幸も、動物たちの苦しみも、もしかすると庶民たちの心のよりどころであったかもしれない。

おそらく劇場も、シーンと静まり返ってはいなかっただろう。クリストファー・ヒバート著『ロンドン――ある都市の伝記』（横山徳爾訳、朝日新聞社、一九九七年）の「テューダ時代のロンドン」には、「憤慨、反撥、罵り、あるいは満足を表わす喚声に中断されながら、俳優たちは、幕が下りるまで難儀しながら演じ続けた」と書かれている。

『ハムレット』だって、そのような観客の前で演じられたのである。「汚れとは何ぞや？」、「時間の相対性とは」、「復讐とは」、「気高さとは何ぞや」などという形而上的興味など、無かったはずである。観客は、『ハムレット』を正しく知っていたに違いない。

5　亡霊はびくびくしている

すでに『ハムレット』の真相は言い尽くした。しかし、劇の細部に検討を加えておくのも無駄ではないだろう。結論即ち私が述べた真相は、細部の検討によってさらに強固になってのみ、説得性を増してくるからである。

『ハムレット』では二回、先王の亡霊が出現する。一回目が城の見張り台。二回目は王妃の居間で、ハムレットが母王妃をいじめている場面。一回目は甲冑姿、二回目は普段着姿である。

この点をとらえて、岩波版注記には、第一幕では「亡霊は完全武装の姿だった。今、亡霊はあとに残した妻の居間に出現している。国家の命運に関わる復讐劇にかわって、ここにあるのは家庭悲劇の痛切・哀切な場面だ」（p201）と記載されているが、私にはそのように解することは不可能である。

ノルウェイを討ち負かした時の甲冑を着ていること、そのノルウェイが領土奪回のために戦争をしかけようとしている非常事態の前夜である。当然亡霊は、国家的関心事をハムレットに告げるはずである。

「予が、デンマークの国土と予の命を賭けて、そして勝利を収め、我がものとした領土である。この領土の一寸たりとも渡すではないぞ！　よいか、ハムレット！　剣を持って立て、デンマークのために立て！　そして、兵士どもよ、お前らの働きぶりを、デンマークの王ハムレットは、天上よりしかと見届けるぞ！　予の命令は、神の命令に等しいのだ！」といったふうなことを言ってもらわねば収まらないのだ。

ところが亡霊は、甲冑姿は勇ましいが、天下国家のことなど知らぬふりなのだ。ノルウェイが戦争をしかけようとしている時、甲冑姿で現れながら、個人的な恨みを並べられても、何のことだかさっぱり分からない。

亡霊が言うのは冥界《めいかい》のことで、口に出すことは禁じられて言えないが、もし言ったら、ハムレットの血は逆流し、髪の毛は逆立ち、目は飛び出すようなことがあるのだ！と脅しをかけておいて、用件は、弟クローディアスに毒殺されたから復讐せよ、と言うだけである。そんなことなら、何も三十年前の甲冑を引っぱり出して着込まなくてもよさそうなものだ。甲冑姿は、前述したように、墓掘り道化の言葉と合体して初めて、ハムレットの出生の不吉な秘密を暗示するだけだったのである。

ところで、亡霊の態度を見てみよう。「聞けば、復讐の義務を果たさなねばならぬことになるが、いいか」（p65）と亡霊は言う。

ハムレットは、「何だと?」とだけしか返事をしないのだが、亡霊はさっさと、まるでハムレットが「聞きたくない」と言い出しはしないかと恐れているかのように、「もし、この父を愛していたのならば」とハムレットの痛いところをつき、ハムレットが返事をするともなく「おお、神よ!」と言った途端に、「無残、非道にも殺された父の敵《かたき》を討て」と言う。ハムレットが幾分迷っているところへそう言ってしまうのだ。ハムレットとしては、聞いたからには復讐しなければならないような立場に追い込まれている。亡霊のやり方は少々ずる賢い感じがする。

本来ならば、天下国家のことを言わないにしても、折角ハムレットの誕生日の服装で出て来たからには、「おー、我が子よ。何故に、予が汝の生まれ出でたる日の甲冑を身にまとい、汝の前に現れたか、聞かずとも分かろう。予が汝を愛《いつく》しむ心のゆえであるぞ。このデンマークを引きつぐべき汝が、この世の光を見た日、予が身にしたるこの甲冑こそ、予の栄光であるとともに、汝、我が子ハムレットの来たるべき栄光をも指し示すものだ。ウイッテンバーグの地にて、新しい息吹を感じ、広き世の中を見聞したる我が子が、このデンマークを予の手から受け取る日を夢見ない日が有りたるや、断じて無い。この夢を奪い、予の命を奪い、愛しき妃を奪いたる現在の王、一日たりとも生かすでないぞ。予の汝に対する愛を示さんとて、この甲冑に身を包んだのだ！父は命ずる、父の仇を討て、この甲冑に誓え」と言ってくれれば、ハムレットも救われたかもしれない。

ハムレットの誕生日に着ていた甲冑姿は物々しいが、言うことは自分のことだけ、しかもハムレットがどうしたものかと迷って「何だと？」とか「おお、神よ」としか言っていないのに、「非道にも殺された父の敵を討て」と言う。その前に殺し文句、「ようく聞け！　この父を愛していたのならば」である。

ハムレットはすでに真相を知っていたに違いない。しかし、先王を敬愛していたのも、これまた偽らざる事実である。本来なら、「父を愛していたのなら、聞け！」と言われたら、「口に出すような安っぽい愛ではありませぬ。私の心は、父上への敬愛のみに満たされております。さあ、父上、お話し下さい」と積極的な発言をするのが通常ではなかろうか。「おお、神よ！」では、どっちつかずである。もしかすると「お助け下さい」という科白が続きはしないか、と他人事《ひとごと》ながら心配になるぐらいだ。

しかし、考えてみれば、「愛していたのならば」と言うこと自体、自然ではない。「我が子、ハムレット！　父の仇を討て、予の命令じゃ」で充分なのだ。

亡霊の言葉にも、ハムレットの返答にも、躊躇みたいなものが感じられる。亡霊には、真実を知ったハムレットが敵討ちを引き受けないのではないか、との不安があったのであろう。ハムレットは、先王の死は現王による殺人ではないかと予感し、先王が復讐を言い出すのではないかと予測していたのであろう。それゆえ、「何だと？」とか「おお、神よ！」といった曖昧な返事になってしまったのである。

さらに亡霊は、「父の敵を討て。人殺しは同情すべき如何なる事情があろうとも……大罪だ」と言う。ここまで言われると、ハムレットとしても「復讐を遂げます」と約束せざるを得ない。このハムレットの承諾に対する亡霊の言葉が、「頼もしいぞ」である。何だか「ほっとした」といった感じが伝わる言葉である。この後やっと、亡霊は犯人が叔父であることを告げる。ハムレットがその気になったところで、後戻りのできないところまで来た時、「叔父が犯人」と言ったようにも思える。

しかし、復讐を誓ったことになってしまったのは間違いない。先王は、ハムレットに実の父親たるクローディアスを殺すことを約束させ、ハムレットはそれを約束したのだ。敬愛する先王からの頼みとは言え、実の父親を殺すことを約束したことになる。ハムレットの複雑な心中は、推し計ることもできないような暗澹《あんたん》たるものではなかっただろうか？

敬愛していた父は実の父ではなく、軽蔑していた叔父が実父であった。しかも、先王から実父殺害を約束させられた。亡霊の側から見れば、自分を殺した犯人を、その実子に殺させようというものである。このやり切れなさが、第二独白のふざけたような、或いは自暴自棄のような感じに連なっているのだ。

第二独白が済んで、ハムレットはホレイショーたちのもとに戻る。ハムレットはホレイショーたちに、亡霊出現の件と「今後、気違いの真似をすることもあるが秘密にしてくれ」と依頼する。この際、地下から亡霊が「誓え」と四回も声を掛ける。

この再出現について「どのような意味があるのだろうか」（大修館版p392）という疑問もあるらしいので、その意味を説明しておこう。例えば、あなたがAさんと喫茶店で大事な約束をしたとしよう。お互いに「約束は守りましょう」と言って別れた。貴方は公園で一服した後（ハムレットでは、独白をする時間に相当する）、近くの飲み屋に待たせていた友人のところに戻り、Aさんとの話などをしようとしていたとしよう。ところが、事もあろうに、飲み屋の隣の部屋にAさんが居て、襖越《ふすま》しあなたたちの話に聞き耳を立てていたとしよう。それを発見したあなたは、「Aの奴、俺を信用してないんだ、俺たちが、何か変な話でもしはせぬかと、隠れて盗み聞きしていたのだ！　俺を信用していなかったのだ！　いやになるぜ」と思うのではなかろうか。

そう、亡霊はハムレットを信じ切っていないのだ。疑っているのだ。実の父子のすることだろうか？　私にはそうは思えない。シェイクスピアはこのような状況を巧みに我々に教えてくれているのだ。

第二独白は、形式的には「復讐の独白」というところであろうが、私には復讐の気迫が感じられない。もし、敬愛する実父の亡霊から叔父殺しを命じられたのなら、第二独白は次にようなものでこそ、ふさわしいのでないか。

「おー、父上は暗き闇の中を、その甲冑はノルウェイより吹きすさぶ寒風を切り裂き、悲しき響きで天空を覆い、面頬をあげし御尊顔《みかお》には、白く輝く霜さえも。我が生まれし日の甲冑姿は、父上の我に注ぎ賜いし愛の証《あか》し。打ち震わせて、唇《くち》より洩《も》るる御言葉《みことば》は、唯一言。『予はあの弟たる現王より、命を奪われたり。予は、汝ハムレットに命ずるなり。敵を討て』と。この一言の響きさえ消えぬ間に、はや、父上は闇の中へと戻りたまいぬ。聖なる書《ふみ》には、神のみぞ復讐す、とあるも、我にとっては、父上こそ神に等しきもの。聖なる書も打ちすてて、剣を持ち、矢を握りしめ、我が筋肉は、はやヘラクレスの息子のそれの如く張りつめたり。敵討つまでは、我が眼には何も見えぬ、我が耳は何も聞かず、我が口は息さえ吸わじ。ただ、御父上《おんちちうえ》の敵の血に我が腕を染めて、この城壁の闇の中にて、そを御父上に御告《おつげ》する日よ、来たれよ、来たれ」とでも言わねばなるまい。

ところが「ついでに地獄も呼ぼうか」とか「デンマークにも悪党あり」と手帳に書いたりするのを見ると、真意は何？と聞きたくなる。ただしかし、ハムレットがふざけていたのだと解するのは酷であろう。理不尽な境地に追い込まれた自分が悲しく、ふざけた格好でもしなければ神経が持たなかったのではないか。

「誓え」と叫ぶ亡霊を、「鬼さん、こちら」と言わんばかりに走り回らせ、「鼠小僧？」、「奈落でも催促だ」、「もぐらもち！」、「あっぱれ見事な抗夫ぶり！」と罵倒する言葉は、父または父の

「本物の亡霊」（p75）に対して吐けるものではない。どのように甘く採点したとしても、「悲しい父」、「悲しい我」に対する自嘲の境《いき》を出ないのではないか？

さて、甲冑姿は、実は三十年前、ハムレットの誕生日のものであることは、道化の墓掘り人夫の言葉で明らかになるのであるが、ついでにハムレットの年齢について述べておこう。

墓掘りの道化が「三十年」と言ったからには、ハムレットの年齢は三十歳とする以外はない。ハムレットの生まれた日、墓掘り人が墓掘りを始めた。即ち、ハムレットは生まれた時、すでに不吉な死の影を負っていた。「不義の子」という痣のような烙印を押されて、この世に出て来たのである。

墓掘り道化が、二十年と言えば二十年、三十年と言えば三十年だ。勝手に年齢を動かしたのでは、劇の大きな仕掛けが台無しになってしまう。ハムレットの言動から見て、二十歳と三十歳の間ぐらいであろう。それゆえ、墓掘りが二十六年と言えば、それで結構。

シェイクスピアは、二十年にするか三十年にするかで悩んだかもしれない。二十六歳と六カ月だってかまわないのだが、道化の科白としては歯切れが悪い。

「墓掘りになって何年になる？」（p277以下）

「ハムレット王がフォーティンブラスを負かした、あの日からずっとでさあ」

「それから何年になる?」

「ここで三十年墓掘りをやってるんだ」という会話である。

「墓掘り始めて、二十六年六カ月」では歯切れが悪い。二十にするか、三十にするかでないと科白として〝切れ〟がないとシェイクスピアは感じた。彼は観客の受け取り方を充分に考えていたはずである。もし、四十年としたら、「四十歳で独身者! そりゃあ、ないだろう」と、ただそれだけで観客は横を向いてしまう。三十歳でもちょっと老《ふ》け過ぎではないかと感じる人もいるだろう。岩波版補注(p346)では「三十にもなって教師に鞭打たれて泣いている図なんていうのも、めずらしくはない」という記述が紹介されている。

要は、二十歳では若すぎる、三十歳では観客が横を向いてしまうかどうかを、シェイクスピアは考えただろう。当時の結婚年齢を考えてみれば、自ずと結論が導き出せるものだ。

度会好一著『ヴィクトリア朝の性と結婚——性をめぐる26の神話』(中央公論社、一九九七年p139)には、ピータ・ラスレットという人がイギリスの十七の教区の記録に基づいて、一五五〇年から一八四九年までを五十年ごとに区切り結婚年齢などを調査した結果がグラフとして図示されている。それによると、一五九九年(『ハムレット』著作が一六〇〇年頃)で、男子結婚年齢二十七歳十カ月位、一六二五年頃で二十八歳二カ月位と読みとれる。

だとすれば、観客はハムレット三十歳と言われても、「ちょいと、年がいってるが、『うちの甥っ子だって三十過ぎてまだ独り者だぜ』ぐらいですんだだろう。三十歳と言われて、顔を横に向けたとは思えない。どうしても歯切れのいい三十歳では具合が悪いとシェイクスピアが判断したら、ちょいと歯切れは悪いが「墓掘り始めて、自慢じゃないが、二十と八年。あー、こりゃこりゃ」などと書いたに違いない。

いずれにせよ、墓掘り人が「三十年」と言えば、それを動かしてはいけない。劇そのものがくずれ去ってしまう。ついでに、右の表で女子の結婚年齢を見てみると、一五九九年で二十五歳弱、一六二五年で二十五歳十カ月位のようだ。ただ、王侯貴族の結婚年齢はもう少し低かったのでは、と考える。私は一応、観客の反応という点から見ても、〝三十歳ハムレット〟も許容範囲であると考えているだけのことである。

以上、亡霊の甲冑姿は道化の「三十年」という言葉によってのみ理解が可能なこと、ついでにハムレットの年齢について考察した。しかし実は、あと一つ問題が残っている。

ノルウェイ王との一騎討ちの時の甲冑、そして、顔をしかめた様子は、橇に乗ってポーランド軍を怒りのまま打ちくだいた時と同じだった（ホレイショー、p16～17）、怒りよりは悲しみを帯び、青ざめていた。髭は灰色だった（p43～44）とある。しかし説明の都合上、右の点は次項で述べることにしたい。

6　当時の戦争、及びクローディアスは戦場に行ったか？

亡霊は甲冑姿で現れた。若き日の先王ハムレットは、戦いにつぐ戦いを送ったようにも見える。それ故、当時、即ち一六〇〇年以前の戦争がどんなものだったかを検討するのも無駄ではなさそうだ。

一六〇〇年というと、日本で言えば、豊臣方と徳川方が関ケ原の戦いをした年である。一六〇三年に徳川家康が征夷大将軍になったが、大坂城を陥れ、秀吉の遺児秀頼を殺し、豊臣家が完全に滅びたのは一六一五年である。関ケ原の戦いから実に十五年を経て、やっと徳川家は肩の荷を降ろしたことになる。徳川幕府ができる前の戦いの様子は時代劇でおなじみであるが、総大将自らが戦場に赴き、自ら剣を取り、または陣頭指揮をとっていたようだ。

我々が日本の戦国時代についておぼろげながらもイメージを持っているように、シェイクスピアの劇を観た人々も、戦争についてどんなものか、それぞれイメージを持っていたに違いない。以下、伊藤政之助著『世界戦争史　5』（原書房）によって、その頃の戦争の様子を見てみよう。

1　薔薇戦争

外国との戦争ではなく、英国内において、ランカスター家とヨーク家が英国の王位を争った戦争である。一四五五年から一四八五年の三十年にわたる内戦であった。

2 ギンガートの戦

前記薔薇戦争が終結した年、一四八五年にチュードル朝が英国に誕生した。

第一代ヘンリー七世(一四八五－一五〇九年)

第二代ヘンリー八世(一五〇九－四七年)

第三代エドワード六世(一五四七－五三年)

第四代メリー女王(一五五三－五八年)

第五代エリザベス女王(一五五八－一六〇三年)

(以上、五世百十八年)

右記の第二代ヘンリー八世が一五一三年、ギンガートの戦いを起こした。戦争の目的は、かつてフランス国内に在った英国の旧領地を奪回するために行われた(いわゆる、国家の存亡を賭けたというような戦争ではなさそうに思える)。

ヘンリー八世は、一五一三年、自ら二万の軍勢を率い、海途フランスのカレーの地に上陸した。なお、この戦いには、ドイツ皇帝マキシミリヤンが一兵士の資格で英国軍に加わり大いに戦功を上げた。同年九月、英国軍はツールネー城を降した。ところが、この英国軍のフランス出兵のすきをついて、当時、英国と敵対関係にあったスコットランド王ゼームス四世が、英国北部に上陸した。ただし、この戦いは、ゼームス四世の敗死により英国軍の勝利に終わった。ギンガートの戦いは、翌一五一四年、フランスとの間に和議が成立し終結した。

3　スコットランドとの戦い

a　フロッデンの戦い　一五一三年

スコットランド軍では国王戦死。十三の伯爵、十五の男爵、貴族子弟一千人殉死。

b　ソルヴェーの戦い　一五四二年

英国のヘンリー八世（エリザベス女王の実父）が一五四二年、スコットランドに対し宣戦布告。スコットランド王ゼームス五世は自ら一万の兵を率い、英国領に進入したが、王自身病で倒れる。この後も英国とスコットランドは戦いを重ねたが、割愛する。

4　無敵艦隊の撃滅

一五八八年、英国艦隊は、当時世界最強といわれたスペインの無敵艦隊を打ち破り、英国の世界への発展の礎を築いた。

一五八八年、スペインのフィリップ二世は海軍に英国上陸を命じた。

戦闘船　八十三隻

運送船　四十五隻

乗組員　三万（内六千人は陸兵）

これに対し、英国のエリザベス女王は本当にスペインが攻撃してくるとは思わなかったらしく、のんびりと構えていたが、攻撃の不可避を確認するや、義勇軍をつのり、その数五〜六万人に達した。

　英国船隊　一八二隻

　兵員　約一万五千

英国艦隊は数においては優ったが、大きな艦船は少なかった。一五八八年七月十九日、スペイン海軍は英国海岸に接近、二十一日朝方より戦闘開始。二十九日大決戦。この大決戦で英国は勝利。

以上略記したように、当時の戦争も、現在と同様、一カ月や二カ月で終わるものではなかった。特に、王自身や王侯貴族が第一線に赴くことも日常的なことであったようだ。

読者は、イギリスの戦争のことばかりくどくど述べるが、『ハムレット』の舞台はデンマークだ、何の意味があるのだ？　と問うだろう。デンマークの先王ハムレットについては、ノルウェイやポーランドとの戦いが述べられている。このことを聞いた時、シェイクスピア劇を最初に、そして一番多く観るロンドンっ子が、戦争と聞いてどんな感じを抱いたかを考える必要がある。それ故、英国が巻き込まれた戦争の一部を記しただけである。

亡霊についてのホレイショーの説明をもう一度見てみよう。

「高慢な競争心に駆られたノルウェイのフォーティンブラスに挑まれ、已《や》むなく一騎討ちの勝負をなさった。その果たし合いで、西方世界の隅々《すみずみ》まで勇名とどろくわれらが勇猛果敢なハムレット王は、見事、このフォーティンブラスを討ち果たされ」（p18）、ノルウェイの領土を獲得した。

右によれば、「一騎討ち」と書いてあるからには、戦争は一日、二日で終わったに違いないと言う人がいるかもしれない。しかし、国家存亡を賭けた戦いである。王と王の一騎討ちで、国土と国民のすべてを失う危険性をおかす王者はいないだろう。一騎討ちに先立って、血みどろの長い戦争が続いたと考えるのが当然ではなかろうか。

話を変えるが、次のような小説の記載があったとしよう。

「Aさんは戦争に赴き、○○の決戦で大勝利を収め、今日やっと郷里に凱旋《がいせん》した。この凱旋の日、めでたくも跡取り息子が誕生した」

人々はどう思うだろうか。跡取り息子の父親はAさんだと確信するだろうか？「ちょいと待てよ。あの○○の決戦は、敵味方数千の犠牲を払ったではないか？　はっきりは分からないが、もしかすると……」と思わないだろうか？　読者が、このように読むことを作家は予想しないだろうか？

さらにシェイクスピアは念を入れて、ホレイショーに言わせている。「顔をしかめたあの様子も、かつて氷原の決戦で橇《そり》に乗ったポーランド軍を怒りの赴くままに討ち砕かれた時そのままのものだった」（p16～17）

一体、何の理由があって氷原の決戦を持ち出したのだろうか？　ハムレットの誕生日の特定のためだけであれば、ノルウェイ王との戦い、そしてその勝利の日だけで充分ではないのだろうか。その通りである。あえて「かつて氷原の決戦」と言うのは、ハムレット誕生日の特定のためには全く必要のないことである。

先王ハムレットは、ノルウェイを打ち破ったばかりではありませんよ、ポーランド軍を氷原でやっつけたりもしたのですよ、とシェイクスピアは言っているのだ。何のために？　分かり切ったことである。先王ハムレットは、王子懐妊時、戦場に出ていたのではないでしょうか、とシェイクスピアは観客に問いかけているのだ。

ロンドンっ子は、戦争の大変さをよく知っていたであろう。「へーえ、戦争につぐ戦争！　それが新婚時代のハムレット王の姿だったのだ。もしかすると？」と観客は感じないだろうか。もし、どうしてもそのように看取されてまずいのであれば、「三カ月間にわたるノルウェイとの戦いが、勝利のうちに終了した時、王子が出生された。先王ハムレット王が参加した戦いは、このノルウェイとの戦いのみであった」と書かなければならない。

シェイクスピアは、「ハムレットの父は誰か」というサスペンスを劇の冒頭に観客に与え、その答えを終末の墓掘りの場で見せる、という仕掛けを作ったのである。

ただ、亡霊の表情についても、もう一つの問題が存在する。

ホレイショーが、「甲冑姿の先王の亡霊にお会いした」と言った時、ハムレットは「顔は見なかったか？」と尋ねた。ホレイショーは、兜《かぶと》の面頬《めんぼお》をあげていたので分かったのだが、怒りより悲しみを帯びた顔つきだった、と答えている（p43）。

さらに、ハムレットは「髭は灰色だった、そうじゃなかったか？」、ホレイショーは「黒に銀色のものが混じっておりました」（p44）と答えている。何故ハムレットは、髭の色について尋ねたのだろうか？

甲冑姿というからには、誰でも知っているノルウェイ王を打ち負かしたあの日の出で立ち、そして、自分の誕生日のあの甲冑姿を、ハムレットは直ちに了解したに違いない。先王ハムレットのその勝利の勇姿の銅像は、おそらく城の前の広場に置かれていたであろう。そして、王宮の横の公園にはポーランド軍をなぎたおした時の像が立っていたに違いない。

もし、甲冑姿であり、しかも若い先王の表情（すなわち白髪混じりではない）であったなら、或いは、ノルウェイに負けるのではないぞ！という意味で亡霊が現れたのかもしれない。しかし、年をとった亡霊が、わざわざあの甲冑を着けていたのであれば、天下国家のことではなく、他の意味でのみ現れたのだとハムレットは予想したのではなかろうか。私にはそのように思える。

さて、先王ハムレット王の若き日は、戦いにつぐ戦いの日々であった。王宮にくつろぐ日々とて少なかったに違いない（少なくともシェイクスピアは観客がそう思うことを阻止する措置はとらなかった）。

一方、現王クローディアスは戦場に出かけたのか？　クローディアスが戦いに行ったとも、行かなかったとも、何の記載もない。それじゃ、何の判断もできないじゃないか、そんなことを詮《せん》索《さく》して何になる。いいや、兄王が戦場に行ったからには、当然のこととして、弟クローディアスも戦場に行ったのだ。分かり切ったことさ！ と言われるだろう。

しかし私は、クローディアスは戦争には行かなかった、とシェイクスピアは書いていると結論づけたい。どうしてか？

王クローディアスの戴冠式が終わった後の、最初の御前会議の場（第一幕第二場 p27）において、ノルウェイ王への親書を廷臣二名に届けるようクローディアスは命じる。その時に王は、「わが兄に奪われた土地を、返せ戻せとうるさく要求してきている」と述べている。

もし、クローディアスが兄王ハムレットとともに戦場に赴いたなら、「予が、兄王ハムレットとともに勝ち取った領土である。一寸たりとも戻せるものか。あの領土は、兄王ハムレットと予の血と汗のたまものであるぞ！」と見得《みえ》を切るべきである。

しかるにクローディアスは、一切自分の参戦を語っていない。並び居る廷臣一同は、クローディアスが戦場に行かなかったことを知っているのだろう。すぐにバレるような見得を切るほど、クローディアスは愚かではない。

第6章　オフィーリアとレアティーズ

1　ハムレットの恋文

第二幕第二場で、ハムレットが恋人オフィーリアに宛てた恋文を、大臣ポローニアスが王、王妃の前で披露する（p100以下）。ポローニアスは王の戴冠式、第一回御前会議の直後、オフィーリアに対し、今後はハムレット王子と言葉を交わしてもいけない、と交際禁止を命令している（p56）。おそらくこの直後、オフィーリアから取り上げていたものであろう（劇には取り上げる場面は出てこないが）。

というのは、「ハムレットの異様な仕草」に驚いて、ポローニアスの前に出て来た時、オフィーリアは「お父さまのお言いつけどおり、お手紙はそのままお返しして、お出でになっても、お会いするのはお断り申し上げました」（p90）と言っているのであるから、前述の機会に、ポローニアスが取り上げていたものであろうと推察される。即ち、ハムレットが亡霊に会う以前にオフィーリアに送った手紙であることは間違いない。

ポローニアスがこの恋文を手に入れた時期は右のように特定できるが、では、それ以前のいつ、ハムレットが書いたものかは、特定する材料がないように見える。

この恋文は全文ではなく、途中カットされた部分もあるようであるが、ポローニアスが読み上げたものを左記に挙げておく。

1　天使のごとき、わが魂の偶像、こよなく美々《びび》しきオフィーリアに
その妙なる白き胸に、この文を、云々

2　なべての星、燃ゆる焔なるを疑うもよし、
日輪、めぐり動くを疑うもよし、
真実《まこと》をも偽りなりと思うもよし、
なれど、われ君を愛するを、ゆめ疑うことなかれ、

3　ああ、愛《いと》しいオフィーリア、こんなふうに字数をかぞえて詩を作るのは苦手だ。おのが呻きを指折りかぞえ韻律に合わせ歌う術《すべ》など知らぬ。ただ、君を愛す、誰よりも、ああ、誰よりも。これだけは信じて欲しい。では、さらば。こよなく愛しき君よ、この五体の命のつづく限り、永遠《とわ》に御身のものなる、ハムレットより。

1・2・3は便宜上付したものである。1は前文、3は後書きのようであるから、恋の歌は2の部分だけと見ていい。

この恋文は研究者をおおいに悩ませるものらしい。「多くの学者はこの恋文は下手すぎると頭を抱えるが、ひょっとしてハムレットは佯狂（気違いのまね——引用者注）のためわざと変な言葉遣いをし、下手な韻文を書いたのか」（大修館版p173）との指摘もあるぐらいだ。

右のような指摘にとどまらず、偽造であることが論証され、さらには偽造の理由まで判明していると主張する者もいるらしい。研究は、知らぬ間に、とどまるところを知らないように、闇の彼方まで突き進んでいるのだ。

前記指摘の「佯狂《ようきょう》」は、当たらないと見なければならない。というのは、ハムレットが、今後気違いのふりをすることがあるだろう——と発言するのは、亡霊に会った直後である。この恋文は亡霊と会う前に書かれたものだ。よって、佯狂説は成立の余地がない。

いずれにせよ、偽造説を主張する研究者の発想の根底には、「ハムレットが、こんな不出来な恋文を書くはずはない。おかしい、偽造だ！」という論理が横たわっているように看取される。

いろいろと問題をはらんだ恋文であるので、検討の対象から除外するわけにもいかない。

第一に、いつ書かれたものかを特定しないと検討もできかねる。最も素朴な常識的判断をすることを許してもらえるならば、次のように言いたい。

もし、すべての人が主張するように、先王ハムレットがハムレットの実の父であったと仮定しよう。ハムレットが敬愛してやまぬ先王が死去した。突然の死であった。ハムレットは、取るものもとりあえず、ウイッテンバーグ大学から帰国してきた。

葬儀の準備だけでも大変であろう。西方世界の隅々まで勇名とどろく王であり、ノルウェイを我が領土とし、ポーランド軍を氷原の決戦で破り、イギリスからさえ貢物を取り立てている（p151）大王の崩御《ほうぎょ》である。諸外国からの葬儀への列席もあるだろう。次の王の決定をもせねばならない。雑用は臣下の者がするだろうが、ハムレットだってのんびりしている暇などないはずだ。それ以上に、敬愛していた先王の突然死である。ハムレットに心の余裕などあるはずはない。葬式が終わったかと思うと、その料理が冷えたまま婚礼の席に出るような（p39）大行事の連続である。

悲しみに打ちひしがれ、そして、様々な行事……常識的に考えるならば、こんな時期に恋文など書く気になれるはずがない。だとすれば、この恋文は、先王死亡前に書かれたものであろう。では、なに故シェイクスピアは、この恋文を観客の前に披露する気になったのだろうか。

もしあなたが、或る人の精神鑑定を依頼されたと仮定しよう。ある人物が、あることをきっかけにして大事件を起こしたとか、或いは急に精神の変調を来した、その背景または事件の内容の鑑定を依頼されたとしよう。貴方は、事件前のその人の日記帳や手紙などの資料を見てみたいと考えるに違いない。おそらく、事件前の生《なま》の資料としては、手紙などは第一級のものではないだろうか。その人が事件に巻き込まれる前の、人となりが判明するからである。

もし、この恋文が先王死亡前に書かれたものだと仮定すれば、シェイクスピアは、ハムレットは以前はこのような人物でした、とくとご覧下さいと提供したものであろう。恋文の良否の判定などできかねるものではあるが、この恋文には、どこにでもある陳腐な言葉が連続しているようであり、どう見ても平凡な人間としか考えられない。この平凡な人間に襲いかかった悲劇をシェイクスピアは書きたかったとも思えないではない。

しかし、結論としては、無理のようである。というのは、『ハムレット』のどこを見ても、ハムレットとオフィーリアが先王死亡前に交際を始めていたという情報は皆無なのである。むしろ、先王死亡後、ハムレットがデンマークに帰国した後に交際が始まったという情報があるのだ。

大臣ポローニアスはオフィーリアに対して言っている。「聞くところによると、王子は最近しげしげとお前のところにお忍びで通われるそうだな」。それに対して「近頃、王子はたびたびおやさしいお気持ちをこのわたくしにお恵み下さいます」（p53〜54）とオフィーリアは答えている。

ポローニアスが「最近」と言い、オフィーリアも「近頃たびたび」と言っているところからすると、先王死亡後に始まったことのようだ。先王死亡後であってこそ、「最近」とか「近頃」という言葉がふさわしい。すべての人にとって英雄であり、かつ三十年も君臨した先王の死は大事件であっただろう。時間の流れを断ち切るような大事件であったであろう。それゆえ、大王死亡前のことを「最近」、「近頃」という言葉で表現することは不可能である。それは、「以前」とか「先王御生前には」という言葉で表現されるはずである。

このように考えてみると、二人の交際が始まったのは、先王死亡後、ハムレット帰国後のことと見る以外にはない。王の戴冠式、第一回御前会議が、先王死亡後二カ月位である。この間に二人の交際が生まれ、しげしげと会っていたし、恋文まで送っていたのである。

一番意外なのは、オフィーリアがハムレットの異常を全く述べていないことである。「おやさしいお気持」、「あの方の告白なされたお気持に、うそいつわりの影はなにも」、「自分の言葉にうそいつわりはないと、天地神明に誓って申されました」（p54～55）というのがオフィーリアの言葉である。ハムレットの暗い陰が全く存在しない。若者の真険な愛の告白があるだけである。

王、王妃、廷臣らの居並ぶ席には、黒い喪服で、陰鬱そのものの姿で現れ、何やら訳の分かったような分からないような言葉を発し、揚げ句には「俺の心には、外形では表わせないものがある」と深い苦悩らしきものを暗示していたのに……。

それが、オフィーリアの前では何の変調もない。この恋文が披露された時、母王妃は、「それ、たしかにハムレットからオフィーリアへの？」（p100）と発言している。母王妃としては、自分たちの前では、陰鬱そうにして妙な科白ばかり吐いているが、オフィーリアに対しては、「天使のごとき、わが魂の偶像、こよなく美々しきオフィーリア」なんて手紙まで出していたの、へえー、意外だったわー、という思いであったろう。それゆえの問いだったのであろう。

さて、恋文の内、1は前文、3は後書きみたいなものだ。2は、ハムレットが指を折り、字数を数えながら苦労して作った恋の詩《うた》である。

なべての星、燃ゆる焔なるを疑うもよし、
日輪、めぐり動くを疑うもよし、
真実をも偽りなりと思うもよし、
なれど、われ君を愛するを、ゆめ疑うことなかれ。

直訳すれば、「毎日太陽が昇り、そして沈む。そのことが疑わしいとしても、或いは絶対の真実が虚偽であると考えたとしても、私のオフィーリアに対する愛だけは疑ってもらっては困りますよ」ということだ。

勿論、屁理屈を言えば、コペルニクス（一四七三〜一五四三年）の地動説によれば、太陽が動くのではなく、地球が自転している結果、太陽が回るように見えるわけだから、「日輪、めぐり動くを疑うもよし」はおかしいことになる。日輪がめぐり動くを疑うのは当然、と言うべきでところである。しかしこう読むと、「君を愛するを、ゆめ疑うことなかれ」とつながらなくなりそうである。

詩というものは、短ければ短いだけ、幾層もの意味、暗示を含むものなのだ。

例えば、

秋ふかし　となりは　何をする人ぞ

と詠まれると、色々な情景や感情が湧き上がってくる。

秋ふかし　となりの人は　何をする

だったらこうはいかない。何だか覗き見でもしているみたいで、深い感動は伝わってこない。

このように、詩の読み方はなかなかに骨の折れるものだ。

ハムレットの恋の詩が、「自分の愛は真実だ！」ということを言っているのは理解できる。しかしおそらく、奥に秘められたハムレットの想いが必ずや込められているに違いない。他の人がどのように解しているのか、私は知らない。私は、私の理解、即ち、敬愛していた先王は自分の父ではなかった、軽蔑していたクローディアスが父であったという認識からすれば、ハムレットの心の中は次のようなものだったのでは、と推察する。

第一独白においてハムレットは、先王を「日の神《ヒューペリオン》のような方だった」（p35）と言っている。先王は強く、そして慈悲をもって、自分の上を回る太陽であった。その太陽が消え失せた。先王はお亡くなりになった。それだけではない、父と思っていたあの先王は、自分の父ではなかった。もともと自分の太陽ではなかったのだ。そして、すべてのものがくずれ去っていった。しかし、いやそれゆえに、オフィーリアを愛することだけがすべてなのだ。いかなることが起ころうとも、全世界がなくなろうと、このハムレットを愛してくれ、ハムレットもオフィーリアを愛する。それだけが救いなのだ。「オフィーリア、この俺を救ってくれ！」という想いではなかっただろうか。

では、一体なに故、シェイクスピアはこの愛の詩を示したのだろうか。ハムレットの救い、オフィーリアとの愛。すべては疑わしくても、この愛だけは確かである。これが救いなのであるということをシェイクスピアは示したのであろう。

何のために示したのか？　天は、この救いさえもハムレットから取り上げてしまうのだ。この救いの家をあとかたもなく、運命が打ちこわしていくのだ。

最初の悲劇、父はクローディアスであった。不義の子という烙印を押され、生まれ落ちた時、すでに墓が準備された。でも、オフィーリアとの愛があれば、もしかすると救われるかもしれない。しかし、ハムレットは、それさえも許されない運命であった。溺れながらやっとつかんだ、その一本の藁《わら》さえも取り上げられていく悲劇を、シェイクスピアは書いてみようとしたのだ。

なお、恋文偽造説について、もし偽造であるなら、仮に偽造であると明白に言わないにしても、それを窺わせる間接的証拠をいくつも書いていなければならない。そうした間接的証拠が皆無の状況においては、偽造説はシェイクスピアの作品を冒瀆するもの以外の何ものでもない。

ハムレットは、この恋の詩を命がけで書いたに違いない。「日輪《にちりん》」という文字を書くことさえ辛いことであっただろう。

もし、貴方の愛する恋人花子さんが、何かの事故で急死したとしよう。貴方は絶望に落ち込むであろう。おそらく、「花」という字を見るのさえ辛くならないだろうか？　通常の人は、「花」という字は見たくもない、聞きたくもないのではなかろうか？　「花」という字を平気で口に出せるようになるには、長い年月を要するに違いない。

先王ハムレットは、ハムレットにとっては太陽、日輪であった。それゆえ、「日輪」という言葉を使うことには大変な心的抵抗があったはずである。

しかし、書いた。もう日輪は忘れよう、消え失せたのだ、永遠に消え失せたのだ、と思った。その覚悟をハムレットは心の内でなした。いや、心の内で覚悟しただけではない。日輪と語り、日輪と書いた時、すでにハムレットは日輪を心から消す覚悟をしていたと見るべきである。日輪を離れて生きる覚悟を決めたのではなかろうか。

勿論、物語は現実ではない。それゆえ、日輪またはそれを連想させる言葉を随所で使っている。しかしシェイクスピアは、現実と背反する物語、或いは人間心理と相反するような言語使用をする作家ではないように思える。

「日輪」という言葉を使うということは、先程の例で言えば、花子さんの死をどうにか受け入れるまでに成長していたのではないか？　先王の死からわずか二カ月であるが、どうにか先王の死を、いや、もともと先王は自分にとっては日輪ではなかったという現実を受け入れかけていたのではなかろうか？　そうでなければ、恋文の中に「日輪」という字を記すことはできないはずである。私はそのように感じる。万の心を知るシェイクスピアが知らないはずはない。

ハムレットは乗り越えようとした。オフィーリアに対する愛によって、襲いかかった苦悩から脱出しようとした。太陽も消えた。真実と思っていたものが虚偽であることも分かった。でも生きよう。オフィーリアに対する愛こそは……この愛には何の偽りもない。日輪は消えた！ だが、オフィーリア、そなたは新しい命なのだ。俺も生きてみよう。そなたこそが、唯一の救いだ！

このようにハムレットは必死になって叫んだ。

しかし、このハムレットから、その救いをシェイクスピアは冷酷に取り上げた。悲劇は一人ではやって来ないのだ。オフィーリアが唯一の救いであったからこそ、ハムレットは一人の青年として愛を語った。オフィーリアとともに居る時だけは、心の苦しみは消えていた。もし、皆の前に出た時のように額に雲がかかっていたら、オフィーリアにだって「でも、先の王の御崩御がお辛いのか、ふっと溜息をおもらしになります」とぐらい言わせなければならない。

しかし、その幸せ、救いも、わずかしか続かなかった。亡霊の言によって、その救済の希望は打ち砕かれた。

以上で終えるつもりであったが、やはりこれではシェイクスピアに対して礼を失することになる。

ハムレットはウイッテンバーグ大学で学んでいたのだ。だとすれば、当然「地動説」、即ち太陽が動くのではなく地球のほうが動くのだという、新しい認識で恋の詩を作ったと考えねばならない。

先王死亡後、亡霊出現前のわずかの期間に、ハムレットに訪れた救済の灯り、生きる希望の灯りを、唯一示してくれる大事な恋の詩である。どんなに丁寧に玩味《がんみ》してもおかしくない。いや、眼光紙背に徹し、そして涙して読まねばならない。小賢しい脳味噌を捨てて読まねばならない。

太陽が地球の周囲を回っていると思っていたが、あれは間違いであった。勝手に、太陽が回っていると思っていたが、とんでもない錯覚でした。あの先王を我が父と敬愛しておりました。日輪をあおぐがごとく、見つめておりました。しかし、もうそれは許されないのです。私の父はクローディアスですから。それを知って、すべてが変わりました。すべてが虚しく偽りのものに見えます。この世が、悪臭を放つ、雑草の生い茂る荒野のように見えてきました。生きる気力も消え失せそうです。でも、オフィーリア、そなたのそばにいると、生きる力も出てきそうです。そなたこそ、ハムレットがとりすがる唯一の救いです……。といった感じなのであろう。天動説が変わってしまったように、この世はひっくり返ってしまったのです——と、ストレートに読むべきであろう。

なお、第一幕第二場（p25以下）、第一回城中会議の場におけるハムレットと、オフィーリアが述べるハムレットは、前述のように全く別人である。会議の場におけるハムレットは、意味不明の妙な科白を吐くばかりで、自分の心の内を示そうとしない。なんだか構えている。肩を張って、何も受け付けないぞ！　といった感じが見える。

しかし、恋文の3の後書き部分は、全く趣きが異なっている。「こんなふうに字数をかぞえて詩を作るのは苦手だ」と言っている。自分の欠点、或いは弱さをさらけ出すゆとりを持っている。「指おりかぞえ韻律に合わせ歌う術など知らぬ」と世間の常識をはねのける力も出てきている。

おそらく、何事も起こらなければ、もしかするとハムレットが、自分の父はクローディアスであると告げる日が来たのかもしれない。

勿論、シェイクスピアにはそうさせる気はない。悲しいことは次々とやって来る。

2　ハムレットの異様な仕草

第二幕第一場・ポローニアス邸の一室。オフィーリアが父ポローニアスに「本当に怖かった！」と言って、ハムレットの仕草《しぐさ》について次のように述べる（p88以下）。

ハムレット殿下が、お上着の胸をはだけ、
お帽子も召されず、汚れた靴下はだらしなくずり落ちて、
まるで踝《くるぶし》にはめられた足枷《あしかせ》のよう、
お顔は青ざめ、両のお膝は互いにぶつかり合うまでに震え、

さながら、たった今、地獄から解き放たれて、
恐しいことを告げにいらしゃったかのような、
それはそれは悲しげな面持《おもも》ちで――わたくしの前にお立ちになりました。

これと似た仕草が、シェイクスピアの『お気に召すまま』に出てくる。この劇の中で、女主人公ロザリンドが、伯父の話によれば恋に悩む男はこのようにあらねばならぬ、と言う（阿部知二訳、岩波文庫版 p 97）。

頬がこけること。眼のふちが黒ずんで落ちこむこと。手入れもしない髭。長靴下は締め紐もはずれている。帽子の帯も落ちている。襟のボタンも落ち、靴の紐は解け……身のまわりの何もかもが、だらしなく投げ遣りになっていなきゃならない。

何故そうなのか、その伯父さんとやらに尋ねたくもなる。確かに、ハムレットの仕草と似てはいる。しかし、ハムレットのほうがよりみすぼらしい。帽子さえかぶっていない。また、靴下の様子が足枷みたいになっている、という表現も独特である。

また、最後が違う。『お気に召すまま』では、愛は「だらしなく投げ遣り」ということらしいが、ハムレットにおいては「たった今、地獄から解き放たれて、恐しいことを告げにいらっしゃ

ったかのような、それはそれは悲しげな面持ち」である。だらしなく投げ遣りより、深刻だ。特に「地獄から解き放たれて」というのが気にかかる。「地獄から解き放たれて」と言うからには、地獄の一丁目辺りまでは行ったが、やっと戻って来た、という感じではなかろうか？

誰かが、ハムレットを地獄の一丁目まで行かせたのか？　それとも、自分で一丁目まで行ったが逃げ帰ったのか？　そのどちらかと感じるのが常識ではないだろうか。ハムレットを殺そうとする人間も見当たらないから、やはり、自分で死のうと考えたのだろう。ハムレットは絶望した。即ち、救済の手掛かりであるオフィーリアを愛することは許されないと知って、死を考えたのだろう。

すでに第一独白（第一幕第二場）で、「神が自殺を禁じる掟など定めなければよかったものを」（p35）と言っているぐらいだし、その後、先王の亡霊に会い「デンマーク王の高貴な臥所を淫楽と呪わしい近親相姦の床としてはならぬ」（p70）との命令も受けて、絶望したのであろう。

しかし、復讐もしていないし、死ぬわけにもいかないし、もう一度、オフィーリアの顔をじっくり眺めてみようと、一丁目から戻って来たのであろう。

いずれにせよ、『お気に召すまま』の言う恋する男の姿より、相当に重傷である。希望のかけらもない、絶望の淵に立っている感じである（なお、この仕草についての『お気に召すまま』と『ハムレット』の類似性については、大修館版（p161）なども指摘しているところである）。

ハムレットの後半の仕草を見てみよう。

腕いっぱい伸びきるまで後ずさりなさって、
片方のお手をこのように額にかざされ、
わたくしの顔をじっとお見つめになりました。絵でもお描きになるかのように。
長いことそうしておいででしたが、やがてわたくしの腕をそっと揺すられ、
こんなふうに三度も、うなずかれながら、
それはそれは悲しげな溜息をつかれました、
五体がずたずたに裂け、お命もこれ限りかと思われるほどに。
それから、やっと手を放してくださり、肩越しにお顔をこちらに向けたまま、
お目がなくても歩けるとでもおっしゃるように、
その助けもお借りにならず、戸の外へ。
最後まで、お目はわたくしに注いだままでした。

実に変わった仕草ではあるが、内容は歴然としている。
1　オフィーリアの顔を、しっかりと、長い時間をかけて眺めつくした。
2　三度もうなずきながら、悲しい溜息をついた。「お命もこれ限りか」と思われるほどに。
3　別れる時も、最後までオフィーリアの顔を見続けていた。

即ち、オフィーリアの顔を見つめて、三度もうなずいた。そして去って行った。「うなずく」というのは、何かを知り、「やはりそうだったのか！」と自分の心の底に言い聞かせる、或いは叩き込む動作であろう。見て、何を悟ったのか？　オフィーリアの顔の中には王クローディアスが在ることを悟ったのである。本来なら父ポローニアスが在らねばならないのに、王クローディアスが在ったのだ。どれだけ眺めても間違いない。

だとすれば、オフィーリアはハムレットの異母妹である。正に「呪わしい近親相姦」である。いかに愛していたとしても、別れる以外に道はない。どれだけ愛しいと思っていたことか！　でも、もう駄目である。そうかといって、そのことを言えるものではない。「実は、俺の父もクローディアスだ。そなたの父もクローディアスだ！」と言えるものではない。すべては隠しておかなければならない。もう会うこともできない。仮に会ったとしても、「愛している」など言えもしないし、そんな様子もしてはいけない。

でも愛していたし、今も愛している。だが、オフィーリアとはお別れだ。部屋の外に出るまで、ハムレットは愛しいオフィーリアの顔を見つめ続けた。

ハムレットとオフィーリアの悲恋はこうして終わりを告げた。やむを得ないだろう。しかし、オフィーリアはその理由を知らない。ただ恐怖するだけであった。

この日以後、ハムレットは、オフィーリアを遠ざけることしか考えない。愛している、一度愛した気持ちが、すぐに消えるはずはない。しかし、もうこうなったら、つれなくする以外にない。

オフィーリアが自分を気違いと思っても、それもやむを得ない。真実を言うよりも、そのほうがいい……いや、自分はその道を選ぶ、というのがハムレットの結論であった。

このようにシェイクスピアは書いている。皆さんは「とんでもない！」と言うだろう。しかし、私の言った以外に理解の道はない。シェイクスピアが書いたことを素直に読めば、この解釈しかない、いや解釈の必要もないぐらいだ。自然とそう読めて来るのではないのだろうか。

このハムレットの異様な仕草は、「愛と別れ」の哀しい仕草なのだ。妹であるオフィーリアを愛してはいけない。だとすれば、気違いのふりをして、彼女が自分を嫌いになってくれるのを期待する以外に道はない。亡霊と会った後の「今後、気違いのふりをすることがあるかもしれない」というハムレットの科白は、正に、オフィーリアとの関係でこそ最も重要な意味を持つのだ。

3　ポローニアスのオフィーリアに対する態度

ポローニアスのオフィーリアについての科白も相当に妙であるが、王クローディアスの態度もなかなか理解できない。

ポローニアスはオフィーリアに対し、今後はハムレット王子と言葉を交わしたり話し合ったりなどしてはならぬ、と命じる。その理由は必ずしも明白とは言いかねるが、「ハムレット王子の言葉を真《ま》に受けて、揚げ句の果てに棄てられるのがオチだということ」なのか、「お高くとまって、自分を高く売りつけるのだ」ということなのか、判然としない。

それからしばらくして、後日（ハムレットが亡霊に会った後）オフィーリアは、〃ハムレットの異様な仕草〃をポローニアスに語る。

ポローニアスは、オフィーリアが自分の命令でつれなくしたので、ハムレットが失恋のため気が狂ったと判断する。そして、そのことを王クローディアスに告げねばならぬと言う。「この恋の沙汰、隠しておいたら、先々面倒なことになる、お話ししてお憎しみを受けるほうがましだ」（p91）ということらしいが、この言葉の意味がよく分からない。岩波版注記は「王子と、国務大臣とはいえ王統の血を引いていない者の娘との親密な関係をほのめかせば、王の不興を買うのは必定だから」としているが、この解釈もどういうことか私には分からない。

大修館版の後注は「『（娘のオフィーリアを王子様の嫁にするなど、あまりにも勿体無い話であり、）王子様が娘を愛してくださっていることを王様にご報告すれば（何を言うかとお叱りを受け）恨みを買うことになろうが、このことを隠しておけば、さらにもっと大きい悲しみを引き起こすことになるだろう』ポローニアスは娘はハムレットの嫁になるべきでないと勝手に決めているが……」（p394）と記す。いかなることを言わんとしているのか、なかなか呑み込めない。

ポローニアスの言葉は、「二人の仲が、これ以上進んで結婚するなどということになれば大変だ。早めに王にお話しして『何たることだ』とお叱りを受けよう」とでも理解せざるを得ない。その前提として、王子は王族以外の者と結婚してはいけないという観念があるのだろうか。しかし、兄レアティーズは、オフィーリアに「ハムレット王子ともなると、自分の気持ちだけでは結婚もできない。国民の賛同が必要だ」とは言っても、王子と大臣の娘は結婚できないとは言ってはいない。ロンドンっ子たちは知っている。自分たちの上に君臨するエリザベス女王の母親、アン・ブリンが王族でなかったことを。

では、王クローディアスは二人の仲についてどう言っているのか？　一言も発言していない。いや、王は一度だけ発言している。ハムレットがオフィーリアへ「尼寺へゆけ」などと言った場面を、壁掛けの陰から盗み聞きした後、「恋だと？　あれの心はそんなところに向ってはおらぬ」（p150）と言い切っている。

勿論、「尼寺へゆけ」とハムレットがオフィーリアに言った時には、ハムレットはオフィーリアとの別れを決断した後であるから、王が「恋だと？　そんなことではない」と言い切ったのは、ある意味では正確である。しかし、ポローニアスが「恋ゆえの乱心」としつこく言っても、それに対し王は何の意見も言わない。非常に不思議な現象である。「それは、ならぬ」と言えば、その理由を言わねばならない。それかといって、「いい話じゃないか」と賛同すれば、兄と（異母）妹の結婚を認めることになる。それもできない。それゆえ、何も言わなかったのであろう。

ポローニアスは当然、真相を知っている。しかし、彼はそれを口に出しはしない。王も口に出さない。ポローニアスの心は或る時点で死んでしまっている。人間の情というものと縁を切ってしまっている。ポローニアスは、ハムレットとオフィーリアが結婚するなら、それもかまわないさ、呪われた近親相姦だろうと何だろうと、かまうものか！　という心況であったろう。ただ、王の不興を買うことだけはしたくなかった。ハムレットから、「魚屋」と言われ、「エフタ爺さん」と言われ、「襁褓《おしめ》をしている」と言われたって、もうビクともしない神経になってしまっているのだ。

王クローディアスは、オフィーリアを愛していたかどうか？

王とオフィーリアが直接顔を合わせるのは、すでにオフィーリアが死を決意し、歌を歌いながら現れた場面（第四幕第五場 p232以下）においてである。

王は「具合いはどうだな、オフィーリア？」、続いて「父親のことを思っているようだな」（この時点で、大臣ポローニアスはハムレットに刺殺されてしまっている）。

オフィーリア「そのことは、もう、やめにしましょう……」（p233）と言って歌い出す。

王「可愛いオフィーリア、おやめ」、「そうね、そう、さっさと終りにしましょうね」と言って、オフィーリアは男女間に関する歌を歌う（実際は「終わりになんかするものか！」と言っているのであるが。後述）。

王「いつからこうなんだ？」

オフィーリアは「きっとなにもかもうまくいくわ。おたがい辛抱しなければ……さ、馬車を！　おやすみなさいまし」と言って出る。

王は「すぐあとを追え。目を離すでないぞ、よろしく頼む」と、ホレイショーにオフィーリアのことを頼む。

しかし、その後、オフィーリアは入水《じゅすい》して死を遂げてしまう。

王は、この場面で四度、オフィーリアに声を掛けている。その内二度は「オフィーリア」と呼びかけている。「具合いはどうだな、オフィーリア？」、「可愛いオフィーリア　おやめ」。少なくとも情愛のこもった言葉のように感じられる。大臣の娘だから情愛のこもった言葉を発するのは当然だと言われれば、それまでであるが。

ポローニアスは、王、王妃の前で、ハムレットの恋文を読み上げる前、「それがしには娘が、それがしのものでいる限りは、一人おりまして」（p100）と言う。

分かりにくい表現である。この部分は、

「それがしの娘が、はい、いまのところそれがしの所有で」（新潮版p58）

「誰かのものになるまでは私の、と申しておきますが」（ちくま版p85）

とも訳されている。

要は、結婚するまでは私の娘、私のものである、といった感じらしい。大修館版は「Sh.作中の父親はしばしば婚前の娘を自分の所有物と考える」（p173）と記している。ポローニアスが持って回ったような科白を吐く傾向にあることは分からないではないが、私には納得がいかない。

私は、「オフィーリアの父親が私だとすれば、私には一人の娘がおることになりますが」といったような感じを込めた科白のように思える。シェイクスピアが観客に対して、オフィーリアの父親はポローニアスではありませんよ、と信号を送った科白だと考える。

ハムレットはオフィーリアに対し、どうしても結婚すると言うなら持参金代わりにこの呪いをくれてやろう、と次のように言う。

「たとえ氷のように貞潔であっても、雪のように純潔であっても、世間の謗《そし》りはまぬがれないとな」（p148）

右の科白は、「当人の責任でない、生まれつきの痣のような欠点であっても、烙印を押されれば世間の非難を浴び、美しさも貴さも、すべて消し去られてしまう」という趣旨の「烙印の長科白」（p58〜59）と、きわめて類似するトーンを持っている。

ハムレットもオフィーリアも、婚姻外の子である。世間の非難にさらされて生きる運命《さだめ》。「どうせ、まともな人生は送れないのだ！」とハムレットは言っているのだ。「親木《おやき》の穢れが消える気づかいもない」（p146）のである。

それかといって、真実は言えない。「尼寺に行ってもらえば、会いたくても会えない。一般社会にオフィーリアが居たら、会いたくなるかもしれない。もし会ったら、何をしでかすかもしれない」。呪われた近親相姦の罪を犯さないという保証もない。

嫌味なことを言い、女性を侮辱《ぶじょく》し、気違いのふりをしてでも、オフィーリアに自分を嫌いになってもらう以外にない。まさに苦しく悲しい「佯狂」である。言うには辛すぎる現実。ハムレットは「どうか尼寺へ行ってくれ」と懇願しているのだ。

4 オフィーリアの最期

1

とりあえず、岩波版によって、オフィーリアの最期の部分を書き記す。王、王妃、兄レアティーズの言葉も、必要な範囲内で書き記す。なお、説明の都合上、オフィーリアの言葉に①ないし⑩の番号を付けておく。

王妃は、オフィーリアに会う直前、「傍白」として次のように言う（p230）。

この病める心には、罪ある者の定めか、
ささいなことが、いちいち大きな禍事《まがごと》の先触れのように思える。
身に覚えのある者は疑心暗鬼に悩まされ
恐れるあまり、隠そうとすればするほど表に出してしまうもの。

オフィーリア出現の直前に王妃が言ったという点から見て、オフィーリアの後述①～⑩の言葉は、右の王妃の言葉に対応したものであろう。このような推察は当然のことである。しかし、学者らはそのような考察は絶対にしようとしない。

王妃の傍白は、「オフィーリアに対し、罪を犯している、それゆえ非常に不安だ、隠しおおせるとも思えない」といった感じである。

2

オフィーリアの言葉（p231以下）。

①デンマークのお美しいお妃様はどこ？

これに対し王妃は、「まあ、どうしたの、オフィーリア？」と言う。オフィーリアは急に次のように歌いだす。

②どうしたら見わけられるの、
　まことの恋人といつわりの恋人を？
巡礼の笠につけた帆立貝、
　それから杖とサンダルで。

王妃は「その歌はどういう意味なの?」と尋ねる。

③どう思うの、あなたは? まあ、聞いていて。
その人なら死んじゃった、お嬢さん、
かわいそうに、死んじゃった。
頭の辺には青々と芝草しげり、
足もとには墓石《はかいし》一つ。

王妃は「ねえ、オフィーリア、ちょっと待って」と言う。

④聞いていてって、いっているのに。
経帷子《きようかたびら》の白さは峯の雪――
(ここで「王、登場」との記載)
花の飾りにつつまれて、
まことの愛の涙雨に濡れもせず、
墓場めざしていっちゃった。

王は「具合はどうだな、オフィーリア？」と言う。

⑤元気よ、おかげさまで！ 梟《ふくろう》はもとパン屋の娘だったそうね。人の身は今はこうでも、明日はどうなることやら、わかりはしない……お食事のときは神さまもごいっしょに！

王は、「父親のことを思っているようだな」と言うが、オフィーリアは次のように、それをきっぱりと否定する。

⑥そのことは、もうやめにしましょう。でも、どういう意味ってきかれたら、こういって……
明日は聖ヴァレンタインさまの吉日よ、
　夜明けを待って早々《そうそう》に、
あなたの窓辺に立ちましょう、
　ヴァレンタインさまに願かけて。
男は飛び起き、着がえると、
　さっと戸をあけ、
娘を入れる。出て来た娘は

娘じゃないよ、永遠に。
（女をだました男に対する恨みの歌の感じ）
王は、「可愛いオフィーリア、おやめ」と言う。
⑦そうね、そう、さっさと終りにしましょうね――
この訳は故意的な誤訳である。「どんなことがあっても終わりにしてやるものか」といった感じに訳すべきである。
⑧ほんとにほんと、憎らしい、
えい、悔しい恥ずかしい。
若い男は隙《すき》さえみれば、やりたがる、
ほんに一物《いちもつ》さまは罪つくり。
娘いうには、「手荒なまねをするまえに、
あんた、あたしと夫婦《めおと》になるというたじゃないか。」
すると、男がこう言うの。

「その気だったとも、お天道《てんと》さまに誓ってな、
お前のほうから寝床に忍んでこなければ。」
（結婚すると言って、女をだました男に対する恨みの歌）

⑨きっとなにもかもうまくいくわ。おたがい辛抱しなければ。でも、わたし、冷たい土のなかに埋められた人のことを思うと、泣けて泣けてしかたがないの。お兄さまの耳にも入るわ。ありがとうございました、ご親切なご忠告をいただいて。さ、馬車を！　おやすみなさいまし、みなさま、おやすみなさい。みなさま、おやすみ、おやすみ。〔去る〕

ここで一旦、オフィーリアは退出する。王とレアティーズらの話し合いが続く。再び、オフィーリアが現れる直前に、兄レアティーズが次のような意味深長な言葉を発する（p242）。「人間の情愛は繊細微妙だ、そうであればこそ、愛する者の逝《い》ったあとを慕って、愛の証《あかし》に自分の尊いものを捧げるのだ」

そして、オフィーリアの最後の言葉は、

⑩死顔に被いもせずに、棺架《かんか》にのせて、

へイ、ノン、ノニ、ノニ、へイ、ノニー、
墓に降る、降る、涙雨――
さようなら、愛《いと》しい人よ！

である。

3

この後も「落ちた、落ちた」云々、そして、色々な花を皆に配る場面が存在する。しかし私は、⑩までがオフィーリアの叫びであり、その後の部分はオフィーリアの真実の言葉とは思えない。一種の余興的謎掛け、謎解き部分である。

以下、その理由。

1　①から⑩までには、オフィーリアの深い心の中に沈んでいる追憶、無念、復讐心などが見られる。オフィーリアの言葉は、主として内にこもる情念を語る。

しかるに、その後の歌や花配りでは、心が外界へと向かってしまっている。死のうとしている人が、また生き返ったように感じられる。シェイクスピア、人間存在のあるがままを描くこの人が、こんな馬鹿げたケアレスミスを犯すことは有り得ない。

2 次いで、この部分は謎掛け遊びであること。何となれば、謎掛け、謎解きの方法、そして謎の答えが明確に書いてあるからである。小学一年生でも分かるような謎掛け遊びである。しかし、残念ながら、一つの謎しか私には見えない。あと一つ、謎があってもおかしくないのだが、私にはそれが分からない。いつの日か、あるかもしれない謎を、誰かが解き明かしてくれることを期待している。勿論、「ないものねだり」であることは百も承知しているが。

よって、オフィーリアの死、その時、オフィーリアの心の中に去来した映像は、①ないし⑩の分析で充分である。その後の部分は、シェイクスピアの奇想天外な謎掛け、謎解きである。ただし、私には謎の答えは分かっているから、謎解きの方法が書いてある場所を探しさえすればよかった。

4

恐ろしくも、悲しい①～⑩の解読にかかろう。私にはこの部分が『ハムレット』劇の中心のように思える。〝ハムレットの悲劇〟なんざ、〝オフィーリアの悲劇〟に比べたら、一億分の一の悲しさしかない。いや、〝オフィーリアの悲劇〟でも駄目なのだ。オフィーリアとその母（勿論、レアティーズの母でもある）の悲劇、即ち「ユニオンの悲劇」、或いは「死者の復讐」こそがこの劇の中心である（後述）。

それでは、大天才が四百年前に書いたこの悲劇の中心部分を読み解くこととしよう。

①オフィーリアは、「美しいお妃様はどこ?」と言いながら登場して来る。

お妃様と言うからには女性である。目の前に王妃がいるのに「お妃様はどこ?」と言っているところを見ると、オフィーリアが捜しているのは王妃であるはずがない。

王妃がオフィーリアに対し "sweet lady"（大修館版 p300）と呼びかけているのに対し、オフィーリアは王妃に対し "lady" としか言わない。私には「おい、貴女《あんた》!」と呼び捨てにしているとしか感じられない。いずれにしても、「美しいお妃様はどこ?」とオフィーリアは言う。

オフィーリアが二十歳と仮定すれば、十年前、いやおそらく十五年前、おそらく五歳位のオフィーリアは、今のオフィーリアのように、王宮の中に「お母さん、どこにいるの?」と言ってやって来たのであろう。亡き母、王妃となるべきであった母、クローディアスに捨てられた母であろう。王クローディアスと王妃ガートルードの二人が、オフィーリアの母を追い出したのだ。死の世界へ追い詰めたのだ!

オフィーリアは母を捜しに来ているのだ。或る女性、王妃になれたかもしれない美しい女性を捜しに来たのだ。今は亡き、オフィーリアとレアティーズの母以外には想定するのは不可能だ。その捜していた女性は見つかったのか、見つからなかったのか?

当然、発見したのだ。

⑩で「死顔に被いもせずに、棺架にのせて、ヘイ、ノン、ノニ、ノニ、ヘイ、ノニー、墓に降る、降る、涙雨——さようなら、愛しい人よ！(my dove!)」となっている。「dove」は女性または子供に対する呼称である。

「ヘイ、ノン、ノニ、ノニ、ヘイ、ノニー」は、原文では "Hey non nonny, nonny, hey nonny" (大修館版 p310) となっている。これは一種の掛け声であろう。「オイチニ、オイチニ」というところか、或いは「えんやこら、さっさ」でもいいかもしれない。私には、元気のいい、そして陽気な気分を現す掛け声のように感じられる。

大修館版では「恋の歌でよく歌われるリフレイン。Q2にはない (即ちフォリオ版のみにある) 葬儀の歌は、オフィーリアにとって恋の歌だということか」(p311) となっている。

しかし、これは恋の歌ではない。顔も露わな屍体を棺架にのせて運んでいる男たちの掛け声なのだ。悲しく死んでいった人の亡骸《なきがら》を、陽気な掛け声をかけながら、男たちが運んでいっている情景を歌っているのだ。深い悲しみに泣きながら、オフィーリアは、その棺架の人を後追いしているのだ。この陽気な掛け声とオフィーリアの悲しみを対置させることによって、悲しみの情景を際だたせている。

なお、これと同じ掛け声が、『空騒ぎ』の中にも見られる。第二幕第三場の中でバルサザーが歌う。

おもしろ　おかしく　この世を送れ
泣けるのどなら　どうせの事に
浮れ調子で　ヘイ・ノン・ノンニ

（福田恆存訳、新潮文庫、p244）

この歌の部分は、『対訳　シェイクスピア詩集』（柴田稔彦編、岩波文庫）にも入れられている（p151〜152）。原文は“Into hey nonny nonny”であり、「あまり意味のない間投詞であるが、陽気な鼻歌の感じをあらわす」と注記されている。

いずれにせよ、顔も露わなオフィーリアの母（my dove）の屍体を、男たちが陽気な掛け声をかけながら運んでいるのだ。オフィーリアは、my dove（お母さーん）と呼びながら、この世で最も哀しい、しかし、真の涙雨で葬送しているのである。そして、この母を追って、オフィーリアは自ら死へと旅立つ。

顔に被いがないからこそ、母と分かったのだ。「あーら、お母さん、こんなところにいたの！オイチニ、オイチニと若い男が棺架にのせて運んでいるじゃないの！」

オフィーリアは、帽子もかぶらず、そして素足《はだし》のまま、その死んだ母を後追いしたのだ。そして今、まさに母の後を追うように死へと旅立とうとしている。正に、この⑩の直前、兄レアティーズが「愛する者の逝ったあとを慕って、愛の証に自分の尊いものを捧げるのだ」と言っている。

ところで、この棺架にのせられているのは男性となっている。"him"とあるから。しかし、シェイクスピアは「男は女と読みかえるべし」と言っている。

即ち、⑤を聞いた王は、「父親のことを思っているようだな」と言った。オフィーリアも④の中で"his shroud"（彼の経帷子）と言っている。明らかに男性である。ポローニアス（オフィーリアの表面上の父）のことであろうと思ってもおかしくないようではあるが。

⑥で、その話はやめにしてと言って、さらに「その意味は」と言ってから、男にだまされた女の歌を歌うのだ。先程男性のことを言ったようになってはいるが、「実は男にだまされ、捨てられた女なのよ」とオフィーリアに言わせている。

よって、⑩の死者は男性のようになっているが、実は女性。それゆえに、最後が「女性」を意味する"dove"になっている。レアティーズとオフィーリアの母以外ではあり得ないのだ。皆はポローニアスと思うだろう。そう錯覚するようにシェイクスピアは書いている。しかし、ポローニアスは、大臣相応の葬儀も墓もなかったようではあるが、顔も露わに、棺架で見知らぬ男共に運ばれたはずはないのだ。そもそも、ポローニアスの死体は行方不明なのだ（第四幕第二・第三場を参照のこと）。

シェイクスピアの壮大な復讐劇の真の主人公・オフィーリアの母が、ここにおいてだけ、その素顔を被いさえしない悲しい姿で現れるのだ。おそらく入水自殺をして、男共に運ばれる母、それを後追いした幼いオフィーリア。涙なくして読めるものではない。

①でオフィーリアは母（デンマークの王妃になってもおかしくなかったのに！）を捜し、そして⑩で死んだ母を後追いしたのだ。このことをオフィーリアはずっと忘れていたのだ。あまりにも悲しすぎて、抑圧されてしまっていたのかもしれない。

或いは、父はポローニアスと思い込まされてもいたのであろう。母はずっと以前に死亡したと聞かされていたのであろう。兄レアティーズもそれと同じことを信じていたのであろう。

しかし、ハムレットの異様な仕草、そして「何をしでかすかもしれないから、尼寺へ行ってくれ！」と狂い叫んだハムレットを見た後、『ゴンザーゴ殺し』の観劇の場の間の時間帯で、オフィーリアはすべてを知ったのである。ハムレットが兄であること、自分の父が現王クローディアスであること、母は王と王妃にいびり殺されるように入水自殺したこと、そして、その母の死の姿を棺架の上に発見し後追いしたこと……あの幼い日の出来事のすべてを想い起こしたのである。

それゆえ、観劇の場で、オフィーリアは、さびしく、そしてハムレットと距離を置いている。オフィーリアがすべてを悟ったことに、ハムレットは十二分に気付かなかったのか？　観劇の場においても気違いを装い、卑猥な言葉を発している。

「もう、いいのよ、すべては分かったのだから。ハムレット、兄さん、無理しなくてもいいのよ！」と言わんばかりに、オフィーリアは静かである。

すべてを悟ったものの、あまりにも辛い現実であった。母の入水自殺を想い起こした時、オフイーリアは復讐の怨霊《おんりょう》となるしか道はない、と思ったのだろう。オフィーリアは、母を後追いする少女であるとともに、死んで行った母の心とも一体化しているようだ。

以上が①と⑩についての理解である。

5

②〜⑨を検討しよう。
②は、真の愛といつわりの愛はどうして見分けられるか？　という問いがあり、次にその答えが書かれている。
岩波版では「巡礼の笠につけた帆立貝、それから杖とサンダルで」となっている。
②の英文は、次のようになっている。

How should I your true love know
　From another one?
By his cockle hat staff,
　And his sandal shoon.（大修館版 p298・300）

角川版では次のとおり。
「本当の恋人を、どうやって見分けるの？　帽子に貝殻、手には杖、歩く巡礼よ」（p158）
集英版では次のとおり。

「まことの愛と偽りを見分けたくても、帽子も杖《つえ》もみなおなじ巡礼すがた」（p175）

新潮版の恐るべき訳文は次のとおり。

「いかにせば　まことの恋人　見わけえん　杖《つえ》　わらじ　貝の形の　笠《かさ》かぶり　恋すれば　人目しのんで　通いきぬ　巡礼の　それ　その姿　いじらしく」（p139）

どこまで人間の精神を冒瀆すれば右のように訳せるのか、不可解である。さらには、解説において演劇の翻訳のあり方などにつき講釈をたれるという念の入れようだ。世も末である。

オフィーリアがここで言っているのは、真の愛の見分け方である。帽子と杖、そして靴によって真の愛は見分けるのだ、と言っているのである。ハムレットの異様な仕草、帽子も被らず、靴下が垂れさがり、「足枷のよう！」云々と同じ調子なのである。

ただ、ここでは杖が出て来ている。一見、巡礼風を装うために杖を加えたのか？　それとも、キリストが十字架にかけられる直前の様子と関係があるのだろうか？

ヨハネによる福音書19－1には、「そこで、ピラトはイエスを捕らえ、鞭で打たせた」とある。この鞭を象徴化したものが杖なのかもしれない。或いは、キリストがかつがされた十字架の象徴化かもしれない。「貴女に命を捧げます」という愛、死に至る愛は、粗末な帽子、粗末な履き物。極端な場合は、無帽、素足。『お気に召すまま』のロザリンドの伯父さん発見の愛の鑑別法（実はシェイクスピアの考え出した愛の鑑別法）の系列に属する表現である。

それゆえ、

③その人なら死んじゃった……
　頭の辺には青々と芝草しげり、
　　足もとには墓石一つ。

なのだ。真の愛があったからこそ、墓までが、頭の帽子は質素な芝草、そして履いている靴、即ち足もとには、なんと石ころ一つなのだ。

　兄レアティーズがいみじくも「愛する者の逝ったあとを慕って、愛の証に自分の尊いものを捧げるのだ」と、死地へ赴く妹オフィーリアの魂を解説してくれる。死に赴くオフィーリアの心の中には、表面上の父ポローニアスはいない。ポローニアスは、オフィーリアの謎掛けの言葉の中に「おひげの白さは雪のよう」（p244）という形で出てくるだけである。

　ハムレットがポローニアスをののしりながら、「老人とは髭《ひげ》白く」（p108）云々と言っていることとの連想から、オフィーリアの「おひげの白さは雪のよう」は、ポローニアスを指すと見なければならない。

　しかし、オフィーリアの真の言葉①～⑩の中には、ポローニアスはいない。在るのは、死んだ母である。オフィーリアは、ハムレットとの恋のために死ぬことはない。それは「呪われた近親相姦」なのだから。

死に行くオフィーリアの心は、自ら命を絶った母への愛、母と一体化したいという愛（死への衝動）、母の身代わりとなって王と王妃を呪う情念に満ちている。

勿論、③の「死んだ人」は、彼（He）男性と表記されている。しかし、後述するように、オフィーリアの言葉では「男性」であっても「女性」である、とシェイクスピアは言っているから、心配ご無用である。

また、前記、レアティーズの言葉は、死んだ人が男性なのか女性なのか全く分からないように表記されている（大修館版 p310）。死んだ人を男性（He）とすれば、大臣ポローニアスを指すのだろうと皆は考えているのであろう。シェイクスピアの魔術にかかっているのだ。

ポローニアスは、ハムレットから「エフタ」と命名された人物である。エフタは、『旧約聖書』士師記11に記されているように、一族の長になるために、自分の一人娘を、主《しゅ》への、焼き尽くす犠牲《いけにえ》に捧げた人物である。一度ぐらいこの『旧約聖書』の一節ぐらい読んでみたらいかがなものか。五分もかからない。エフタは自分の名誉のために、愛娘《まなむすめ》を犠牲にした人物である。愛を奪いこそすれ、愛のために死ぬ人物ではないのだ。

この「エフタ」とハムレットに評されたポローニアスが、真の愛、「頭の辺には青々と芝草しげり、足もとには墓石一つ」の愛の墓に収まるはずはない、と私は考える。これが、物事の道理である。

前述したように、③で、オフィーリアは、王妃を「お嬢さん」（lady）と呼び捨てにしている。

王妃はオフィーリアに対し、「すてきなお嬢さん」（sweet lady）と言っているのに。オフィーリアは、王妃と対等、いや、王妃より上位にある人間のようにふるまっているようだ。

王妃とオフィーリアの会話はこの劇の中で多くはない。第三幕第一場において、オフィーリアは王妃のことを“madam”（大修館版p212）と言っている。しかるに、ここでは“lady”、岩波版によれば「お嬢さん」である。

例えば、ある小説の主人公がAさんをいつも「先輩！」と呼んでいたとしよう。それが或る日、Aさんに向かって「おい、お前！」と言ったとしたら、読者は「何かある？」と考えるはずである。しかしハムレット研究者は、どんなことが目の前に起ころうとビクともしないらしい。

王妃が“sweet lady”と呼びかけたのに、小娘オフィーリアが王妃に対し“lady”と呼び捨てにしている感じを受ける。何だ？と考えるのが、通常人の神経である。グローブ座の平土間で酒を飲みながら、売春婦の膝枕で『ハムレット』劇を聴いている人々、もしかすると、字も書けない程度の人々がすぐに分かるように、シェイクスピアは書いているのだ。それゆえ、中学一年生程度の英語力しかない私にすら、よーく分かるのだ。なぜ、学者、研究者は分からないふりをするのか、その理由が知りたい。

これだけではない。オフィーリアはポローニアス（表面上は父）に対して、“my lord”（岩波版では「お父さま」p54、大修館版p126）という言葉を使っている。また、オフィーリアのこの場面において、王妃は夫たる王に対し、「あなた、ごらんになって、この哀れを」（p232）と言っているが、王妃は夫たる王のことを“my lord”（大修館版p300）と言っている。ところが、オフィーリアは王に対し、“lord”と呼び捨て的な呼びかけをしている。異様な呼称ではないのか？　何だか、「おい、お前さん」とでも言っているように聞こえてこないだろうか？

私には、オフィーリアは死に赴くに際し、王、王妃に対し、「おい、お前たち！」と呼び捨てにしているように感じられる。英文のプロの方々よ、その謎を解いてはいかがなものか。プロなら当然分かっているはずである。何故、隠すのか？　隠した上で、何故、シェイクスピアの名作をうすぎたない意味不明の作品に作り変えるのか、その理由に答える義務がある。

②③の解説を終了する前に一つだけ述べておかねばならない。

「足もとには墓石一つ」の真の愛の墓。私はこの墓のイメージから、どうしてもイエス・キリストの墓を連想してしまう。マルコによる福音書15－46には「墓の入り口には石を転がしておいた」と記載されている。

ついでに、もう一つ。真の愛の鑑別法は帽子と杖と靴であった。この杖のイメージは、もしかすると、イエス・キリストが死亡した後、「兵士の一人が槍でイエスのわき腹を刺した」とヨハネによる福音書19－34が記している、この槍のイメージかもしれない。

いずれにせよ、『お気に召すまま』でロザリンドが言う愛の鑑別法は、イエスの死との類推から作り出した、シェイクスピアの専売特許なのである。しかしシェイクスピアは、「それは私が考えたものではありません。誰かが言っていたのを小耳にはさんで、使わせてもらいました」という言い訳まで準備しているのだ。誰から聞いたか忘れましたが、私が発明したものではないので、ロザリンドの伯父さんの発明にしております、という逃げ道まで作った。

ここまで細工をしたということは、シェイクスピアの〝発明〟なのだ。彼は相当に図太い神経と用心深さを持っていたようだ。宗教に絶対に深入りしない一方、ちゃっかりと聖書から借用して、とぼけてみせるシェイクスピアは、只者ではない。彼の言葉を一語たりともおろそかにしてはいけない。

④聞いていてって、いってるのに。

経帷子の白さは峯の雪〔前述のように、his shroud〔彼の経帷子〕であるから男性となっている〕

〔右の科白の後、王の登場。ということは、王は、hisという男性代名詞は聞いていないことになっている。この後には、男性・女性を区分し得る言葉はない〕

花の飾りにつつまれて、

まことの愛の涙雨に濡れもせず、

この④は、研究者を大いに悩ませるところであるらしい。シェイクスピアが書いたとおり読みさえすれば、分かり切ったことなのに。英文は左記のとおり。

White his shroud as the mountain snow ——

……

Larded with sweet flowers;

Which bewept to the grare did not go

With true-love showers.（大修館版 p300）

岩波版注記は「オフィーリアが狂気の底で、ハムレットの愛の終焉＝死を悲しんでいるのは明らかである」（p232）とする。

大修館版は「多くの編者は、オフィーリアはポローニアスがきちんと埋葬されなかったことを考えているのだろうと論ずる」（p301）と言う。

英文で見れば分かるように、一行と二行で一区切りになっている。そして三行と四行が一区切りである。一行、二行は「きれいな花に飾られた、お山の雪のような真っ白な経帷子」である。私には、立派な死装束のように見える。

しかし、オフィーリアは言っているのだ。きれいな花に飾られた真っ白い雪のような経帷子、でもそんなきれいで、外形は立派な死装束に、一体どんな意味があるのでしょうか？ どんな立派な死装束だったとしても、それだからと言って、真の愛の涙雨にぬれながら、お墓に運ばれたことにはなりませんよ！　と叫んでいるのだ。美しい花、真っ白い雪のような死装束！　それがなくても、立派に、涙雨でお墓に送ることはできるのよ、その涙雨こそが死者を送る最も大事なことなのよ！　とオフィーリアは絶叫しているのだ。

⑩で述べたように、棺架にのせられ、顔も露わなお母さんを、帽子もかぶらず、素足のままで「お母さん」と叫びながら、私は涙を流しながら送ったのよ！　あれが、本当の愛のお見送りなのよ！　幼き日の自分を思い出しながら、母を死に追い詰めた王と王妃に対し、真の愛と真の葬送の在り方を叫んでいるのだ。

6

そして、⑤において、オフィーリアは、遂に母の死に対する復讐を宣言することとなる。

④の後、王は「具合はどうだな、オフィーリア？」。「オフィーリア」は英文では“pretty lady”（大修館版 p300）であり、立派な言葉で呼びかけているようだ。

しかるにオフィーリアは、王に対し“lord”としか言わない。「元気よ、おかげさまで！　梟はもとパン屋の娘だったそうね。人の身は今はこうでも、明日はどうなることやら、わかりはしない……お食事のときは神さまもごいっしょに！」。これを読んでも、何のことやらさっぱり分からない。せいぜい「オフィーリアの言葉は脈略がなく、明らかに常軌を逸している」（大修館版 p

301）というぐらいが関の山であろう。

ハムレットの言葉は、気違いのふりをしているから、全く分からない。オフィーリアは狂気だから、これまた全く分からない。亡霊の言うことなどあてにならない。道化などという連中の科白は信用できない。クローディアスは権力欲と色欲ぼけ、ポローニアスはおべっかばかり……結局、何も分からない劇が出来上がってしまうのだ。シェイクスピアの人格を否定しっ放しである。梟は、もとはパン屋の娘だったとのこと。即ち「変身」が主たるテーマになっている一文である。今はオフィーリアであるが、何に変身するか分からないのだぞ！お前さん、と言っているのだ。

そしてオフィーリア自身が、王と王妃の前で変身したのである。誰に変身したのか。勿論、死んだ母、オフィーリアの母へと変身したのである。現実には、劇においてそれを表現することは困難かもしれない。しかし、シェイクスピアはそのように書いている。どこに証拠があるかと研究者は騒ぎ出すであろう。しばらくの辛抱である。すぐにシェイクスピアが語ってくれるから。

⑤の末尾の「お食事のときは神さまもごいっしょに！」というのが分からない。この部分は英文では“God be at your table!”であるから、岩波版訳がおかしいとは言えない。この文句は大修館版によれば「食卓に幸いあれ！」（p301）、食事に招かれた客が食前に言う言葉「いただきます」ということらしい。

どうせ気違いが言っていることだ、何だってかまわない！などと私は言わない。死に赴くオフィーリアが命を賭けて叫んでいるのだ。しかも、シェイクスピアが叫ばせているのだ。オフィーリアがその母へと変身して最初に発する言葉なのだ。いずれユニオンとなって、王と王妃を毒殺する運命になる、オフィーリアとその母の合体した者が何と言っているのか！

当然に答えは一つしかない。「いただきまーす」である。何を！「王と王妃の命をいただきます」と宣言しているのである。時代劇「必殺仕事人」風に言えば、正に「お命、頂戴！」である。

勿論、王クローディアスはすべてを悟っている。しかし、王はとぼけたふりをして「父親のことを思っているようだな」としか答えない。王クローディアスは、オフィーリアの科白④の最初の言葉、"his shroud"の部分は聞いていない、とわざわざシェイクスピアは書いている。his という男性を表わす言葉を聞いていないのだから、父親ポローニアスの葬送を連想する必然性はない。しかも、その後のオフィーリアの言葉には、男性・女性を区別し得る言葉が入れられていないのだ。にも拘らず、「父親のこと……」と王が言ったのは、その原因を考えてみなさい！とシェイクスピアは指示しているのだ。

ポローニアスの葬送のことをオフィーリアが言っているかどうか分からないのに、あえて「父親の……」と言ったのは、クローディアスは心にもないことを言っているのだ、と暗示したとしか考えられない。これ以外の解釈があるだろうか？ シェイクスピアが、his shroud（彼の経帷子）をクローディアスに聞かせていない、その意味するところを考えるべきであろう。

「とぼけるのもいい加減にしろ！ お前は、"his shroud"の部分を聞いていないのだ。聞いているのなら、ポローニアスの葬送と勘違いするかもしれない。しかし、お前は聞いていない。涙雨に濡れた葬送しか聞いていないのだ！　とぼけるのもいい加減にしろ！」とシェイクスピアは、そしてオフィーリアは、言いたかったのであろう。

王クローディアスが、「父親のことを思っているようだな」と言うが、オフィーリアはきっぱりと否定する。

⑥「そのことは、もうやめにしましょう」。でも、どういう意味って聞かれたら、と言って、男にだまされた女の恨みの歌を歌うのだ。

オフィーリアは言っているのだ。「ポローニアスの葬送のことなんか言っちゃいない、聞きたきゃ、教えてやるさ！　男にだまされた女の歌さ！」と。オフィーリアは男にだまされてはいない。まさに、オフィーリアは母に変身して、王を呪っているのだ。

王は、「可愛いオフィーリア、おやめ」（英文は“pretty opfielia”大修館版ｐ302）と言う。

これに対し、オフィーリアは、

⑦「そうね、そう、さっさと終りにしましょうね――」

と答えたことになっている。

新潮版では、

「ああ、もう、どうでもいいの、早く終りにしましょうね――」（ｐ141）

角川版では、

「本当に、ね。もう終わりにするわ」（p160）

集英版では、

「なんてまあ、嘆かないで、さっさときりをつけましょうよ――」（p177）

どれもこれも「終わりにしましょう」という点ではほぼ一致している。しかし、⑦に続く⑧は、だました男に対する女の恨みの歌である。⑦と⑧の意味が続かないのだ。

ところで、⑦の部分は、英文によれば次のとおり。

Indeed, la without an oath, I'll make an end on't.（大修館版 p302）

中学三年生程度の英語力によれば、各訳文は“without an oath”の部分が訳されていないように見える。確かに変な英文である。直訳すれば、「誓いもなくして」、「誓わない」という感じである。しかも、“Indeed, la”という強調まで付されているのに。

誤訳というのは、ちゃんと訳してみたが間違いをおかしたことを言う。誤訳はどこにでもあることだから、とやかく言うつもりはない。しかし、シェイクスピアが書いた文を勝手に削除する権利はない。

私が訳すとすれば、

「誓って、終わりになんかしないぞ！」

「絶対に、終わりにしないぞ！　これですむと思ったら大間違いだぞ！」

である。細かい表現はどうでもいい、オフィーリアが「終りにするものか！」と叫んでいることが分かるように訳すべきである。

男にだまされた女の歌が続くのだ。

「よくも、だましたな！　このままですむと思ったら、大間違いだぞ。誓ってそうはさせない」とオフィーリアの母が叫んでいるのだ。

⑨部分も、訳文で読むと意味が分からないので、英文（大修館版 p302）を記載する。

I hope all will be well. We must be patient ; but I cannot choose but weep to think they would lay him i' th' cold ground. My brother shall know of it ; and so I thank you for good counsel.

直訳すれば、「私は、すべてがうまくいくことを願っています。我々は、辛抱しなきゃならない。でも、彼らが彼を冷たい土の中に横たえたことを思うと、泣かずにおれない。レアティーズ兄さんも、それを知ることになるでしょう。そして、レアティーズ兄さんのご助言に感謝します」といった感じである。土に埋められた人物を男性と言っているが、ここでも、男にだまされた女性、オフィーリアの母と理解すべきである。

この場面で、誰一人、忠告なり助言なりをした者はいない。これは⑩の直前に出てくる、兄レアティーズの言葉と見るべきである。ハムレットが劇の途中で「道化の科白に留意せよ」という暗示を発したのと同じパターンである。

意訳するとすれば、次のようになろう。

「うまくいくといいわ、復讐がうまくいくといいわ。それまで、我々（オフィーリアと母、私とお母さんは）辛抱しなきゃ。それまでの辛抱よ、きっとうまくいくわ。でも、彼ら、王と王妃が、母さんを死に追いやったことを思うと泣けてくるわ。きっと、レアティーズ兄さんも、私同様、真実を知ってくれるわ。そして、レアティーズ兄さんが、私の死と、その意味を解説してくれるでしょう。感謝するわ」である。

この後、「さ、馬車を！」とオフィーリアは叫ぶ。この点に関する岩波版注記は「ハムレットの妃になった自分の姿が脳裡をかすめたであろうか」（p234）であり、大修館版も「自分が王女になったかのように錯覚しているのか」（p303）と記すが、オフィーリアに兄ハムレットと結婚する気はあろうはずがない。

前述したように、⑤の場面ですでに、オフィーリアは母へと変身しはじめているのである。それゆえ、⑥⑦は、女をだました男への呪いの歌になっているのだ。オフィーリアは、オフィーリアの母に変身してしまい、そして、王妃になってもよかったのに……いや、当然そうなるべきであった……と思いながら、一瞬、王妃になったような幻影に誘われて、「馬車を！」と言うのである。哀切、無限なり。

ここらで、⑩の直前の兄レアティーズの解説（オフィーリアの言によれば、counsel 助言、忠告、勧告……）を見ることにしよう。

「ああ、五月の薔薇、いとしき乙女、心やさしい妹、オフィーリア！ おお、天よ、うら若き乙女の理性が老人の命さながら、こうも脆《もろ》く崩れ去っていいものか？ 人間自然の情愛は繊細微妙だ、そうであればこそ、愛する者の逝《い》ったあとを慕って、愛の証《あかし》に自分の尊いものを捧げるのだ」（p242）

即ち、オフィーリアは老人みたいになってきたということ、そして、愛する者の逝ったあとを慕って、愛の証に自分の命を捧げようとしているということ。

ここで、もう一度整理しておこう。

①と⑩がセットになっている。

幼いオフィーリアは「お母さん！」と叫んで母を捜したが、オフィーリアが見たのは、棺架で運ばれる顔に被いもない母。それを泣きながら後追いした光景。母は美しい花に飾られた経帷子は着けていなかったが、真の愛の涙で葬送した。そして、今のオフィーリアは、母のところに行こうとしている。

②と③は真の愛の歌。粗末な墓であるが、それは、真の愛を持っていた人の墓であること。そ

れは母の墓である。
④は、真の愛による葬送は、花や経帷子ではない、心からの涙雨こそが真の葬送であること。幼いオフィーリアが死んだ母を後追いしながら流した涙雨。
⑤は、オフィーリアの母への変身宣言。現代風に言えば、「変身！」と叫んで、オフィーリアは母の姿に変わる。そして、母が言う最初の言葉が、王、王妃に対する「命、いただきまーす！」（お命、頂戴！）。
⑦は、これで終わらせるものか、今に見ていろ！という意味。
⑧結婚すると言っておいて、よくもだましやがったな！という母の歌。
⑨は、きっとうまくいくわよ、お母さん、しばらくの辛抱よ。
そして、兄レアティーズが、事の次第を解説してくれるでしょうとの解説的独白風。
⑩の前、兄レアティーズは「五月の薔薇のような若く美しいオフィーリアが、まるで老人になったように死のうとしている。人の愛というものはすばらしいものだ。愛する者の逝ったあとを追って、自分の命を捧げようとしている」といったことを述べる。オフィーリアが老人みたいになった。それは、母への変身以外を連想できない。母に変身したればこそ、「命、いただきまーす！」と言い、その理由は女をだまして捨てたから、と歌うのだ。
皆は、変身なんて、出鱈目《でたらめ》もはなはだしいと反論するであろう。だったら、皆さんは、オフィーリアは何故死んだのか、死に際して何を言ったかを語る義務がある。

シェイクスピアは、死者や怨霊を総動員しての復讐譚を書いた。しかし、これだけではないのだ。この物語には、もう一つ奇想天外な物語が隠されている。シェイクスピアは隠したりしていない。正々堂々と述べている。この『ハムレット』を書く時のシェイクスピアは、空を天翔《あまがけ》る天馬になって、死者を呼び起こし、復讐、いや、クローディアス一族の滅亡を描き出している。

7

⑩の後の「落ちた、落ちた」以下は、余興的なものだ。

オフィーリアは語りかけ、花を配り回る。①～⑩にはオフィーリアの情念、母に変身したオフィーリアの情念がほとばしっている。しかし、その後は、人々と会話している感じがあるし、また、全く理解を寄せつけない文章になっている。一つの余興である。しかし、少なくとも、もう一つの面白い物語を語っている。

さて、最後にオフィーリアの死の様子を王妃が語っている。

最も注目すべき点は、オフィーリアの姿は水の底に沈んだが、オフィーリアの魂はこの世に残った、と記されていることだ。怨霊となって、この世に残っているのだ。即ち「歌声から切り離されて、水の泥の中に行った」と書かれている。岩波版によれば、「あのかわいそうな娘《こ》を美しい歌声から引き離して、川底の泥のなかに引きずりこんでしまったのです」（p264）。いずれにせよ、歌声だけは川面《かわも》に残っていた、とシェイクスピアは書いている。怨霊はこの世に残った、と書いている。

エリザベス女王が『ハムレット』を観たかどうかは定かではない。初演は一六〇一年頃であろうから、観たかもしれないし……という〝時間帯〟である。もし、観たとすれば、ロンドンっ子同様、「変わった劇だわね、でも誰一人書かなかった劇。人間の魂を揺り動かすわね。特に変身！　そして、最初の言葉が、お命、頂戴！　こりゃ、泣かせるわね！」と手を叩いたであろう。魂を揺り動かし、人間の性格や苦悩を活写し、そして奇想天外なアイディアに満ちた娯楽劇を心から鑑賞したことであろう。

私は、オフィーリアの母の復讐こそこの劇の中心である、仮に中心でないにしても、最も哀切なるものである、と感じている。皆は、右の見解に対し猛反対であろう。しかし、反対するのであれば、次の点を明確に説明した上でのことにしてもらいたい。

先王死亡後、ハムレットの愛の言葉の蜜を吸っていたオフィーリアが、何故に観劇の場では、妙に物静かで、ハムレットに距離を置いているのか？　である。

ハムレットの異様な仕草は何を意味するのか？

さらには、ハムレットは何故に「尼寺へゆけ」と言ったのか？

少なくとも、右の三点について、ちゃんと自分の見解を述べてもらいたい。

実は、父を同じくする兄と妹であったことを、オフィーリアも認識するに至ったこと以外にないのではないか。亡霊の「呪われた近親相姦をするな！」という言葉の意味をハムレットは知り、異様な仕草で「死ぬほど好きであった。しかし、兄と妹であるからには別れざるを得ない」と告げた。しかしこの時点では、オフィーリアは、親しかった者が急に不気味なものへ変化したことに恐怖するだけであった。

「尼寺へゆけ」の場面でも、ハムレットが気が変になった、と泣き悲しむだけであった。しかし、観劇の場においては、オフィーリアはすべてを悟っていた。それゆえ、哀しい静けさだけを持っていた。この間、すなわち、「尼寺へゆけ」から観劇の場までの間に、オフィーリアはすべてを知った。それと同時に、遠い過去のすべてを思い出したのだ。

幼き日、オフィーリアは母を捜しに宮殿へ行ったが、そこで、なんと、棺架にのせられ、顔も露わに、オイチニ、オイチニと若い男共に運ばれる母を発見した。彼女は真の愛の涙雨を流しながら母を後追いした。

しかし、それこそ、この世で一番立派な愛の葬送であるとオフィーリアは歌った。真白い、花に飾られた死装束ではなかったが、オフィーリア一人で、母を真の愛の涙雨で送ったのである。

恋も終わった。許されぬ、呪われた近親相姦だから。そして、母の死を想い出した。この可哀相な母のもとへ行くことだけにしか、救いは見出し得なかった。

しかし、すべてクローディアスが悪いのだ！　いや、母を追い出したのは、王妃ガートルードの差しがねに違いないと考えた。しかし、右は、オフィーリアが考えただけではない。王妃ガートルードが、オフィーリア出現の直前、罪を犯した者の心のふるえを歌ったではないか！　事実なのである。

最初私は、オフィーリアの母はポローニアスと結婚し、ポローニアスがクローディアスに妻を献上したと考えていた。しかし、オフィーリアが「デンマークのお美しいお妃様はどこ？」と言って現れたこと、及び、母に変身したオフィーリアが妃のように「馬車を！」と叫んだところを見ると、今までの考えは間違っていたようだ。

母に変身したオフィーリアが、「よくもだましたな！　お命、頂戴！」と叫ぶところを見ると、クローディアスが妃にしてやるとだまして、オフィーリアの母と結ばれていたのであろう。しかし、それを王妃ガートルードは認めなかったのであろう。やむなく、レアティーズとオフィーリアの二人を連れて、ポローニアスの妻におさめられたのであろう。

表向きは、オフィーリアはポローニアスの死を悲しんで死んだようにも見える。しかし、ポローニアスとオフィーリアの心的結びつきがそんなに強かったか？　ポローニアスはオフィーリアに、ハムレットとの交際を禁止し、恋文を取り上げ、早く王にこのことを告げなければお叱りを受ける、と言った程度ではなかったか？　後追い自殺するからには、濃密な心的結びつきの存在という前提がなければならない。しかし、この二人の間にそのような濃密な心的結びつきの描写は皆無である。

ハムレットとの恋が心の大部分を占めていたのに、それが「呪われた近親相姦」であるからには、直ちに止めねばならない。それと同時に、当然母のこと、母とクローディアスの関係の真相を探し出すこととなる。哀しすぎて、知らぬ間に意識下に抑圧していたのか、それとも周囲から「お母さんは、若くして病で死亡していた」と聞かされていたのか。おそらく双方であろう。

しかし、目の前の現実がくずれさった時、人間は当然、事実を確認しようとする。一カ月半位の苦悩と思索の中で、オフィーリアはすべてを認識したのだ。ガートルードの差しがねでクローディアスに捨てられた母が入水自殺したこと、その母の亡骸《なきがら》を真の愛の涙雨で後追いしたこと。

きっとオフィーリアは、母の自殺した場所で入水自殺したのであろう。王妃は、オフィーリアが、オフィーリアの母がそうであったように、王と王妃を呪いながら死んだことを知っていた。知っていればこそ「花輪を柳の枝にかけようとして、枝が折れたため、水に落ちて死んだ」と過失死のように告げたのであろう。しかし、王妃は真実を知っていた。

オフィーリアの体は水の泥の中へと沈んでいったが、霊は歌としてこの世に残ったのである。安らかに死んだのではない、魂は怨霊となってこの世をさまよっているのである。オフィーリアの母の魂もこの世に怨霊としてさまよっていたのであろう。

5　ユニオンの復讐

オフィーリアは霊（歌）をこの世に残して水の底へと引き込まれていった、とシェイクスピアは書いた。即ち、オフィーリアの霊は怨霊としてこの世に残っていた。オフィーリアの母の霊も怨霊としてこの世をさまよっていたことであろう。

この二つの怨霊が最終場面で登場することとなる。「ユニオン」となって登場するのである。最終場面、剣の賭け試合。実は試合に名を借りた〝ハムレット殺害〟の舞台装置である。王は、ハムレットをレアティーズの毒剣で刺せなかった時のことを考え、念には念を入れて、毒薬を準備した。剣の試合の途中、ハムレットは喉が渇くだろう。その時、飲むであろう酒の中に毒薬を入れることになっている。その毒薬を、王は真珠、しかも年代物の大真珠「ユニオン」と呼称している。

「ユニオン」という言葉は、二つまたは二つ以上のものが合体したものを意味する。しかも王はこの「ユニオン」について、「デンマーク王四代にわたって王冠を飾ってきた真珠をも凌ぐ、世に二つとない貴重な大真珠」（p312）と述べている。即ち、同じ時間帯に属するものの合体はなく、時間帯の異なるものの合体を連想させる科白である。母と子、オフィーリアの母とオフィーリアの怨霊の合体したものと見るべきであろう。劇中で「真珠」という言葉を連想させる人物は、オフィーリアだけである。このオフィーリアの怨霊が母の怨霊と合体して、「ユニオン」となったのである。

この毒薬を「ユニオン」と呼ばせたのは、何人の技であろうか？　口に出したのは王クローディアスである。しかし、クローディアスに「ユニオン」と呼ばせたのは誰であろうか？　神の技なのか？　オフィーリアとその母の怨霊の念力なのか？　因果応報のこの世の定めか？　それは分からない。

いずれにせよ、ハムレットに飲ませるはずであった「ユニオン」を、ハムレットは飲まない。オフィーリアとその母は、王と王妃を呪っているのだ。それゆえに、この毒薬「ユニオン」を飲むのは王と王妃だけなのである。

このようにして、オフィーリアとその母は、力を合わせて、めでたく王と王妃に復讐を遂げた。オフィーリアの言葉、「きっとなにもかもうまくいくわ。おたがい辛抱しなければ」が実現したのである。シェイクスピアは、オフィーリアとその母に対し言っているのだ。

「オフィーリア、そしてお母さん、私は見ていたよ！　二人が力を合わせて、王と王妃に復讐したね！　見事な復讐だったよ。さあ、おやすみ。もう、気も晴れただろう。さあ、お二人、安らかにおやすみ！」と鎮魂の詩を捧げているのであろう。

『ハムレット』が復讐譚であるとするならば、その中心は、この「ユニオンの復讐」なのである。

6　偽りに生きて死んだ三人の若者

妹のオフィーリアに関しては、劇の大きな流れによって、ハムレットと父を同じくする異母兄妹であるということをシェイクスピアは教えてくれた。

先王死亡後、ハムレットはオフィーリアのもとへ足繁《あししげ》く通い、手紙を渡し、プレゼントをし、心の寄りどころとしていた。生きる希望の最後の支えであった。

それが亡霊の「呪われた近親相姦はするな」という命令で、はっと目が覚めたのであろう。絶望のあまり、自ら命を絶とうとしたのであろう。地獄の一丁目から帰って来たような悲しげな表情で、あと一度だけ、オフィーリアの顔を眺めつくした。しかし、やはり、オフィーリアは異母妹であった。絶望は、より深まった。しかし、オフィーリアへの想いはいつ燃え上がるかもしれない。「何をしでかすかも分からないから、どうか尼寺へ行ってくれ」と叫んだ。

右の劇の流れで、ハムレットとオフィーリアの異母兄妹関係が明白になるわけであるが、レアティーズについては右のような大きな劇の流れがない。あるにはあるが、線が弱い。それゆえ、レアティーズの人間像は、他の登場人物に比べると生命感が少ない。なんだか操り人形みたいに見える。

とは言っても、第一幕第二場で、王クローディアスはハムレットより先に「レアティーズ」と呼び、親が子に対すると同様の情愛を見せてくれる。目の肥えた観客、いや、誰だって「只事ではないぞ！」と考えるようには作られている。

その後、レアティーズはフランスの大学へ行ったので、その姿を現さない。ポローニアスが殺された後になって現れる。そして、紆余曲折《うよきょくせつ》はあったが、ポローニアス殺しの犯人がハムレットであることを知り、復讐へ乗り出す。この時の、王の言葉が印象的である。

「レアティーズ、君、本当に父を愛していたか？　それとも、その悲しみは絵空事、上辺《うわべ》ばかりで心はこもっていないものなのか？」（p258）

右の言葉は、亡霊がハムレットに言った次の言葉を連想させずにはおかない。

「汝、もし、この父を愛していたのならば」（p66）

「父を思う心あらば」（p70）

亡霊は、ハムレットに実父たるクローディアスを殺すよう命じ、ハムレットもゆきがかり上、誓ってしまった。

今度は、弟（異母）に兄（異母）殺しの意思の確認をしている。クローディアスは自分の子レアティーズに、自分の子ハムレットの殺害をそそのかしているのだ。

また、レアティーズと王妃の会話も風変わりである。「父を返せ」とわめくレアティーズに対し、王妃は「どうか落ちついて」と言う。レアティーズは「落ちついていられる血が一滴でもあったら、おれは歴《れっき》とした父《てて》なし子、親父の顔に寝取られ亭主の泥を塗り、まさに、貞淑だった母の汚れない純潔な眉間に娼婦の烙印を押すも同然だ」（p238）と。

ちょっと読んだぐらいでは分からないが、よく読むと筋は通っている。右の言葉をやさしく言い換えると、「父が殺されたというのに、落ち着いていられるとしたら、俺は父なし子（不義の子）ということになってしまうではないか。なんとなれば、殺された人が父ではないからこそ、落ち着いていられるわけだから。ということは、母が不倫をして自分を生んだことになる。ということは、母の額に娼婦の烙印を押したことになる」ということである。

筋は一応通っているが、「落ち着いていられるとすれば、母の額に娼婦の烙印を押すことになる」などとは、普通はなかなか思いつかない言葉である。わざわざ、こんな妙ちくりんな科白を吐かせたのには、シェイクスピアの意図がある。

当然観客は、ハムレットが母王妃に対して言った「汚れなき愛の美わしい額から薔薇をむしりとり、かわりに娼婦の烙印を押し」（p196）という言葉を連想する。もし、王妃が不義密通をしたとすれば、レアティーズの母も不義密通をしたと連想することを、シェイクスピアは期待している。

また、ハムレットはホレイショーに対し、「レアティーズには、ついわれを忘れてしまって大変すまないことをしたと悔いている。父を殺された同じ身の上、わが身を顧みれば、鏡に映したように彼の姿が見えてくるのだから」（p296）と述べている。

ハムレットが表向きの父を殺されたように、レアティーズも表向きの父ポローニアスを殺されたのだ。ハムレットが、自分がそうであるように、レアティーズの父がクローディアスであるということを知っていればこその発言である。

さらには、ハムレットは「図らずも自分の大事な兄弟を傷つけてしまった」、「兄弟同士の賭け試合が出来る」（p309）と、直接法でレアティーズを「弟」と呼んでいる。クローディアスがハムレットを、甥にして息子、甥にして我々の息子、最後には「我々の息子」と直接法で呼ぶのと同じ手法である。

オフィーリアの埋葬の場において、ハムレットは「妹（オフィーリア）の墓に飛び込んで、おれの面目をつぶす気だったのか？　さあ、彼女と一緒に生き埋めになったらいい、そのときはおれも一緒だ」（p288）と言う。ハムレットは、レアティーズ、オフィーリアと同じ墓に入りたいという感情に襲われたと見るべきであろう。

他人同士が同じ墓（墓をより広く理解して、「同じ墓地」と言ってもいいだろうが）に入るというのは、どのようなことであろうか。本来なら、当時のイギリスの墓地、または埋葬に関する実態を知る必要はあるだろうが、少なくとも、他人同士が、同じ墓または同じ墓地に入るという風習があったとは考えられない。

例えば、『旧約聖書』創世記49－29では、「ヤコブは息子たちに命じた。間もなくわたしは、先祖の列に加えられる。わたしをヘト人エフロンの畑にある洞穴《ほらあな》に、先祖たちと共に葬ってほしい。それはカナン地方のマムレの前のマクペラの畑にある洞穴で……」と、細々と述べられている。

これまた古い話であるが、ローマの遺言執行人は他の家の死者を同じ墓に埋葬することを禁じていたそうである（阿部謹也著『西洋中世の罪と罰――亡霊の社会史』弘文堂、一九八九年、p82）。

このように同じ血で結びついているからこそ、同じ墓へ、という概念が生じると見るのが当然のことである。ハムレットが王族で、レアティーズとオフィーリアが王族以外であったならば、どうしても「同じ墓」という想念が出てくるはずはない。兄、弟、妹という同族として、同じ墓に入りたいという想念が生じたのである。

ここで注意すべきことは、かつてハムレットはオフィーリアを妹としてではなく、恋人として愛していた。しかし、オフィーリアが妹（異母妹）であることを知った時、別れを決意し、万が一の間違いが起こらないように尼寺行きを願った。「尼寺へゆけ」と言った時、ハムレットは、愛してはいけないと考えながらも、心はもだえ苦しんでいた。

しかし、時間も経った。船でイギリスへも送られて死ぬところであった。そして、ハムレットは、オフィーリアを恋人としてではなく、妹として愛することができる心境になっていたのであろう。

それゆえ、「同じ墓へ」の科白の前の、「オフィーリアを愛していた。たとえ幾千幾万の兄があり、その愛情すべてを寄せ集めたとしても、おれ一人のこの愛には……」（p287）との言葉は、レアティーズが妹オフィーリアを愛した、それ以上にハムレットは、兄として妹を愛することができるようになったと理解してやるべきであろう。

しかし、そうは言っても、ハムレットはハムレット先王の子として死ぬつもりである。当然、レアティーズとオフィーリアも、大臣ポローニアスの子として死に、ハムレットと同じ墓地に入ることはない。

「誰か？」で始まり、「それは言わない」で終わるこの劇は、真相ではなく、見せかけの内に終わりを告げる。三人の若者はこうして死んでいった。しかし、シェイクスピアは見せかけではない真相を教えてくれた。見せかけで生き、死んでいかねばならなかった人間の悲劇を我々の前に見せてくれたのだ。

第7章　母殺し＝言葉による殺人

結論を先に言ってしまえば、ハムレットは母を殺したと評されてもやむを得ない。そんな馬鹿な！　という猛烈な反撃が予想される。素直に読む限り、そのように解する以外に道はない。

勿論、母ガートルード自身、死を容認した上でのことであるから、覚悟の自殺と言ってもいいかもしれない。しかし、ハムレットもそれを強要したのだから、「母を殺した」と言われても彼は反対しないはずである。

この劇の中で、この母王妃の死に関する場面が、オフィーリアの死の場面と並んで、シェイクスピアの躍動する簡潔な筆さばきが最も秀逸であり、かつ哀切である。短い科白で緊迫した状況を描写するシェイクスピアの筆の冴えは、すばらしいの一語に尽きる。勿論、この劇全体を覆う表現の曖昧さゆえ、色々な感じ取り方があるだろう。劇自体が真実を隠し、そして真実を現すという、誰もが考えなかった作品だから、その曖昧さはやむを得まい。曖昧さ故に、幾層にも重なった色々な感情を揺り動かすに違いない。

第三幕第一場、「尼寺の場」といわれる場面で、ハムレットは愛するオフィーリアに「尼寺へゆけ」と言い放った後、「なにも知らなかったの、などとぬけぬけと言う。畜生、もうやめよう、おかげで俺は気が狂ったんだ。もう結婚など要らぬ――すでにしている奴はしかたない、一人を除いて、生かしておこう。他の者どもは今のまま独り身を守るのだ」（p148～149）と言う。結婚している者のうち「一人を除いて、生かしておこう」と言うからには、結婚している者のうち「一人は殺す」ということに違いない。この「一人」とは誰のことか？

大修館版（p221）、岩波版（p149）は王クローディアスを指すという。ちくま版（p125）、新潮版（p88）、集英版（p116）は「一組《ひとくみ》」と訳している。角川版（p103）では「一人」と訳されているが、注記がないので王か王妃かは不明と言わざるを得ない。

殺す対象はクローディアス、或いはクローディアスとガートルード夫妻と見る人が多数を占めているようだ。当然、ガートルードであるという考えの人も相当数おられるとは思うが。私は、ここで言う「一人は殺す」という殺す相手は、やはり王妃以外にあり得ないと思う。というのは、この場面でのオフィーリアに対する「尼寺へゆけ」、「結婚はするな」、「紅白粉を塗りたく」り、「淫らなことをさんざしておきながら」などという科白は、すべて女性に対するものばかりだからである。

この会話の流れからして、突然、男性である「クローディアスを殺す」という発想が出てくるのが不思議に思える。さらに、ハムレットは現王の先王毒殺を再確認するため劇を上演することとし、第三独白まで述べている。復讐はその後でいいだろうと言っている時間帯である。王殺害はすでに決定しているのだ。王と王妃の一組というのも、"one"という言葉から、必ずしも必然的とは言いかねるようだ。重ねて言うが、王殺しはその時期はともかくとして、既定の方針である。よって、クローディアス殺しをここで言う必要性がない。

この後、『ゴンザーゴ殺し』という劇を観る場所で、ハムレットは母王妃と一言、二言、言葉は交わすが、特に会話というほどのものはない。『ゴンザーゴ殺し』上演途中、王が急遽退場する。その直後、ハムレットへガートルードからの呼び出しがかかってくる。王妃の居間に行く直前に、ハムレットは第五独白を語る。実際は、王妃の居間に行く途中、王クローディアスの祈りの場面を見て、第六独白が出てくるので、第五独白、そして王妃の居間へ直行というわけではないが。

尼寺の場から第五独白の間まで、特に母王妃に対する感情が激化するような事件も全くないところからして、第五独白の伏線は「尼寺の場」における「一人は殺す」という科白であったものと判断する次第である。

「夜もふけて、今は魔の刻《こく》」という恐ろしい科白で第五独白は始まる。今ならどんな残忍なこともできる、しかし本物の匕首《あいくち》は使わない、言葉で責め立てるにとどめよう、というのが第五独白である。

母王妃に対し、腕をつかみ、「鏡を据えて、その心の奥底まで映して御覧にいれますから、それまでは、この手は決して放しません」と言うと、王妃は「まさか殺すつもりでは？　あ、助けて！」（p194）と呼ぶ。おそらくハムレットの五体は殺気をはらんでいたのであろう。壁掛けの陰に隠れていた大臣ポローニアスが「おお、大変だ！　助けてくれ！　誰か、誰か！」と声を上げたところを、ハムレットは冷酷に刺し殺す。

王妃は、鏡で心の底まで映し出すと言われて、「殺す気？　助けて！」と叫び出すわけであるが、鏡で真実を映し出されるのは死ぬほど恐ろしいことであった。早過ぎた再婚などではない。ハムレットが王妃とクローディアスの間の子供であるという真実を、ハムレットから突きつけられるのが恐ろしかったのである。

早過ぎた再婚などということは、国民全員が知っていることだし、王侯貴族たちも賛成してくれたことである。近親相姦だと言ったところで、兄嫁との結婚などはザラにあることで、今さらとやかく言われる筋合いもないことである。このような再婚を鏡で映し出されても、ちっとも心は痛まない。しかし、不義密通、その結果たる不義の子の誕生、こればかりは直視するには重すぎたのである。

ポローニアスの死体が横に転がっているのに、ハムレットは母の情欲を責め立てる。王妃は「心の奥底……深くしみついた真っ黒な染《し》みが、いくら洗っても落ちない染みが」（p200）と言う。早過ぎた再婚は「深くしみついた真っ黒な染み」という表現に似つかわしくない。マクベス夫人の手についた殺人の血と相応するほどのものでなくてはならない。不義、そして不義の子の出生こそ消し得ない染みである。脂じみた寝床で情欲に溺れることは、現在の姿ではあっても「消えない染み」ではあり得ない。心の中に深く重く沈んだ過去こそが、染みである。絶対に消せないものである。現在の情欲を「消えない染み」などと表現したら、それこそ「客観的相関物」がない（必然性がない程度の意味か？）というものだ。

ハムレットは母の情欲を、そしてクローディアスを人殺しの下司《げす》とののしる。母王妃の「一言《ひとこと》が短剣となって、この耳を突き刺す」（p201）という科白は、ハムレットの第五独白の「本物の匕首は使うまい」に呼応するものである。即ち、言葉が匕首のように身に突き刺さってくる。ハムレットの、母を責めさいなむ言葉が効いてきていることを表している。

母王妃は、たまりかねて「もう、やめて」と言う。そこへ部屋着姿の先王の亡霊が現れる。一体、何のために先王は現れたのだろうか？　ハムレットに「どんどん、母を締め上げろ！」と言いに来たのだろうか？　むしろ「これ以上責めるな！」と言いに来たのである。

亡霊が恐れているのは、「ハムレットの父親はクローディアスである」とガートルードの口から吐かれることである。もしそうなったら、ハムレットはクローディアスを止めにしてしまうかもしれない。先王ハムレットの霊は「ハムレット王子は、未だに自分を父親だと思っているだろうか？　そうあってほしい」と願っている。少なくとも父親であるふりは続けたいのだ。ハムレットがそうであるように。ハムレットが母をこれ以上責めたら、ガートルードが何を言い出すかも分からないと恐れている。

ハムレットの「愚図な息子を叱りに参られたのか」（復讐をまだ実行していないことを叱りに

参られたか）という言葉で、亡霊はほっとしているのかもしれない。しかし、亡霊自身、最初、城壁の上に現れた時、すでに「ハムレットも真実を知っているのでは？」と思っていたからこそ、おどおどしていたし、また、ハムレットを信じ切ってはいなかった（地下に隠れて、ハムレットらの話を盗み聞きしていた）。それ以上に先王は「正しい復讐、相手からの挑発を待って行え」と命じている。それゆえ復讐の未履行を責めるわけはない。ハムレットも先王に対して「真実は知らない」ふりをしているのだ。少なくともそれが救いの最後の免罪符のように、ハムレットは自分に言い聞かせているのだ。「口が裂けても言わない」、「真相を知っている、大臣ポローニアスも口封じに殺した」ハムレットである。

亡霊が去った後も、ハムレットは母王妃に、情欲の寝床に行かないようになどと説教した後、急に「ずいぶんと酷《むご》いことを申し上げましたが」と、しおらしい態度になるが、「あとにはもっと悪いことが待っている……」（p207）という謎めいた言葉を発して、部屋から出ようとする。

おそらくガートルードは、ハムレットの最後の科白が気になりながらも、我が子ハムレットの追及、叱責から「やっと解放された」とほっとしたことであろう。はりつめていた神経が、急にゆるみかけたことであろう。ハムレットは刑事コロンボよろしく、急に向きを変えて戻って来る。ハムレットにとっては、これからが本番なのだ。今までは前座であった。「母上、もう一言」と、心の壁がゆるみかけたガートルードにグサリと迫ってくるのだ。

ガートルードが、ハムレットの攻撃から身を守ろうと、また、心を立て直そうとしているところに、ハムレットは「今夜も、王の誘うままに床に入ればいい」などと物分かりのいいことを言う。いや、もしかすると、いずれ命を絶つ日が来るでしょう、残された日はたくさんはありませんよ、せいぜい今の内に楽しんでおきなさい、ということかもしれない。

ガートルードの心は、気合抜けすると同時に、ハムレットが何を考えているのかさっぱり分からない。即ち、何が何だか分からずとまどった気分に、いや、心の中がうつろになっている母に、ハムレットは最後の剣を突き刺す。「何もかも吐いてしまえばいいのだ」と。「俺は知っている、俺の父はクローディアスだと。俺も知っている、とクローディアスにも言ったらいいだろう。そのおかげで気も狂わんばかりにはなったが。気は狂ってなんかいないのだ。今さら隠してもはじまらぬだろう」と。

勿論クローディアスも、ハムレットが我が子であることは百も承知である。しかし、クローディアスはそれを公言するつもりはない。クローディアスは王になって数カ月であるが、気になっていたノルウェイの攻撃も、クローディアスの親書が効《き》いたのか、ひと安心の状況である。

先王ハムレットは、自らの命を賭けた戦いでノルウェイを属国化し、ポーランドも氷原の決戦で打ち破り、今ではイギリスさえもが、毎年デンマークに対し貢物《みつぎもの》を献上している（p151）。そして先王は三十年間、デンマークに君臨していたのだ。国民全員、デンマークをここまでに強大にしてくれた国王に心から従っていただろう。自分の命を賭けて兵士の先頭に立ち、近隣諸国を打ち負かし、今やデンマーク建国以来、最も誇らしい時期を迎えている。先王の銅像はあちこちに立ち、銅版画や肖像画はたちまち売り切れであったろう。

一六〇〇年当時、自分の幸せは棄てて「朕はイギリスと結婚せり」と言って、スペインの無敵艦隊を打ち破り、世界のイギリスへと導いたエリザベス女王を、ロンドンっ子が無限に愛し、尊敬したのと同じである。エリザベス女王の姿は、行事があるごとに肖像画に描かれ、事あるごとに詩人たちは我先にと女王に詩を献じた。

ヘンリー八世の胆力と母アン・ブリンの美貌を兼ね備えたエリザベス女王には、ヨーロッパの王侯貴族から無数の結婚申し込みがあった。しかし、女王は「朕はイギリスと結婚せり」とゆずらなかった。この女王をイギリス国民が敬愛した以上に、デンマーク国民は先王ハムレットを敬愛していたに違いない。

この先王の絶大なる人望こそが、クローディアス王権の基礎である。先王の偉業をそのまま引き継ぎ守る、これがクローディアスの責務であり、そのためにクローディアスは王に選出されたのである。

王妃ガートルードと再婚し、王子ハムレットを第一王位継承者に指名する。だとすれば、先王ハムレットの築いたデンマークは安泰である。国民は「あのお城の中には、あの気高い王妃様と王子様が、昨日と同じように住んでおられるのだ。クローディアスは、その王妃様と王子様をお守りするために、それこそ、ハムレット王子様があのウイッテンバーグ大学で新しい世界の息吹を吸収して、このデンマークにお戻りになるまでのほんのつなぎなんだ。このデンマークは永遠である」と考えたはずである。国民はクローディアスの前にぬかずいているのではない。あの先王ハムレット様、そのお妃、そして王子様の前にぬかずいているに過ぎない。すべての敬愛の源泉は先王ハムレットである。そして、その分身たる王妃と王子。クローディアスなんか、刺身のツマにしかすぎない。先王ハムレットの光背の中に王妃と王子がある。クローディアスは横にくっついている番人程度である。

先王ハムレットに背を向ける者を国民は許さない。容赦しないはずである。先王ハムレットの光がデンマークの上に今も降り注いでいるのだ。それ故にこそ、ノルウェイもクローディアスの親書一本で戦争を諦めたのである。

先王ハムレットは、神に近い存在であったはずである。この先王に刃向う者をデンマーク国民は許しはしない。このことを一番知っているのはクローディアスである。クローディアスは、国民にとっては、王妃と王子のお世話役にしかすぎないのである。クローディアスはいみじくも言っている。「気高い愛情を、私人としてふんだんに注ぐさまを、とくと世間に見せてやりたいのだ」（p33）

もし、あの先王ハムレットが命を賭けた戦場にある時、王妃とクローディアスが不義密通したことを国民が知ったら、黙っているだろうか？　国民はクローディアスとガートルードを生かしておかないだろう。あのハムレット王を裏切るような奴は、生かしてはおけない。先王ハムレットとの一体感を持っている国民にとっては、もしハムレット王子の父親がクローディアスと知ったら、ハムレットさえおぞましい存在に成り下がるのではないだろうか？
それゆえ、クローディアスもガートルードも、不義密通も不義の子のことも、絶対に公言しない決意であるに違いない。その事実が洩れれば、クローディアス王権は一日で崩壊するであろう。現王と王妃は、我が子ハムレットを愛している（ただしクローディアスは、自己の存在に危害を及ばさない限り、という限定付きで）。しかし、あくまで、先王ハムレットの跡継ぎ息子にしておかねばならない。「二人の間にできた、愛しいハムレット」とは言いたくても言えない。それが二人の間の暗黙の約束である。もし、それを言うとしたら、ハムレットが死んでいく時であろう。死にゆくハムレットには、「我が子よ！」と小さい声ででも言いたいのではないか。それが人間の心理だ。人間の心というものは、いつかは事実を口に出したくなるようにできているのだ。

クローディアスがハムレットの憂鬱の原因をしつこく知りたがるのは、正に右の点にある。父親が誰かを知っているのか、知らないのか？　知っているとすれば、それを口に出すのか出さないのか？　あのふさぎようは只事《ただごと》ではない。恋や愛などといったものではない。どうも気にかかる。この世には、言っていいことと悪いことがあるのだ。言い出しでもした日には、妃も王もハムレットも台無しになる。どのような科《とが》をも甘受しなければならない罪である、というのがクローディアスの不安であり、ハムレットの内面を知りたがる理由でもあるのだ。

話が少し横にそれたが、ここらでまた王妃の居間に戻ることとしよう。

「何もかも吐いてしまえばいいのだ」

またもや、真実を吐け！ と我が子から迫られたのである。母王妃は、そのことだけは言えない。人間として許されないことである。聖書を持ち出すまでもなく、良心を突き刺す事実である。あと何十年か経てば、或いは事実を言うこともできるかもしれないが――いや、墓場まで持っていく以外にない事実である。いや、生き長らえることさえ許されないことかもしれない。言えば、ハムレットは許してくれるだろうか？ いや、ハムレットは「吐け」と言っているが、本当は「吐くな！」と言っているのだ。いや、言えることではない。言うぐらいなら死を選ぼう。いや、元々生きている資格がないのかもしれない、いや、ハムレットは「死ね」と言っているのだ。母王妃は答える。

「その心配は無用です。言葉が息から、息が命から出るものなら、私にはお前の言ったことを洩らす息も命もないのだから」

母と子の間の、この世における最後の言葉である。最終場面で、一言、二言、母と子は言葉を掛け合うが、実質的には会話としての最後の言葉がこれである。言葉と息と生命の〝生物学的説明〟などという馬鹿げたものであろうはずはない。

言葉は息から、息が命から出るものとすれば、命がないのだから、言葉が出るはずはないということである。さらに単純化すると、「命がないから言葉はない」ということである。命がないのだから、即ち死ぬのだから、言うはずはありませんよ、と母王妃は答えたのである。妙に語順を逆転されると、何のことやら分かりにくくなる。

しかし、ハムレットは了解した。

「死んでも真実は言いませんよ。ハムレット、先王の子としてお前も死にたいのでしょう。お前も死ぬ気だろう。母さんも一緒に死ぬのだよ。安心をし。やはり、母さんが悪かったのだよ。さあ、用は済んだでしょう。それがいつのことになるか分からないけどね、母さんは死ぬわよ。やはり母さんが悪かったんだよね。お前にまで苦労かけたね。お前は、先の王ハムレットの子供として死にたいのね。分かったよ」と母王妃は心の中で語った。

母と子のこの世で最後の会話は終わった。哀しい最後の会話である。用件は済んだ。だから、パッと話題は変わる。

「イギリスに行かねばならない。ご存じでしょう?」とハムレット。

「ああ、そうだった。忘れていました。そう決まったのだった」と母王妃。

この後、最後の場面まで、母と子は会う機会がない。仮に会ったとしても、ハムレットは、母王妃に今までのような棘のある言葉は吐かなかったはずである。

このまま、最終局面へ進むこととしよう。

ハムレットとレアティーズが剣の試合を始めた。試合とは表向きだけのこと。実は、王クローディアスと父ポローニアスを殺されたレアティーズとが共謀している。レアティーズの剣には毒が塗られている。さらには念を入れて、ハムレットが喉が渇いて飲み物を欲しがるだろうから、その時飲ませる酒にも毒が入れられることになっている。

このことは、王妃は勿論知らない。王の言――「あれの母親さえ、計略に気づくまい」（p255）。剣の試合でハムレットは一本取る。王は、杯に酒を入れて「お前の健康を祝して乾杯！」と言って一口飲む。この後、杯に毒の入った真珠を落とし込む。「この杯をハムレットに」と王。「この一番を片付けてからにします。それまでは杯はお預けだ」とハムレット。

二度目の勝負もハムレットの勝ち。ハムレットが杯を飲むことになるはずである。この時、王は王妃に言う（「王妃に」というト書があるところを見ると、王妃にだけ聞こえるのだろう）。

「われわれの息子が勝つな」

王が初めて「われわれの息子」と呼んだ。今までも「甥にして、わが息子」とか「息子」とか呼ぶことはあった。妃の連れ子であっても「息子」と呼ぶのは、さほど異様ではない。世間にざらにあることだ。しかし、今は違う。「われわれの息子」と言ったのである。言いたくても言えなかった言葉を王が発したのだ。

ガートルードは直感した。そうか？　ハムレットは死ぬのか！　殺されるのだ！

王妃は言う。岩波版の訳では「あんなに汗をかいて」と訳されているが、テキストでは“fat”である。「そうよ、あの子も貴方に似て太ってきたわね。二人の間の子だものねえー」とガートルードは言っているのだ。ハムレットが酒を飲むはずである。きっと杯に毒が盛ってあるのだ。私が代わりに飲みましょう、と母は決心したのだ。

母王妃は「さ、ハムレット、このハンカチを、額の汗をお拭きなさい」と言ってハンカチを我が子に渡し、ハムレットに代わって毒杯を取り上げる。母は毒杯を横取りしたのだ。

「ハムレット、お前の好運を祈って、王妃が飲み干しましょう」

母は、ハムレットが飲むことになるはずの酒を飲もうとする。

ハムレットは「母上、ありがとう！」と言う。母が自分の好運を祈って飲むことに対する感謝なのか？　それとも、毒杯に満たされた酒を自分に代わって飲み干してくれることに対する感謝なのか？　それは分からない。ハムレットは毒杯のことを知っているはずはないのだが、彼の勘は異常にとぎすまされている。

王は「ガートルード、飲んではいけない」と言うが、ガートルードは「いいえ、飲みたいのです。お許しください」と言って飲む。「飲みたいのです」と言い切り、そして「お許しください」。誰に対してお許しください、と言っているのだろうか？　一杯の酒を飲むにしては変である。「お許しください」？　ハムレットを殺す気でしょうが、私が飲みます。ハムレットの代わりに私が死にます。邪魔してごめんなさい――である、のか？

王妃は酒を飲んで、杯をハムレットに差し出す。王が「毒入りの杯だ、もう万事休すだ！」と言うが、これは「傍白」となっているから誰にも聞こえない。

ハムレット「母上、もうしばらく飲むのは控えましょう——いずれ、そのうち」「さ、顔を拭かせて」と母は言って、ハムレットの汗を拭く。

その後間もなく、ガートルードは「あのお酒に——ああ、愛しいハムレット——あのお酒に！毒が！」と言って息絶える。母王妃は、ハムレットに王妃の居間で約束したとおり、何も言わずに命を絶った。

先王の亡霊が命じたように、ハムレットは母に手を上げることはなかったようだ。その代わりに、言葉の暴力によって自殺へと追い込んだ。それとも、ガートルードは「胸に宿る棘《とげ》の呵責《かしゃく》」（p70）の清算として死を選んだのであろうか。おそらく、その双方であろう。

シェイクスピアが右のような事実の流れを念頭において書いたことは間違いない。このように理解してこそ、悲劇の一つになるのではなかろうか。直視するに耐えない事実を知った一人の人間が、事実を口にすることもなく、出口のない闇に落とし込まれたあげく、偶然と必然の重なりの中で死へと向かった物語である。

大事なことを洩らしていた。もう一度、今の場面を見直してみよう。

ハムレットは「この一番を片付けてからにします。それまで杯はお預けだ」と言って二本目の勝負を始めた。そして、二本目の勝負が終わった。当然、ハムレットは杯に手を伸ばすことになる。

その時王は「われわれの息子が勝つな」と言い、王妃が「そうよ、ハムレットも貴方に似て太ってきたわね」と言った瞬間、王妃はすべてを、即ち杯が毒杯であることを悟った。いや、それ以前に、毒杯であると感じていたのかもしれない。王が「真珠＝ユニオン」と言った時、王妃は、それがオフィーリアとその母の合体した怨霊であることを感じたかもしれない。そこで王妃は、ハムレットにハンカチを渡す。ハンカチを手に持ったからには当然、杯には手を伸ばせない。そこで王妃は、毒杯を自分で取り上げ、「お前の好運を祈って、王妃が飲み干しましょう」と言う。「飲み干しましょう」という言葉は、普通は使わない。「私がいただくわよ」程度が普通である。ハムレットが飲もうとしても、一滴も残らないように飲んでしまうといった感じである。

ところが、王妃は飲み干さなかったらしく、残りの入っている杯をハムレットに差し出すのだ。自分一人で先に死のうと思ったのに、途中で気が変わってハムレットと一緒に死にたくなったのだろうか？　そう見るのが筋のようだ。

ところが、ハムレットのほうは「母上、もうしばらく飲むのは控えましょう――いずれ、そのうち」と言う。ハムレットとしては、先王の命令である復讐をまだやりとげていない。それにホレイショーに頼み事もしなければならない。それ故、今、飲むわけにはいかない。母王妃は、折角一緒に死のうと思ったのに……せめて、とハムレットを引き寄せ、「さ、顔を拭かせて」と言う。母の心は死の闇へと引き込まれようとしている。

どういうわけか、一種の甘美な感覚が訪れる。三十年前ハムレットが生まれたあの時のことが、脳裏に鮮明に甦ったことであろう！　産湯《うぶゆ》をつかわせて、そして小さいハムレットの顔の汗を拭ったわ、そう、あの時とまるで一緒、同じだわ。三十年、長かったわね……短かったわね。さあ、汗を拭かせて……やっと二人きりになれたわね……じゃ、一足先に行くわよ。三十年前のあの時みたいに、甘く美しい……ああ……、ということであったろう。本来ならそのまま、ハムレットの顔を拭きながら息絶えたかったであろう。

だが、母はもう一度、気力をふりしぼるのだ。「いや、このまま死んだんじゃ、自殺したと思う人が、いやハムレットと心中しようとしたと思う人がいるかもしれない。それは駄目。死なきゃならないような悪いことは、私はしてないわよ。うっかり毒入りの酒を飲んでしまっただけなのよ。ハムレットは先王の王子よ。そうだったわね。正しい王子として死にたいのよね、ハムレット。では、私だって自分の意思で死んだなんて思われたら、誰がどんな詮索をしないでもない。うっかり毒杯を飲んだって、皆に知らせなきゃ……と、最後の気力をふりしぼって、「あのお酒に――ああ、愛しいハムレット――あのお酒に！　毒が！」と言って、過失死をよそおいながら息絶えたのであろう。

最後に一つ。

王妃は毒杯を取って「飲み干します」と言っている。この部分の訳は「乾杯しますよ」（集英版p235）、「乾杯を」（新潮版p190）、「乾杯します」（ちくま版p262）、「乾杯しますよ」（角川版p212）となっている。私は「飲み干します」が適切であると考える。

飲み干しますと言ったからには、飲み干しそうなものだが、飲み干さないでハムレットに杯を渡そうとしている。ハムレットに代わって飲み干して死んでいこうと思ったが、気が変わって、どうせハムレットも死ぬのだろう、だったら「ハムレット、一緒に死のうよ！」というふうに気が変わったのであろう。しかしハムレットは、復讐も終わっていないので死ぬわけにはいかない。そこで母は、一緒には死ねないハムレットをせめて抱きしめて、汗を拭いてやりたかったのであろう。

このように解してこそ、ガートルードの死の陰影、または心理が理解できるのではなかろうか。それ故、「飲み干します」でないとガートルードの心の動きが分からないのだ。皆さんは言うに違いない、「飲み干す」は岩波だけの訳であろう、他の訳のほうが正しいのだ、誤った訳でガートルードの心の陰影を講釈するなどもっての外である、と。

テキストを見ると“Carouse”となっている。この言葉は、一般的な訳としては「飲み騒ぐ」、「酒宴を開く」であるらしい。しかしながら、原義は「飲み干す」とのことである。ドイツ語から派生した言葉のようである。この場面で、飲んで騒ぐ、宴会を開くでは、あまりにも場違いである。シェイクスピアは、原義である「飲み干す」という意味で使ったと見なければならない。シェイクスピアの魂のこもった言葉の選択であったと思う。私は岩波版の訳本を手にした幸運に感謝しているところである。

シェイクスピアとて、この場面は嗚咽《おえつ》しながら書いたに違いない。シェイクスピアは冷徹な作家である。そして、万の心を知り、受容する力と心を持っていたであろうが、この場面は涙しながら書いたに違いない。

第8章 ポローニアスの無念の死

1 『ゴンザーゴ殺し』上演の真の意図は？

ハムレットは、王の兄殺しの確証をつかむために、劇の上演を計画したことになっている。一応、筋の通った経過のよう見える。

果たしてそれだけであろうか？ 私は「否」と言いたい。

王の先王殺しをハムレットは「予感していた」（p67）のである。しかも、自分が現王クローディアスの子であることも知っていた。さらには、「呪われた近親相姦はするな」と言われ、オフィーリアの顔を何度も見つめ、そこに〝クローディアス〟を見た。先王の亡霊の言ったことは、ハムレットの予感を超えて、真実だったのである。それゆえ、劇を上演してまでして王の反応を見るなどという必要はないのだ。

先王の亡霊は、王からの挑発を待って復讐せよ、と命じた。即ち「正当殺人をせよ」と命じた。

挑発がない限り復讐はできない。まして実父を殺すことになるのだ。『旧約聖書』では、父母をののしっただけでも死刑なのだ。亡霊の「挑発を待て」という言葉がなくても、実父を殺すことなど簡単にできるはずがない。

しかし、王クローディアスは挑発してこない。ハムレットは、王が挑発してくれなければ復讐はできない。私は、王クローディアスの先王ハムレット殺しの証拠をつかむこと以上に、王の挑発を促すために、即ち、自分に対する攻撃を王が仕掛けてくれるようにとの目的で、ハムレットが劇の上演を仕組んだものと考える。

王クローディスはハムレットを愛している。すべての研究者は私と反対の考え方である。しかし、クローディアスがハムレットを愛していなかったという証拠は皆無である。

「王のようにふるまってくれ」

「実の父親のように、愛を注ぐさまを、みんなに見せてやってくれ」

「ウイッテンバーグ大学に帰らずに、近くにいてくれ」と言っている。

『ゴンザーゴ殺し』上演の後ですら、王はハムレットを殺そうと考えていないようだ。王が、ハムレットのイギリス送りを決心したのは、ハムレットがオフィーリアに対し「尼寺へゆけ」という場面を壁掛けの陰で盗み聞きした直後である（p151）。『ゴンザーゴ殺し』の上演の後、王は廷臣のギルデンスターンとローゼンクランツに対し、「あんな狂人を野放しにしておいては、こちらも無事ではすまされぬ」（p184）、「あの危険な奴に足枷《あしかせ》をはめねばならぬ」（p185）とは言うが、それ以上のことは言っていない。

足枷というからには、イギリスの王宮の中に監禁でもしてもらおうかという程度の考えであろう。『ゴンザーゴ殺し』の上演は、ハムレットがクローディアスに「お前が先王を殺したのだ！」と面と向かって言ったのと変わらない。それでも、ハムレットを殺そうとはしない。この後、ハムレットは、大臣ポローニアスを刺殺する。しかも「王と間違えて刺した」と言う。

このことを王妃から聞いた王は、「わしはあれが可愛いあまり、なすべきことは知りながら、敢えてそれに目をつぶっていたのだ」（p213）と述べる。その直後、前記二人の廷臣に「ハムレットを無きものにせよ」という親書を待って、イギリスに行かせることを決意している（p222）。即ち、大臣ポローニアス刺殺を聞いて、自分の身にも危険が及ぶと考え、ハムレット殺害を決意するのだ。

全人類とまでは断言しないが、人間は自分を一番大切にするようにできている。勿論我々は、線路に落ちた他人を助けるために自分の命を投げ出した人を知っている。殺人狂の銃の前に、生徒をかばって、自らが立った教師を知っている。或いは、自分がはりつけられる十字架を背負わされ、坂を登って行った人の話も聞いたことがある。何の罪も犯していないのに、死刑の判決を受け、堂々と毒杯をあおって死んでいったギリシャの哲人のことも知っている。

しかし、一般論として、口を開く時、そのような「愛」を持ち出す必要はない。凡人にとっては、自分の生存がおびやかされぬ限りにおいては、他人を愛する――それが「愛」であると考えたほうがいい。

「愛している！　では、その人のために死ねるか？」という言葉は発してはならない。そういうことを言う人間に限って、自分の利益のために、他人を何の躊躇もなく殺す、そして他人の懐《ふところ》を狙い、百円のために人間を殺す奴らであることを我々は知っている。

全世界の法律が、自分の命、他人の命に危害を加える者を殺害することを、正当防衛として認めているのだ（勿論現刑法は、それが成立するための要件を色々と規定はしているが）。『旧約聖書』もそれを明記している。自己の生存を脅かさない限り、その人を愛することを「愛」と呼んでも恥ずかしいことではない。

クローディアスは、我が子ハムレットをこよなく愛していた。もし、愛していなかったと主張する人がいたら、『ハムレット』の中の、どの科白が「愛していないこと」を示しているかを指さしてもらいたい。

『ゴンザーゴ殺し』の上演で、ハムレットは王クローディアスを挑発した。しかし、それでもクローディアスは、ハムレットをイギリスへ追放しようとしか考えなかった。自分と、愛しいガートルードとの間の子供であるからである。クローディアスの願いは、いつの日か、ハムレットが自分の跡を継いでデンマークの王座に就くことである。そして、ハムレット王権ではなく、〝クローディアス王権〟の成立を願っているのだ。

クローディアスは兄王を殺害した悪党である。しかし、ハムレットを愛していたことも事実である。だが、ハムレットのポローニアス殺しを見て、やっと立ち上がった。こうなったからには、殺す以外、自分の平安はないと決断した。

「愛」についての論議はこの程度にしよう。

ハムレットは、先王ハムレットを敬愛していた。先王の子として生き、そして死んでいく決心である。それゆえ、実父殺しを、亡霊に誓う破目に陥ったのである。

しかし、王は挑発してこない。ハムレットが嫌味を言っても、「何のことか分からない」といった態度を取り続ける。また、ハムレットも王クローディアスに対しては、面と向かっては攻撃していない。常に斜《はす》に構えている。

これでは、いつまでたっても正当殺人（先王から命じられた復讐）の機会はやって来ない。それ故に、『ゴンザーゴ殺し』でハムレットは王を挑発することにした、と私は理解している。王の先王殺しの証拠がほしい、というのは、あくまでも表向きの科白でしかないと私は考える。

しかし、『ゴンザーゴ殺し』を上演をしても、王はハムレットを殺そうとしない。やむなく、ポローニアスを殺すことにまでエスカレートしたとも考えられる。王へ〝ハムレット殺し〟を挑発しているのだ。そうでない限り、正当殺人ができないのだ。

2　大臣ポローニアスについて

ポローニアスについて論ずる前に、シェイクスピアが生きていた時代について幾分述べさせていただきたい。

エリザベス女王の時代というと、イギリスが世界のイギリスへと発展していった時代、すなわち、一五八八年、スペインの無敵海隊を打ち破り、世界の海へと乗り出していった時代、そうした明るい面を思い浮かべる。しかし実際は、そんなに明るいだけではなかったようだ。現実は、今も昔もちっとも変わっていない。

『エリザベス朝の裏社会』（G・サルガード著、松村赳訳、刀水書房、一九八五年）という本から引用させていただく（p４）。

ロンドンの川〔テムズ川〕はロンドンのいちばん賑やかな交通路で、これにかかる橋はたったひとつしかなかったが、その橋〔ロンドン橋〕はこの都市の誉れのひとつであった。橋には全長にわたって狭い屋根つきの道が通っており、二〇のアーチがこれを支えていたが、その道の両側に並ぶすてきな木骨造りの家、つまり富裕な商人や小売商の住宅は、外国人訪問客の絶賛を博した。……もうひとつのロンドン橋の見物《みもの》は、門楼の上の晒棒《さらしぼう》で、先端には処刑された反逆者たちの首が飾ってあった。一度に三〇から三五もの首が腐るがままに晒《さら》され、上空を旋回する清掃係の鳶《とび》が、その腐りかかった肉を貪欲についばんだ。

また、女郎屋、娼婦に対する取り締まりも、いたちごっこだったようである。エリザベス女王の前のメアリ女王の初年、一五五三年には、セントニコラス教会区のチーキン牧師が「わしの連れ合いだと言って」妻のセックス・サービスを他人に提供したため、荷車に乗せられ、市中を引き回されるという辱しめを受けた（同書p59）とのことである。

また、小問物屋ミドルトンという男は、一五五〇年、十代の女中ばかりか、女房と娘までジェントルマンのニコラス・バラードとかいう男と肉体関係を持たせた廉《かど》により、女房ともども罪を問われたとの由。当然のこととして、性病も蔓延《まんえん》していたが、「唯一の正規の予防策は、陰部を酢か白葡萄酒で洗い、『勢いよく排尿すること』であった」由（同書p63）。

時代は少し下るが、サミュエル・ピープスという人物の生活が紹介されている本がある。『家族・性・結婚の社会史――1500～1800年のイギリス』（L・ストーン著、北本正章訳、勁草書房、一九九一年）という分厚い本である。

サミュエル・ピープスという人は、一六五五年、二十三歳で結婚したと記されていて、一六二二年生まれぐらいだから、シェイクスピアよりも随分後の時代ではある。彼は海軍省の新進の官僚で、サンドウイッチ伯爵の後押しを受け、金銭、権力、信用を得ていった人物だそうである。

同書にはこの人物の性行動が実に詳細に記載されている。

「ピープスの性的冒険の驚くべき側面のひとつは、その職務上の地位を利用して性的寵愛を引き出そうとしており、その一方で、他の人々はそうした性的寵愛を利用して、彼から公的認可を引き出そうとするやり方であった。……彼とベッドをともにした女性たちの全員が、自分の夫の職務上の昇進について必死になって彼に頼ろうとした。最も長続きした愛人であったベティ・レーンは、マーチンという男性と結婚したが、ピープスは、このマーチンの個人的な力量についてはあまり評価していなかったにもかかわらず、彼をある艦船の事務長に任命した。マーチン夫人は相変わらず、ピープスが求めた時はいつでも、彼の性欲を満たし続けており、彼女の夫も出世を続けた」（同書p464〜465）そうである。

「ピープスが、ほかならぬ彼自身の後援者のサンドウイッチ卿が自分の妻を誘惑しようとしたことがあったのを知っても、少しも驚いたりショックを受けることはなかったのである。恩顧関係《パトロネジ》の世界では、権力と崇敬、そして女性の身体は、彼女自身あるいは彼女の夫の目上の人物の自由裁量の範囲内に」（同書p470）あったそうである。

勿論、右のことは、シェイクスピアの生きた時代から五十年ばかり経った頃のことであり、まして『ハムレット』はデンマークの話だから、無関係であると言ってしまえばそれまでのことだ。ピープスという人間が生きていた時代のイギリス海軍省内の特殊事情だ。デンマークの王宮に関しては無関係であると主張する人があれば、どうぞご勝手に、と申し上げるだけである。

またこの本には、ジェイムズ・ボズウェルという豪の者も登場する。この人物の日記、備忘録、手紙から、一七五八年から一七九五年に死ぬまでの成人としての三十七年間が明らかになるとのことである（同書p473以下）。一七六九年に二十九歳で結婚したが、十八歳の時にはカトリック信者との恋に落ち、数週間カトリックに入信したり、一七六二年には私生児の息子を国教会の宗教名で洗礼してもらったり、或いは、ロンドンで行われる絞首刑を見物し損なったことは滅多になかったという具合で、相当に特色のある人物であるようだ。

この人物の性的行動は広範囲に及んでいる。その詳細を淡々と、そして長々と記載するこの本はなかなかのもので、証拠に語らせるという感じである。妙な結論を空虚な言葉で記すのではなく、原資料、証拠が何かを述べていくという感じがする。

ボズウェルは当然、売春婦をはじめ様々な階層の女性と関係を持つが、当然の報いとして、常に性病との戦いに明け暮れていたようだ。彼は少なくとも十七回以上淋病にかかったとのことである。ボズウェル夫人が婚約した時、父親は「あの悪党と結婚したら、あいつはきっと梅毒をもらってくるだろう。そして、自分の楽しみのために、お前に湿布させるだろう」と警告したそうであるが、後日スラール夫人は「わたしは彼の言う通り湿布をする準備をし、毎日、夜と昼、一時間ぶっ続けで、わたしの膝の上で……温湿布しているわけね」（同書p519）という状態になったそうである。

当時ですら性病に対する治療は湿布ぐらいしかなかったのであろう。もし慢性化でもしたら、常時、湿布をしておかねばならなかったかもしれない。ハムレットの時代は、右のスラール夫人の苦労した頃より一五〇年位前だ。

女郎屋通いをした揚げ句、性病にかかり、慢性化しでもしたら、常時、湿布のしっぱなし、それこそ「襁褓《おしめ》」でもしていなきゃならなかったのではないだろうか？「襁褓をしている」と聞いたロンドンっ子は、年をとって幼時に帰り、「襁褓」をしているなどという老人介護的発想をする前に、「そうか！　若い頃、女郎屋通いでもしたんじゃないか！」と、いたらぬことを考えたりもしたのではないか。

下らぬ話に長い時間をかけすぎたかもしれない。標記のポローニアスに戻ろう。

ハムレットから妙な言い方で揶揄《やゆ》された最大の被害者はポローニアスである。「魚屋」、「エフタ爺さん」、「襁褓をしている」の三つが目立っている。「魚屋」というのは女衒または女郎屋の隠語でもあるし、また、「魚屋の妻や娘は美人で男好き」とか「魚屋のおかみは淫乱、多産」というイメージがあった由（大修館版 p177、集英版 p83、岩波版 p331）。一つの意味は、女を提供する者、または女を斡旋《あっせん》する者。二つ目は、「妻は淫乱多産」、「妻や娘は美人で男好き」というイメージ。

ポローニアスは、王妃ガードルードとクローディアスの仲を取り持ったのであろう。だとすれば「魚屋」と言われても致し方なかったろう。ポローニアスの妻がクローディアスと不義密通して、レアティーズとオフィーリアを生んだとすれば、「妻は美人で淫乱」というイメージに合致することとなる。

「エフタ爺さん」。エフタという人物は、『旧約聖書』士師記11に登場する人物である。要約すると、ギレアドの人エフタは、勇者であったが、遊女の子であったために、ギレアドの本妻の子供たちはエフタをのけ者にした。エフタは家を出てトブの地に逃れ、ならず者を集めて行動をともにしていた。ところが、アンモンの人々がイスラエルに戦争を仕掛ける事態が発生した。そこで、本妻の子供たちはエフタに「自分たちの指揮官になって敵をやっつけてくれ」と頼んだ。そしてアンモン人に勝ったら、エフタを一族の頭《かしら》にすると言い、かつ主の前でこのことを誓った。そこで、エフタは先頭に立ってアンモン人と戦うこととなった。エフタは「もし、この戦いに勝たせてもらったら、戦いが終わって家に帰った時、私を迎えに出る者を犠牲《いけにえ》として捧げます」と主に誓った。

戦いに勝ち、家に帰ったところ、たった一人の子である娘が、鼓を打ち鳴らし踊りながらエフタを出迎えた。娘を犠牲として捧げなければならない。娘は了承した。そして娘は言った、「二カ月の間、わたしを自由にして下さい。わたしは友達とともに出かけて山々をさまよい、わたしが処女のままであることを泣き悲しみたいのです」と。そして、二カ月後、エフタは娘を焼き尽くす献げ物とした、ということである。

娘を犠牲にした親としてのみエフタを見るのは、不充分もはなはだしい。エフタは「自分が一族の頭になる」という野望または名誉心ために、娘を犠牲にしたのである。エフタまたはエフタの娘を論じるならば、この点に目を注がなければならないと私は考える。

ところで、ポローニアスには、娘と言えばオフィーリアしかいない。しかし、娘がポローニアスの犠牲になっているという事実を私は発見することができない。

オフィーリアを囮《おとり》にして、ハムレットの心の秘密を探ろうと策しているポローニアスへの当てつけと考える人もいるが（岩波版注記p122）、私にはピンとこない。オフィーリアとハムレットの会話を盗み聞きして、ハムレットの内心を探ろうとしたことは事実である。しかし、ただそれだけのことが、焼き尽くす献げ物となったエフタの娘と同列に置き得ることであろうか？　私にはそうは思えない。

ポローニアスの妻が、クローディアスに捧げられたのである。おそらく、王宮の中ではよくある話だったのではなかろうか。前述したイギリスの海軍省に勤務していたというサミュエル・ピープスの話を思い起こしていただきたい。

大臣としての地位を獲得し、維持するために、ポローニアスは妻をクローディアスに提供したのである。そして、レアティーズとオフィーリアが生まれた。私はそのように解する。シェイクスピアが書いたことを読めば、これ以外の解釈はあり得ないのではないか。もしかすると、クローディアスはガートルードの差しがねで、レアティーズとオフィーリアの二児を生んだ女性を、ポローニアスの妻にしたのかもしれない。

これで終わりにしたいところではあるが、「禰袮」問題が残っている。

この「禰袮」問題を論ずる前に、エリオットの「ハムレット」（一九一九年、『エリオット全集』〔吉田健一他訳、中央公論社〕の内、中村保男訳による）という論評を見ることにしたい。

エリオットは『ハムレット』を「芸術的には断じて失敗作」と決めつけ、『ハムレット』には「客観的相関物」が欠けている、とえらく難しい言葉を言い出した人物のようである。この「客観的相関物」というのは、簡単に言ってくれればすぐに分かるが、言葉を見る限り、物々しくて、空虚な人間が作り出しそうな代物《しろもの》である。どうも、ハムレットの言動に必然性が感じられないという程度のことらしい。じゃあ、いかなる事実を基礎的事実と考えているかというと、これまた、笑うより哀しくなるようなことなのだ。「ロバートソン氏は、この戯曲の本質的な感情は、罪ぶかい母親にたいする息子の気持であると結論しているが、それは疑いなく正しい」と言っている。ということは、再婚した罪深い母親に対するハムレットの気持ちということらしい。

シェイクスピアは本当に「再婚した母は罪深い」と言っているのか。そんなことはどこにも書いていない。

再婚した罪深い母へのハムレットの気持ちが基礎的事実だとすれば、ハムレットの言動には全くもって必然性はない。「客観的相関物」という空虚な科白を持ち出すまでもなく、『ハムレット』は失敗作である。悲劇でもなければ喜劇でもない。ドブに棄てても惜しくない作品である。

シェイクスピアは、ありもしないようなことを劇にする作家ではない。再婚した母を呪って、気の狂うような馬鹿げたことをシェイクスピアが思いつくはずがない。そんなことをしたら、ロンドンっ子は黙っていない。

母が再婚して子供たちがみんなハムレットみたいになるのだろうか？　そんな話は聞いたことがない。『新約聖書』コリントの信徒への手紙一の7－39には「妻は夫が生きている間は夫に結ばれていますが、夫が死ねば、望む人と再婚してもかまいません」とある。いや、単なる再婚じゃない、近親相姦的再婚、神の命令に反した再婚だ！と追及されても私には何のことか分からない。

王も王妃も、近親相姦についての罪悪感は全く持っていない。確かに『旧約聖書』には出てくる、兄弟の妻との結婚は近親相姦だ、と。しかし、『旧約聖書』には、兄弟の妻との結婚は義務だ、と言っている部分も存在することは前述したとおりである。

ついでに、『旧約聖書』に、兄嫁と結婚することは義務である、と記す別の部分を紹介しておこう。創世記38・ユダとタマル。ユダは長男のエルにタマルという嫁を迎えた。エルは主の意に反したので、主は彼を殺された。ユダはオナン（死んだエルの弟）に言った。「兄嫁のところに入り、兄弟の義務を果たし、兄のために子孫をのこしなさい」と。オナンは、その子孫が自分のものとならないのを知っていたので、兄に子孫を与えないように、兄嫁のところに入る度に子種を地面に流した。彼のしたことは主の意に反することであったので、彼もまた殺された。

勿論、ローマ教皇は、兄嫁との結婚は近親相姦に当たる、との見解をとっていた。しかし、許可の対象になる程度のものだったのである。

では、再婚はどうか？

イギリスの再婚。夫を失った妻が再婚をしたのか、しなかったのか？　ある統計によると五〇％の妻が再婚しているのだ。二人に一人は再婚している。再婚したくても色々な事情で再婚できない人もいるだろう。それでも半分の人が再婚したということは、再婚についての倫理的非難は皆無だったと見るのが常識というものだ。ロンドンっ子は再婚した王妃を非難するような感覚を持っていない。当然シェイクスピアも、ロンドンっ子の物の感じ方を無視して劇を作るようなことはしない。

メアリ・プライア編『結婚・受胎・労働――イギリス女性史１５００－１８００』（三好洋子編訳、刀水書房、一九八九年）掲載（p94）の「遺言検認書グループの未亡人の再婚」という表によれば、一五四〇年から一五九九年の間では、百人中五十人が再婚したとされている。勿論これは、遺言検認のあった人々についての資料であり、イギリス全体の統計ではない。遺言書があるような、おそらく相当に教養も資産もある人たちに関する統計であろう。しかし、いずれにせよ、夫を失った妻が再婚を倫理的悪と見ていた、などという突拍子もない議論はやめにしてもらいたい。

ところで、エリオットが妙なことを言っている箇所がある。「ポローニアスとレイアーティーズとの対語」（岩波版によれば第一幕第三場 p50～52の部分を指すと思われる）、「ポローニアスとレオナルドーとの対話」（岩波版によれば第二幕第一場p81～87の部分と思われる）は、シェイクスピアが書いたものではなく、誰か第三者が書いたものか云々という記載が見える（前記「ハムレット」p295）。

私は、エリオットの指摘が正しいかどうか分からない。文体その他、入念な検証が必要であろう。そのようなことは素人にできる相談ではない。ただ、エリオットがこの部分に目を向けたことは、何となく分からないでもない。というのは、この部分は劇の中に存在しなくても一向に差しつかえなさそうに見えるのだ。何故に、こんな妙な会話がすべり込んで来るのだ！ シェイクスピアよ、気が狂ったのじゃないかね！ と。

しかし、私は一応この部分も『ハムレット』の一部であるとして読みたい。勝手にこの部分を破棄する勇気はない。『ハムレット』の中にはおかしなことが確かに存在した。ハムレットの、『ゴンザーゴ殺し』を演じる役者に対する「道化の言葉は重要だ」という趣旨の発言である。『ゴンザーゴ殺し』には道化は出てこないのに。

しかし、私の立場から見れば、シェイクスピアが「道化の科白に留意せよ！」と言っている箇所は、勘の鈍い平土間の客に「道化の科白を聞きのがすなよ、劇の真相が出てくるぞ！」と呼び掛けているものと解した。勘のいい客には不要でも、平土間で酒でも飲みながら居眠りしているような連中には、途中で活《かつ》を入れておかねばと考えたのであろう。

このように見てくると、存在の必要がなさそうな部分にこそ、とんでもないことが書いてあるかもしれないのだ。ひたすら読んでみるだけである。

ポローニアスとレアティーズの会話。

正直言って、この部分はあまりにも月並みすぎる。ポローニアスは、フランス留学へ出発する息子レアティーズに言う（ｐ50以下）。「思っていても口には出すな。自分を安売りするな。友達を選べ。金は貸すな、借りるな。服装に金をかけよ」、そして、「おのれ自身に忠実であれ、自分に忠実であれば他人に忠実になる」。

ここにある情景は、おそらく、遠い国の大学へ行く息子に、父が何やかやと人生訓や処世術を説教する、ありふれた姿であろう。ポローニアスはレアティーズの実の父ですよ、それだから我が子にあれこれこまやかな注意をしているのです、とシェイクスピアは言っているのだ。レアティーズの父がクローディアスであることを隠すための細工であろう。

次に、ポローニアスとレナルドーとの会話。レナルドーはポローニアスの家来である。レナルドーに、フランスにいるレアティーズへ金を届けに行かせる。ついでにレアティーズの素行を調査してくれ、と頼んでいる場面。

「そう。あるいは飲酒、撃剣、悪口雑言、喧嘩、女郎買い――そこらあたりまでなら、いいだろう」（ｐ83）

「しかし、それでは御子息の名誉を汚すことになりましょう」とレナルドー。

「いや、なりはせん。……それ以上の汚名を加味してはならんぞ、たとえば、女にだらしないとか――そんなことを言うのは以《もっ》ての外だ」

さらには、「『例の怪しい店に入るところも見ました』、すなわち女郎屋のことだが……」。このレナルドーとの会話がなくても、劇全体が駄目になることはない。一体、シェイクスピアは何が言いたかったのか？　何を暗示したかったのか？　父親が、留学している息子のことを気にかけているという家庭的な場面を、息抜き的に観客に提供したものであろうか？

「飲酒、撃剣、悪口雑言、喧嘩、女郎買い——そこらあたりまでなら、いいだろう」。父親なら普通は「女郎買い、そこらあたりまではいい」とは言わないのではないか。仮に心の内でそう思っていたとしても。さらに「『例の怪しい店に入るところも見ました』、すなわち女郎屋のことだが……」。即ち、女郎屋に関する記述が一番飛び抜けているということだ。その余のことは、何だかごちゃごちゃ言っているが……という感じがする。

まして、親が女郎屋通いを奨励《しょうれい》するというのも解《げ》せない。ポローニアスが本当に奨励しているのかどうかは分からないが、シェイクスピアは「女郎買い」という言葉を観客に投げかける必要を感じたのであろう。

フランス留学、女郎屋、性病（当時、淋病は「フランス病」と言われていたらしい）といった連想をシェイクスピアは意図したのであろう。おそらく、この部分はシェイクスピアが初演以降のある時点で追加したものであろうと私は推察する。ポローニアスに対しハムレットが「襁褓をしている」と述べる箇所を観客が正確に認識するようにと考えたのであろう。「襁褓」の場面で、シェイクスピアはわざわざ、「たぶん、二度目のお世話になっているのでございましょう。俗に、年寄りは赤ん坊に帰るといいますから」（p120～121）と老人介護みたいな科白を吐かせている。これをそのまま信じてはいけない。シェイクスピアは「襁褓」の本当の意味を、わざと老人の姿の意味であるとはぐらかしにかかっている。真実を言い、次にそれを隠すやり方である。

しかし、片一方では、「襁褓」とはすぐさま老人の姿の意味ではないという連想を観客が持つように、この「襁褓」のずっと以前に、観客の頭のどこかに連想の種を植えつけておこうと考えたのであろう。まるで夢の中の連想のように回りくどく、曖昧である。

しかし、このように解してこそ、ポローニアスとレナルドーの会話をわざわざ入れ込んだ意味が理解できるのではないか。私は、この部分は第三者の書いたものなどではあり得ない、シェイクスピアであればこそ加筆したものであると確信する。

認識というものは、ある意味では連想の連続みたいなものである。連想の幅の広い人が、より高い認識に至るのであろう。山と言われて山だけを考える人、山と言われて川だけを連想する人……様々であろう。あることを隠し、そのことを現すためには、山を山と言わず、「川」と言ったり、「高い」と言ったり、「水源地」と言ったり、色々と工夫も要るものだ。連想が認識の根本的な基礎なのではなかろうか。人間は、或るものを、そのものズバリにはなかなか認識できないようにできているのだ。連想、それをどれほど使ったら、よりいい認識が得られるのか。或いは、どこまで広がったら、その連想が認識の外に行ってしまうのか、そのあたりのコツをシェイクスピアは知っていたのではなかろうか。

少なくとも『ハムレット』に関しては、「朝」と言われて「夜」を連想するぐらいの心を持つべきであろう。神経症のハムレットが持っていた程度の連想の幅は、我々も持つべきではなかろうか。フランス、女郎屋、淋病、性病一般、襁褓……といった連想。おそらく慢性化した性病患者は「襁褓」をせざるを得ない程度の医療環境ではなかったか。

ハムレットが、ポローニアスのことを「襁褓をしている」と言ったのは、慢性化した性病を持っているという事実を示したかったのである。第一、大臣をつかまえて「襁褓をしている。老人は赤児に返りますからね」という発言をする意味がない。それにポローニアスは赤児に返るほどの老人ではない。おそらくクローディアスと同年輩ぐらいであろう。宮廷の中を走り回り、王の御機嫌をとりながらも、国政の実務をてきぱきと処理していた立派な高級官僚であったはずである。実質的には、デンマーク国を取り仕切っていたであろう。老け込んで赤児同様となった人間にできることではない。働き盛りの人物をつかまえて「この老いぼれ」と駄洒落を言うほど、ハムレットは馬鹿ではない。いや、そこまで落ちぶれてはいない。自分を襲った出口のない苦悩のために、心が狭くなったし、神経もピリピリしているが、働き盛りの国務大臣をとらえて「襁褓」をしているなどという発想をしたとは思えない。

ポローニアスは、大臣という地位を得るために、或いは維持するために、美しい妻をクローディアスに提供した。しかし、慢性化した病気もあったし、それもやむを得なかったとシェイクスピアは言っているのである。前記、海軍省の役人が生きた時代より百年以上前の王宮のことである。これくらいのことは、ざらにあったのではなかろうか。

ポローニアスは、女性と男性の仲を取り持った女衒であり、自己の保身のため、自己の地位を得るため、身内の者（妻）を犠牲《いけにえ》にした、エフタでもあった。しかも、何の因果か、慢性の病にかかり、湿布が取れなかった。それでも、シェイクスピアはポローニアスを批難しようとは考えていない。この世には、万華鏡のように何もかも存在するのだ。シェイクスピアは、存在するものはすべて受けとめることのできた人間のようである。それゆえ万の心を知っていたのである。

右のポローニアスとレナルドーの会話は、観客の反応を見て、後日書き足したものであろうと述べたが、その理由を述べておく。

ポローニアスは家来のレナルドーに、「金を届けるついでに、素行調査をしてくる」よう頼んだ。しかし、この時点は、レアティーズがフランスに出発してから一カ月位しか経っていない。フランスに出発する時、少なくとも半年分位の金は持って行くはずである。にも拘らず、一カ月位で金を届けるというのがおかしい。素行調査に行って来い、というのもあまりに不自然なので、金を届けるついでに、ということになったのだ。

「襁褓をしている」と言い、すぐに「赤子に帰って、二度目のお世話になっている」と言って、慢性的性病への連想を打ち消したのはよかったが、どうも客の反応が悪いので、フランス、女郎屋、性病、襁褓という連想を促すために、女郎屋を強調する科白を吐かせる必要を感じたのであろう。こうすることによって、「襁褓」の科白が出た時、「ああ、そうか、慢性なんだ。それじゃ美人の女房は他の男に走るぜ」と観客の半分位はドッと笑ったのではないか。シェイクスピアはそれを期待した。

3　ポローニアスの死

大臣ポローニアスは、王妃とハムレットの会話を盗み聞くために壁掛けの陰に隠れている。ハムレットが母王妃に「鏡を据えて、その心の奥底まで映し出す」と言って、母の腕をつかむ。おそらくハムレットは、鏡を彼女の手に握らせて、無理にでも鏡を見させるようにするつもりだったのであろう。王妃はそれを嫌がって「何をなさる？　まさか殺すつもりでは？　あ、助けて！　助けて！」と叫ぶと同時に、ポローニアスが壁掛けの陰で「おお、大変だ！　助けてくれ！　誰か、誰か！」と声を上げる。

ハムレットは剣を抜き、「何だ！　鼠《ねずみ》か？　くたばれ、簡単に御陀仏だ、くたばれ」と言って、剣を壁掛けに突き刺す。そして、「お前の目上の奴と間違えたのだ」と言う。それゆえおそらく、研究者の多くは、王と思って間違えて刺したと考えているのであろう。岩波版補注によれば、ブラドレーも間違い殺人説のようだ（p352）。

私は、大臣ポローニアスと思って刺したものと考える。普通ならば、声色《こわいろ》で分かるはずだと言ってもよさそうなものであるが、「王とポローニアスの声色が似てるかもしれないじゃないか、でたらめはやめとけ」と言われかねないのでそれはやめておこう。

ポローニアスは「おお、大変だ！　助けてくれ！　誰か、誰か！」と言う。これが王者の言葉と勘違いされ得るだろうか？　クローディアスは、危機に際しても、言葉には王者の貫禄を備えている。これまでに危機を感じたのは『ゴンザーゴ殺し』の劇で、王毒殺の場面を見せつけられ、かつハムレットに「あの人殺しがゴンザーゴの細君を口説き落とす」と言われた時であろう。しかしクローディアスは、あわてていたようではあるが、口から出た言葉は「明りを持て！　行くぞ！」という王者のものである。この科白は、王者以外出せない貫禄と威厳を感じさせる。

王妃の「助けて！」という言葉を聞いた時、王であれば、「ハムレット、やめい！」、「ガートルード、大丈夫か！」という科白であろう。「おお、大変だ！　助けてくれ！　誰か、誰か！」という言葉は、王、王妃、王子以外の小者《こもの》の発する科白のように感じられる。

クローディアスは兄王を毒殺して王位に就いた悪党であろう。しかし、悪党だとしても、王にふさわしい貫禄と威厳は兼ね備えているようだ。王妃の「助けて」という声を聞いて、「大変だ！　誰か、誰か！」では、王の資格はない。いわんや、助けを求めているのは、兄殺しまでして手に入れた愛しい妃である。その妃が助けを求めているのに「誰か！」では駄目である。「ハムレット、やめい！」と言って自分の存在を現してこそ、ガートルードの夫の資格がある。王がもし、「助けて！　誰か、誰か！」と言ったら、ガートルードの百年の恋も瞬時にしてさめてもおかしくない。

一方、本来ならば、大臣たるポローニアスも、「王子」或いは「ハムレットさま、おやめください」とぐらいは言うところであろう。しかし、そう言ってしまうと、間違い殺人説が成り立たなくなるので、あえてシェイクスピアは、ポローニアスに小者的な科白を吐かせる程度にとどめたのだろう。

いずれにせよ、ポローニアスの言葉を王のものと勘違いするほど、ハムレットは無能ではない。勿論、ハムレットにとっては人違い殺人説は望むところだ。だから、「間違えた」と言った。もし、人違い殺人説を主張しなかったとすれば、当然「人違いでないとすれば、何故に大臣ポローニアスを殺したのだ！」と詰問される羽目に陥るだろう。真の動機など、ハムレットには「口が裂けても言えない」ことなのだ。

さて、真の殺人の動機は何か？　それも言わないことには、劇『ハムレット』は成立しない。真の動機を明白にしない限り、シェイクスピアのこの壮大な劇は成立しない。隠しながら明らかにする、明らかにしながら隠すという、世にも不思議な劇は出来上がらない。隠すけれど、明らかにしなければ、ハムレットの心理も分からないし、『ハムレット』の悲劇性も見えてこないのだ。

大臣ポローニアスは、ハムレットに言わしめれば、殺されても文句が言えないような罪を犯していたのだ。ハムレットは言う、「しかし、これも天の配剤。天はこいつを殺したことでぼくを罰し、ぼくに殺されることでこいつを罰せられたのだ。ぼくは天の笞《しもと》となって、それを他人にも自分にも振わなければならぬ定めだったのだ」（p207）。

一言で言えば、「天に代わって殺した」みたいな言い草である。天に代わって殺してもいい理由があるのだ。「これでわかっただろう、ちょこまかしすぎると危い目にあうことが」（p195）とも言っている。「ちょこまかしすぎる」から「俺が殺したのさ」と言っているようである。「ちょこまかする」というのは、壁の後ろに隠れていたことを指すのだろうか？　しかし、それが死に値することとは誰も考えない。必然性がない。

ハムレットは、クローディアスとガートルードとの恋の取り持ちをしたのがポローニアスであったと考えているのだ。三十年前に、家の中でじっとしておればいいものを、王妃とクローディアスの間を行ったり来たり、手紙を届けてやったりと、忙しげに働いたのである。それが「ちょこまかする」の実態であり、かつ「魚屋」（女衒）と呼ばれる理由である。それゆえ、自分の本当の父がクローディアスであることも、ポローニアスは知っているのだ。

ポローニアスの死体に対してハムレットが言う最後の言葉は、「秘密も洩らさず」（死んでいった）である。まるで口封じのために殺したみたいである。こういう奴は生かしておけない、自分も遅かれ早かれ死ぬことになるだろう。でも、「先王ハムレットの王子として死ぬ」ことを願っているのだ。恋の取り持ちをした奴、俺の出生の秘密を知る奴など生かしておくものか！　である。

ポローニアスの死に対する私の基本的な考え方は、右に述べたとおりである。しかし、あと一つだけ論じておかなければならない。

王クローディアスは、ハムレットが王妃の居間に着いた時、壁掛けの陰に隠れていることができたかどうか？　実際は、時間的に見て相当に無理なのである。不可能ではないにしても、時間的に見てかなりきわどいのである。この点を指摘する研究者も多いようだ。

時間経過を追ってみよう。

『ゴンザーゴ殺し』の劇の途中、王が「明りを持て！　行くぞ！」と言って逃げ出したのは、第三幕第二場（p175）である。この後ハムレットは、ホレイショーと会話を交す（約一～二分）。ローゼンクランツとギルデンスターンが戻って来る。おそらく、退場した王に従って行って、また戻って来たと思われる。二人の廷臣が、お話がおありのようですから王妃のもとへ行くように、と告げる。その後、大臣ポローニアスが来て、二人の廷臣同様、王妃から話がある旨をハムレットに伝える。せいぜい数分間である。

この後、第五独白（私に言わせれば、母殺しの独白）。ここで第三幕第二場は終わる（p183）。第三幕第三場では、王が謁見の間で、ギルデンスターンとローゼンクランツに、ハムレットを直ちにイギリスに送り届けよ、と命じる。

ここにポローニアスが現れて、ハムレットが王妃の間に向かっている、私が母子の会話を盗み聞きして結果を報告します、と言っただけで退場。

一人になったクローディアスは、部屋の中を行ったり来たりしながら、兄殺しについての告白と、神への赦し乞いのまじりあったような科白を述べて、最後は床に跪《ひざまず》いて、祈り（の真似事）をする。この祈っている王の姿を見て、ハムレットは、今なら殺せると思い剣まで抜くが、既述したように、今（祈りの最中に）殺したら、王が天国に行くかもしれないと言って、第六独白となる。

それから、ハムレットは王妃の居間へと行く。ポローニアスは、ハムレットの第六独白の間に王妃の居間へ先回りしたことになる。王の祈りの姿を見て第六独白、そして、すぐにハムレットは王妃の居間に行っている。先程あそこで跪いて祈っていた王が、先回りして王妃の居間に来ることは、不可能ではないにしても相当にきわどい。

人間の心理（ハムレットの心理）としては、先程、謁見の間の床に跪いていた人間が、王妃の居間の壁掛けの裏に潜んでいると想像するのは、あり得ないとまでは断言できないにしても、相当に確率の低いことである。

観客の内には「王と間違えた」というハムレットの言を信じる人もいよう。しかし、ポローニアスの科白に王らしい貫禄がないこと、または、先程謁見の間で祈っていた王が来ているはずはないと不審に思うことから、本当に間違えたのだろうか？　と疑問を持つ人のほうが多いはずだ。ポローニアスは王と間違えられて刺殺されたのかどうか？　重要な問題である。

深層心理学者は次のように言うであろう。

ハムレットは、王が一人で跪いているのを見て、「今なら、やれる」と剣を抜いた。この時点で、ハムレットの殺人エネルギーはまさに爆発寸前であった。ところが、王は床に膝をついて、何と神に赦しを乞うているところであった。これはまずい、今殺したのでは天国に行くかもしれない、とハムレットは殺人エネルギーを第六独白へと差し向けた。心的エネルギーを先送りする儀式である。

しかし、本当に一度爆発寸前にまで高まった殺人エネルギーは、そう簡単に第六独白という先送りの儀式で収まったであろうか？　私は、それは無理ではないかと考える。愛する父の仇への復讐、それがまさに実現されようとしていたのだ。ちょうど祈りの場であったばかりに実行できなかったが。第六独白だけでエネルギーの整理ができたとは思えない。

――「心的エネルギー不滅の法則」とあえて呼びましょう。充満した殺人エネルギーは、先送りの儀式によって、心の奥底の棚にちゃんと収納できたであろうか？　いや、それはできていない。いや、できなかった。証拠はあるか、とお尋ねですか？　よくぞ聞いて下さいました。待ってました。

その証拠は王妃の言葉である。「鏡を見なさい」と言ってハムレットが母王妃の腕をつかんだ時、王妃は「まさか殺すつもりでは？　あ、助けて！　助けて！」と叫び出しています。勿論、ハムレットには母を殺す気などあろうはずがありません。しかし、母王妃は「助けて！」と叫んでいます。何ということでしょうか。母王妃は、我が子の中に殺気、そう、殺気を感じたのです。それゆえ、「人殺し！」と叫んだのです。その殺気は、王クローディアスに対する殺人エネルギーの内、先送りし得なかったエネルギーそのものです。先程の殺人エネルギーの一部はそのまま心の中に残っていたのです。いつ爆発するかもしれません。

壁掛けの陰に人間の気配と声を聞いたハムレットは、「鼠か？」と言って剣を突き刺します。「鼠か？」と言って、人間を刺す人がいるでしょうか。いまだかつて聞いたことがありません。しかし思い出して下さい、『ゴンザーゴ殺し』にハムレットは『鼠取り』という副題を付けていたではありませんか。「鼠！　王だ！　さあ、刺せ！」というのが、ハムレットの深層心理の中を電流のように流れたのです。壁掛けの裏でごそごそとしているものでネズミを連想し、そのネズミが『鼠取り』、『ゴンザーゴ殺し』、即ち「王クローディアス」への連想となります。正にハムレットの深層心理では、王を刺殺したのです。しかし、それは王ではなく、哀れポローニアスであった。やはり、王と間違えられてポローニアスは殺害されたものであります。

これで、ポローニアス過失殺人の謎解きといたします。深層心理をえぐり抜いた、私の謎解きに満足なさいましたかな。私は、今、深い満足に浸っている。嬉しさのあまり、椅子から三尺も跳び上がり、天井に頭を打ちつけそうになった次第である。――

確かに見事な分析である。三尺と言わず四尺位跳び上がってもおかしくないような立派な分析である。ただ、相手が悪かった。なにしろ、相手は万の心を持った人間学博士のシェイクスピアである。このような推理を予想した上で、ハムレットを書いているのだ。

本当にシェイクスピアはそこまで考えて書いたのだろうか？ と質問する人があるとすれば、私は「その通り」、「それを期待して書いた」と断言する。

その理由。『ゴンザーゴ殺し』というちゃんとした題名があるのに『鼠取り』という副題が付いている。一体何だ？ と疑問に思えてならなかった。しかし、ポローニアス殺しの時、「鼠か？」という科白が出てきて、やっと『鼠取り』にした意味が理解できた。そのために、わざわざ副題を付けたのだ。壁掛けの陰でごそごそしているからには「ネズミ」と言わせよう。そのためには副題は『鼠取り』にしておこう、というのがシェイクスピアの工夫と考えて間違いない。〝ポローニアス誤殺人〟を信じ込ませるために、これだけの細工を使ったわけである。

最後に、ポローニアスについて一つだけ述べておく。

ポローニアスは、王の先王ハムレット殺害に加担していたか？ 王の言葉によれば、王とポローニアスは頭と心臓との関係のように密接である。だとすれば、加担している、少なくとも認識しているのかもしれない。しかし、全くこれに関しては情報が提供されない。よって、ハムレットが先王殺害の共犯者たるポローニアスを殺したと見るべきではない。

しかし、ポローニアスを故意に殺したことが明白になれば、その理由を言わねばならない。それは言えない。その理由をはぐらかすために、シェイクスピアは人違い殺人のように仕立てたのである。そのために『ゴンザーゴ殺し』に『鼠取り』という副題を付け、かつ、ポローニアスを刺す時、「鼠か？」という科白を吐かせたのだ。真相を隠すためにシェイクスピアはこれだけの労力を費やしている。

ポローニアスを殺した最大の目的は、王がハムレットを殺すために立ち上がることを促すためである。王と間違えてポローニアスを刺殺したということを聞けば、王もハムレットを殺すために立ち上がるであろう。そうしない限り、ハムレットは心を汚さない復讐（殺人）はできないのだ。王のハムレット殺害の意企を確認した後、ハムレットは「そんな奴にこの腕で仕返しをするのは、正義でこそあれ、良心にもとるはずもない」（p295）と正当殺人の意味を述べている。

そもそも、王を殺す目的であれば、その意図は隠しておくのが当然である。一般論として、「王と思って大臣を殺した」などと言えば、王は警固を固めるに違いない。復讐の機会は遠のくばかりである。ハムレットは、王が自分に対し刃《やいば》を向けるように、「今度はお前の番だぞ！」と脅しをかけ、挑発するために、大臣ポローニアスを虫けらのように刺殺したのである。

確かに、先王の亡霊は「そのために如何なる手段を取ろうとも」（p70）と言ってはいるが、果たして、ポローニアス殺しまでを予想したであろうか？

いずれにせよ、私は、ポローニアスの「無念や、如何に！」という感に襲われる。

第9章　語り部ホレイショー

ホレイショーは、ハムレットと一緒にウイッテンバーグ大学で学んでいるようだ。

ウイッテンバーグ大学は一五〇二年に創立されたとの由であるが、同校では宗教改革の旗手の一人であるマーティン・ルターが教鞭《きょうべん》をとっていたのであるから、当時の新しい波を感じながら二人の青年は学んでいたのであろう。

ホレイショーもデンマークのエルシノアのお城にやって来ている。王侯貴族ではなさそうだ。「お父上の御葬儀を拝見するため参りました」（p39）ということは、葬儀に参列するほどの格式は持っていなかったのであろう。せいぜい葬儀場の立見席か、受付あたりをうろうろしていたというところであろう。

亡霊がハムレットを招いた時、「行ってはなりませぬ」とホレイショーはハムレットの手をにぎりしめる。当時、亡霊には悪い亡霊と良い亡霊がいると言われていたらしく、もし悪い亡霊だと危害を加えかねないので、「行ってはなりませぬ」と大事をとっているのであろう。止めておけば、仮に悪い結果が起きた場合にも、「私はお止め申し上げましたが」と立派に申し開きができるに違いない。もし、ハムレットの心の闇を感じていたのなら、「亡霊とはいえ、お父上。行っておあげなさいませ。それが親子の情というもの。だまされてもともと。あの甲冑姿は只事ではありません。さあ、行っておあげ下さい」と言ってもおかしくなさそうである。

劇は先に進み、ハムレットはクローディアス王の「ハムレットを直ちに殺せ」という親書を手に入れて、海賊船でデンマークに帰国した。「人が故意に隣人を殺そうとして暴力を振るうならば、あなたは彼をわたしの祭壇のもとからでも連れ出して、処刑することができる」(『旧約聖書』出エジプト記21－14)という正当殺人、亡霊の言う「心を汚さない殺人」が実行できることになった。

ハムレットは、王の親書の内容をホレイショーに説明した上、「あとで読んでみたまえ」と言う。これに対するホレイショーの答えは、「これはまた、なんという王様」である。王クローディアスを非難しているのかどうかさえ分からない科白である。「なんという立派な王様」と言っているのかもしれない。「何たる非道な王様か！」ぐらいは言ってもよさそうに思える。

ハムレットは「こうなったら、やるしかない……仕返しするのは正義でこそあれ……」とたたみかけるが、ホレイショーの答えは実に情の感じられないものである。「まもなくイギリスから届きましょう。あちらでの事の顛末を告げる知らせが」である。ハムレットの言ったことに対する答えになっていない。

もしかすると、殺されているはずの廷臣二人が、ひょっこり帰国して王に報告し、そして、ハムレットは復讐どころか、返り討ちに遭うかもしれないと思っているとしか考えられない。まだハムレットが勝つと決まってはいない。王が勝ったら、ホレイショーは王に対し、「王子には色々と注意申し上げておりました。クローディアス王あってのデンマーク、早まったことをなさらないように、と重々申し上げておりました」と言うに違いない。

ホレイショーにはハムレットの気持ちを汲もうという気がない。事の成り行きを小賢しく観察している感じである。

しかし、皆が死に、ハムレットも死にかかっている。ハムレットはホレイショーに、自分のことを正しく伝えてくれ、と頼む。

ホレイショーは「生きるなどとは滅相もない」、殉死すると言い出す。まさか本気とは思えない。現に、ハムレットが「ホレイショー、もう最期だ。君は生きて、何も知らぬ人々にぼくのことを……正しく伝えてくれ」(p319)と言った後に、ホレイショーは「生きるなどとは滅相もない」と言っているにすぎない。前記のそらぞらしい傍観者的科白から判断すると。しかしホレイショーは毒杯を手に取り、「酒がいくらか残っている」と言うが、ハムレットはその毒杯を取り上げて床にたたきつける。ハムレットは「真相がこのまま知られずに終ったら、死後にどんな汚名が残るか知れない！」、だからホレイショーにその真相を伝えてくれと依頼する。

そこに現れたフォーティンブラス王子を、ハムレットは次のデンマーク王に指名する。おそらく、フォーティンブラスが王になるのであろう。そしてホレイショーは、ハムレットの真実を後世に伝える役を与えられた。

フォーティンブラスとしては、自分をデンマーク王に指名したハムレット王子を悪く思うはずもない。そのハムレット王子は、あの世界に名をとどろかせたハムレット大王の子供である。フォーティンブラスはホレイショーを宮廷の廷臣として採用しているだろう。「ホレイショー、ハムレット王子の真実を伝えたまえ！」と口癖のように言っているに違いない。そしてホレイショーは、真実を毎日語り続けているのである。命じられたとおりの真実を。ハムレット王子は、先の王の命により、半獣人のごときクローディアスを討ち取り、気高くも美しく、復讐をお果たしになりました――という表面上の真実、即ち「虚偽」を伝え歩いている。

真実も、真の友情も、ホレイショーとは無関係なことである。他人に後ろ指をさされないで、出世街道を歩けばいいのだ。真実を知ろうとか見ようとかという意思の存在しない人間である。ハムレットは死後の語り部として適任者を選んだ。この意味では、ハムレットの人間観察力はすばらしい。

ホレイショーは夜な夜なハムレット研究者の書斎を訪れて、「研究は進んでいますかな？　ちょいと原稿を拝借……どれどれ、ハムレット王子はいとも気高く美しく、そして、見事、父の仇を討ち果たした。何と気高く、そして真実にあふれていることか……ほーう、なかなかの出来映えですぞ。では、これにて失礼」と言って、また次の研究者のところに行って、「よからぬことは考えては駄目。私が許しません。あー、気高き王子さま……」と、今日も忙しいのだ。立派に語り部の責務を果たしているに違いない。

ホレイショーが頑張るのは、ハムレットにとってはよかろうが、生みの親のシェイクスピアが可哀相である。

ホレイショーよ、今度はゆっくりやすむ番である。

第10章　ハムレットは復讐された

1　ポローニアスの復活

「ハムレットは復讐された」と言うと、皆は「気でも狂ったか！」と叫ぶに違いない。しかし、シェイクスピアがそう書いているからには、そのとおりに読まなければならない。

一体全体、ハムレットは誰に復讐されたのか？　当然のこととして、復讐する権利を持つ者によって、である。鼠でも殺すように刺し殺された大臣ポローニアスに、である。

ポローニアスは、王クローディアスと王妃ガートルードの不義密通の恋の使い走りをしたであろう。しかし、殺される義務があるとまでは言い切れない。

ハムレットの父がクローディアスであるという「秘密を、洩らさぬ」ように殺したのである。いやそれ以上に、王は『ゴンザーゴ殺し』の劇を見せつけられても、ハムレットに刃を向けようとしなかった。挑発のないところには正当殺人はない。

王の挑発を促すために、ハムレットはポローニアスを刺殺したのである。遂に王は立ち上がった。ハムレットをイギリスに送り、直ちに処刑させることとなる。王の挑発を促すための道具として、ポローニアス殺人をハムレットは犯した。

亡霊は「そのために如何なる手段を取ろうとも、お前の心を汚してはならぬ」（p70）、正しい殺人、挑発のないところには正当殺人はない、聖書と法を守れ、と命じた。そのためにはいかなることをしてもいいと言っても、ポローニアスを殺していいはずがない。『ゴンザーゴ殺し』を見せつけて挑発を促したが、王はハムレットをイギリスに送り監禁してもらおうとは思ったが、刀を振り上げようとはしなかった。即ち「あの危険な奴に足枷《あしかせ》をはめねばならぬ」（p185）としか言わない。

ハムレットのポローニアス殺しを知って、やっと王は立ち上がった。「あれが可愛いあまり、なすべきこととは知りながら、敢えてそれに目をつぶっていたのだ」（p213）。しかし、もう放置できない。このままでは自分の命が危ない。よって、「ハムレットを無きものにせよ」との密書を持った廷臣二名とともにイギリスへ行かせることとなる（p222）。

ポローニアスの死を知って、王はハムレットに刀を向けた。すなわち、先制攻撃をしかけたのである。

さぞや、ポローニアスは無念であっただろう。ハムレットから「魚屋」、「エフタ爺さん」、「襁褓をしている」とののしられても、耐えていた。レアティーズとオフィーリアを我が子として立派に育て上げてきた。それまでは我慢できる。大臣という立派な地位に就かせてもらえるのだから。

ポローニアスの死の直後、シェイクスピアは、ポローニアスの復活を暗示している。何だって？　そんなことはどこにも書いてないぞ！と研究者は言うだろう。しかし、アル中のロンドンっ子でもそれを知っていた。知らないほうが恥ずかしいのだ。この劇の中で最も不思議な現象が目の前に現れるではないか！

ポローニアスの死体を、ハムレットは引きずってどこかに運んだようではある。しかし、その死体が発見されたとはどこにも書かれていない。死体が行方不明！　それは、イエスの復活の前の状況である。

『新約聖書』ヨハネによる福音書20－1によれば、「マグダラのマリアは墓に行った。そして、墓から石が取りのけてあるのを見た。……彼らに告げた。『主《しゅ》が墓から取り去られました』……身をかがめて（墓の）中をのぞくと、亜麻布が置いてあった……」云々である。

イエスの死体は無くなっていたのである。死体が無くなることで直ちに連想するのは、右の事実である。死体が消えて無くなる。私は、イエスの復活前夜以外を連想することができない。

ポローニアスの葬式は立派でもなかったし、墓も大臣にふさわしくはなかったようであるが

（p246）、葬式も行われ、墓も作られたのであろう。ただ、その葬式時に死体があったかどうかは不明である。いずれにせよ、死体の行方不明の大騒動は、第四幕第二・第三場の中心的情景の一つである。死体の蒸発――キリスト教社会、まして四百年以前では、幼児でも、イエスの死体の行方不明、それは復活以外を連想することはできまい。観客は、「死体の行方不明」を強く印象づけられた時、「ひょっとすると、復活するのじゃなかろうか？」という印象を植え付けられるに違いない。

剣の試合の直前、突如として、オズリックという新米の廷臣が現れる。異様である。

ハムレットはかつて、ポローニアスを次のようにからかった（p182以下）。

ハムレット「あの雲が見えるかい、まるでラクダそっくりの形をしたのが？」

ポローニアス「いかにも、ラクダのようでございますな」

ハムレット「ぼくにはイタチのように見える」

ポローニアス「さよう、イタチの背中に似ておりますな」

ハムレット「いや、クジラに似ている」

ポローニアス「まったくクジラそっくりで」

一方、ハムレットはオズリックを次のようにからかう（p297）。

オズリック「恐れ入ります、たいへんお暑うございますので」
ハムレット「とんでもない、えらく寒い、風は北だ」
オズリック「仰せのとおり、いかにもお寒うございますとも」
ハムレット「しかし、なんだか、えらく蒸し暑いようだ。こちらの体質のせいかな」
オズリック「まことにもって、ひどく蒸《む》しますようで……」

右のように、ハムレットのからかい方が同一のトーンであること、ポローニアスとオズリックのペコペコした感じが全く同一のトーンであること。このことによってシェイクスピアは、二人の人間の同一性、ポローニアスの復活した姿がオズリックであることを暗示している。

オズリックは、王が発案した剣の賭け試合に参加してもらいたい、とハムレットの前に姿を現す。ハムレットはこの試合を承諾した。オズリックは一旦引き下がる（p303）。

ところが、そのすぐ後で、また一人の貴族が現れて、「先ほど若者オズリックをこちらにお遣しなされましたところ、この広間にてお待ち下される由にございますが、改めて伺ってまいれとの仰せ、レアティーズ殿とのお手合せ、しかと御承諾いただけましょうか、それとも、もうしばらく先にお延ばしあそばしますか、お尋ね申し上げる次第にございます」（p304〜305）と言う。

この点について、岩波版注記は「どうやらオズリックは『気取った』言葉の綾ばかり弄して、肝心なハムレットの『主旨』は精確には伝えなかった様子である」（p305）と記す。しかし、そうではあるまい。オズリックは剣に毒を塗っていたので、他の貴族がまかり出ただけであろう。

やがて、オズリックは四、五本の剣をもって現れる（p310）。そして、レアティーズは毒の塗ってある剣を選び、一方オズリックは、ハムレットに毒の塗っていない剣を渡す（p311）。

即ち、毒を塗ったのもオズリックであり、それを持って来たのもオズリック。そして、毒の塗っていない剣をハムレットに渡すのも、オズリックである。しかもオズリックは、この試合の審判も務めている。

この毒剣で死ぬのは、ハムレット、レアティーズ、そして王である。弟レアティーズは兄ハムレットを刺し、兄ハムレットは弟レアティーズを刺し、ハムレットは実父クローディアスを刺す。この毒剣の件を言い出したのはレアティーズであったが、毒を塗ったのも、毒剣を持って来たのもオズリックであろう。

こうして、オズリックことポローニアスは、ハムレットに復讐を遂げたのである。ハムレットは復讐をした者であるとともに、復讐された者でもあった。

クローディアスが夢見た〝クローディアス王権〟は、跡形もなく消え失せた。血と血がともに殺し合う悲劇は終わった。因果応報か、神の手か、怨念のなせる技か、それは誰にも分からない。オフィーリアとその母がユニオンとなって復讐したように、ポローニアスはオズリックとなって復讐を果たしたのである。

最後に、シェイクスピアが明白に、ポローニアスがオズリックとして復活した、と示している場面をお目にかけよう。それは、オフィーリアが歌う謎掛けの歌である（オフィーリアの真《まこと》の歌ではない。余興的、謎掛け歌である）。

オフィーリアは歌う（p244）。

二度ともどってこないのかしら？
二度ともどってこないのかしら？
いえ、いえ、死んでしまったのだもの。
いっそ、あたしも死の床へ、
帰らぬ人を待つよりは。

おひげの白さは雪のよう、
髪の白さは亜麻《あま》の色。
　死んで死んで、もういない、
　泣いても泣いても、詮《せん》ない涙。
どうか神さま、あの人の後生《ごしょう》を頼みます！
ついでに、みなさんの後生もお頼みします。では、みなさん、さようなら。

「おひげの白さは雪のよう」はクローディアスを指すようである（前述）。「髪の白さは亜麻の色」は、何かを連想しないだろうか。

ヨハネによる福音書19－40によれば、「彼らはイエスの遺体を受け取り、ユダヤ人の埋葬の習慣に従い、香料を添えて亜麻布で包んだ」とある。イエスは亜麻布で包まれて埋葬されたのである。そして、復活した。

次に「みなさんの後生もお頼みします」の部分は英文で、

And of all Christian souls. I pray God. God by you.（大修館版 p314）

である。直訳すれば、「すべてのクリスチャンのために、神の御加護を、さようなら」といった感じである。

なぜ、急に「すべてのクリスチャンのために」という科白が出てくるのだろうか？ イエスは死なれた。しかし、すべてのクリスチャンのために復活するために死んだのである。このことを連想すべきである。急に「すべてのクリスチャン」が出てくる理由を感じるべきである。すなわち、この歌の一節は、復活の暗示である。

この歌の前に、オフィーリアは歌っている（p242）。

みんなも「落ちた、落ちた」って折返しを歌わなくちゃ、あの人「落ちた、落ちた」って囃《はや》してくれなくちゃ。まあ、この折返しの節《ふし》、糸車をまわす調子にぴったりじゃないの！

この部分は、新潮版では恐るべき訳文となっている。「あなたも歌わなければだめ。『墓石ぬれて』さあ、あとをつけて。あなただって、あのお方が土の下になっていること、ごぞんじなのでしょう。あら、このふし、糸車にも調子が合うじゃないの！」（p147）

ちくま版では、「続けて歌わなきゃ駄目、あなたは『ずん、ずん、ずん』よ。それからあなたは『呼んでごらん、ずん』ってね。ああ、糸車の調子にぴったりね……」（p206）。

ものすごい差異がある。英文では次の通り（大修館版 p312）。

You must sing 'A-down, a-down', and you call him a-down-a. O, how the wheel becomes it!

直訳すれば、あなたは「一つ下、一つ下《した》」と歌わねばならない。そして、あなたは彼を「一つ下《した》さんみたいな人」と呼ぶ。

Oさんは、糸車が一つ下《さが》って、それ（一つ下さん）になるのよ、というところか。

Oさん、それは、一つ下さん、なのよ！が意訳である。Oの一つ下はPである。

Oさんは P さんです。

Osric（オズリック）は、Polonius（ポローニアス）です。

ポイントは"You call him a-down-a"である。"a down a"をどう理解するかである。「a」には「……のような人」、「……という人」という意味がある。例えば「aヘラクレス」と言えば、「ヘラクレスみたいな人」である。日本語的に言えば、「彼は一種の水戸黄門だわ」といった感じであろうか。

オズリックはポローニアスの復活した姿であった。そして、復讐した。

2　三本のハンディキャップ

終末の賭け試合の時、ハムレットはレアティーズに三本のハンディキャップをもらっている。レアティーズのほうが剣の腕前が上だからということらしい。ものすごく難解な箇所で、さすがのジョンソン博士も匙《さじ》を投げたのだそうである（岩波版注記p302）。

私には、謎というより『ハムレット』という劇の大きな構想の一つように見える。三本のハンディキャップを劇の冒頭と終末部分に配置するという大きな構想である。賭け試合は成立すればいいことだし、ハンディキャップがあるもよし、無いもよし、二本だって、五本だって、どうでもいいのだ。

シェイスピアは、劇の冒頭部分を書く時、賭け試合においても三本のハンディキャップを使うことを予定していた。しかし、三本のハンディキャップの意味するものは、初めと終わりでは全く異なるのである。三本のハンディキャップの意味は悲劇的に変質していくのである。

なぜ、皆は、この大きな構想が見えてこないのか？　私にはそれが分からない。『ハムレット』を研究したようなふりはしているが、実は一行も読んでいないことを白状しているようなものである。

冒頭における三本のハンディは「愛の眼差しを求める」ものであった。しかし、終末では「死を求めるもの」へと変質している。

まず最初に、賭け試合について見てみよう。

オズリックが「……レアティーズ殿がいかに優れていらっしゃるか」と言ったの対し、ハムレットは、「それを認めれば、いやでも、どちらが優れているか争わねばならないからな」（p300）と答えている。

ハムレットは、案外見栄っ張りだし、負けず嫌いのようである。このハムレットに「レアティーズのほうが腕前は上だ、三本のハンディキャップをやろう」と言えば、「よくも、この俺様をみくびりやがったな。引き下がるわけにはいかぬ」ということになりそうである。

ハムレットを賭け試合に連れ出すために王が考え出したことである。彼を毒剣による殺害の場へとおびきよせているのだ。まさに死に至る三本のハンディである。

半年位前であったろうか、よくは分からないが、王の戴冠式直後の第一回御前会議においても、王は三本のハンディキャップをつけた。それは、我が子ハムレットからの「愛の眼差し」を求めるものであった。

クローディアスは愛するガートルードとの間の子供、ハムレットを愛していた。自分がハムレットを見る眼差しと同じものを、ハムレットに求めた。通常人の愛はその程度のものである。それで充分である。


第一回御前会議以前のことはよく分からないが、先王の葬儀、王と王妃の結婚式はすでに終わっている。その時もハムレットは、第一回御前会議の時と同じように陰鬱そのもの、そして王に対しても妙に斜《はす》に構えて、打ちとけない感じであったのであろう。

王は不満なのだ。我が子ハムレットから愛の眼差しをもらいたいのだ。そのためにハムレットの気を引こうとしている。それゆえにこそ、負けず嫌いなハムレットのことだ、レアティーズに先に声を掛けてやろう、そうするとハムレットも自分に愛の眼差しを向けるのではなかろうか！と王は考えた。

王は、レアティーズに「レアティーズ」と五回呼びかけた。そして、ハムレットには二回しか「ハムレット」と呼びかけていない。一から五までを数える程度の知能は要求される。

三本の差をつけている。しかしこれは、ハムレットの気を引きたいための工夫なのである。実際はレアティーズからの愛の眼差し以上のものを、王はハムレットに求めているのだ。

まさに王妃は言っている。

「なぜ、親しみのこもった眼《ま》なざしをデンマーク王に向けてはくれないのです」（p31）。

王も「わしを父だと思ってくれ。お前がわしの王位を継ぐ者であることを、そして実の父親が息子に抱く愛に劣らぬ気高い愛情を、私人としてふんだんに注ぐさまを、とくと世間に見せてやりたいのだ」（p33）……ウイッテンバーグには戻らないで、「頼むから……わが第一の廷臣、甥にして、わが息子として、わしの喜びとも慰めともなって欲しいのだ」（p34）と。父の子に対する愛情あふれる言葉である。

しかし、ハムレットはどうしても、そのような眼差しを向けることができなかった。先王こそ父であると信じ、そして敬愛していた。先王が実の父でないことも、父がクローディアスであることも悟っていたハムレットではあったが、急に「こっちを向け」と言われても、できないのだ。

I am too much in the Sun.（大修館版 p102）

直訳すれば、「私はあまりにも太陽の中に在ります」、「私は太陽にどっぷりつかり切っているのです」というような科白である。

ハムレットは先王のことを「日の神《ヒューペリオン》のような方だった」（p35）と言っている。ハムレットにとっては、先王は太陽であったのだ。「私は、どうしても、先王ハムレットのことが忘れられないのです。急に、こっちを向けと言われてもできません」という意味なのである。

岩波版は「天日に干されすぎているだけのこと」。

「どういたしまして、七光を浴びすぎて有難迷惑」（ちくま版p26）

「そのようなことはございますまい。廂《ひさし》を取られて、恵み深い日光の押売りにいささか辟易《へきえき》しておりますくらい」（新潮版p19）

「いえいえ、王様の太陽に焦がされ、倅《せがれ》扱いでは立ち枯れます」（角川版p20）

こんな訳文では、何のことかさっぱり分からない。

しかし、王妃はハムレットの言ったことを正確に理解しているので、次のように言う（p31）。

「なぜ、親しみのこもった眼《ま》なざしをデンマーク王に向けてはくれないのです？ いつまでも……地下に眠る亡き父を慕い求めてはなりませぬ」。王妃は、私が言うような意味でハムレットの言葉を理解しているのだ。どうも各訳文は、わざと話の筋を破壊しようとしているとしか思えない。特に新潮版の訳文は不潔感に満ちあふれている。

要は、王はハムレットに愛の眼差しを求めて、三本のハンディキャップを工夫した。しかし、終末においては、死への誘いの道具として利用した。このクローディアスの悲劇（身から出たサビとはいえ）を見るべきではないか！

シェイクスピアは、三本のハンディキャップを劇の冒頭と終末に配置し、しかも「愛を求める心」から「死を求める心」へと悲劇的に転換させた。非凡な作家魂を私は見る。

3 「北北西」の謎

この謎掛けは、謎としては出来が悪い。どうしても一六〇分の一の誤差がある。シェイクスピアの計算違いなのか？　一六〇分の一の誤差に目をつぶって、謎とせざるを得ない。

少なくとも「北北西の風ぐらいなら」というように、一六〇分の一をカバーできるように書いてくれたら、私も消化不良にならずにすんだのであるが。或いは「風という奴は、一度や二度はすぐズレる」とか、別の場所ででも「一つ下」とでも書いていてくれれば、安心できるのだが。

しかし、一応謎解きにかかるとしよう。

「都で芝居ができなくなったのは、最近起った例の事件のせいではないかと思われます」（p117）というローゼンクランツの科白あたりからは、謎解きの方法の指示のようである。科白の一つ一つは分からぬでもないが、科白と科白が意味的にはつながらない。急に話の内容が飛躍してしまうのだ。

「最近起った例の事件」というのは、何のことだろう。当時のロンドンっ子がすぐに分かるような事件でなければなるまい。

私には、ワッツの未亡人が訴えて犯人が絞り首になった、一六〇〇年の殺人事件しか思い当たらない。被害者の未亡人が犯人を謀殺（悪い殺人）であると訴え、加害者の犯人は絞り首になり、その上、どんな風の吹きまわしか、十二人の陪審員の内十人までが二〇ポンド、または四〇ポンド、一〇〇マルクの罰金を科せられた。罰金が払えなかったのか、十人の陪審員は全員、刑務所送りとなったようだ。

当時、ロンドンっ子の話題は、この事件の噂でもちっきりではなかっただろうか？　右の二〇、四〇、一〇〇という数字が、ハムレットの科白に混入しているところを見ると、そのように感じざるを得ない。

勿論、この事件で、芝居小屋が閉鎖になったとは思わないが、観客は「おかしな話だ！　現に今、芝居をやっているのに」と思うだろう。

この後、子供芝居の話が出てくる。一体、何のために子供芝居かと思っていると、この子供芝居の流行のあおりを食って、ヘラクレスとヘラクレスが肩に乗せている荷物――地球――も、即ちシェイクスピアの所属する地球座も、やられっぱなしという話になる（p119）。地球――丸いものを出現させるために、子供芝居の話を持って来たという感じである。

実は、亡霊出現の直後、（第一幕第五場の最終場面で）ハムレットは「世の中の関節は外《はず》れてしまった。ああ、なんと呪われた因果か、それを直すために生れついたとは！」（p79）と言っている。

私は、この科白の意味が分からない。何だか、「世直し」でもしなければならない羽目に陥ったといった感じである。亡霊は、正しい殺人（復讐）、呪われた近親相姦の禁止、そして、母に対しては暴力はいけない、と命じただけである。「世直し」をせよ！　などとは一言も発していない。

英文では、次のとおり。

The time is out of joint.（大修館版 p152）

直訳すれば、「時間の関節が外れている」というところか？

私は二つのことを連想した。

1　時間が合わない。時間が狂っている。即ち、ハムレット出生の十カ月前頃、先王ハムレットは戦場にいた。先王ハムレットがハムレットの父であるはずがない。時間が合わないという感じ。

2　時計の関節が狂っている。時計が故障している。

私は、謎解きの最初の暗示のように思えた。『ゴンザーゴ殺し』に道化が出ないのに、道化役の重要性を急に言い出した時と同じように、右の“The time……”は変に感じられた。そんな状況で、時計のイメージが持続していた。そこへもって来て、地球が出てきた。円《まる》いもの、円を描け！という謎解きの指示ではないだろうか？

『ハムレット』を観聴する客は、シェイクスピアの所属する地球座に来ている。この地球座で「地球座も子供芝居にやられてしまった」という科白を聴いた客は、どんな感じを持っただろうか？「なんだってこんな妙な話を持ちだすのだ！　地球座はちゃんと満員御礼じゃないか。ちょいと変だぜ。謎掛け遊びでもやらかすのじゃなかろうか？」と首をひねるのではなかろうか。

そう思っているところに、急にクローディアスの肖像画の話が飛び出し、その値段が二〇、四〇、一〇〇と、これまた何だか調子はずれである。「二十円、三十円、いや、五十円」とでも言えばもっともらしいが、二〇、四〇、一〇〇では数が跳びすぎている。このような数の跳び方はあってもよかろうが、通常の神経には違和感を与えないだろうか？　急に変な情報が飛び込んでくると、人間という奴はパッと眼をさますものなのだ。見慣れないもの、聞きなれないものが目の前に現れると、本能的に身構えると同時に、どう対処したらよかろうかと推理を始めるのだ。「地球座がやられっぱなし！」、「なに、二〇、四〇、一〇〇！」、こりゃ、何だかおかしいぜ！と人間は考え始めざるを得ないのだ。いや、考えるように神様が作っているのだ。自衛本能なのだ。そして、最後が「北北西の風だと気が狂う！」。こりゃ、何じゃ？と思うのが人情だ。

地球――円いもの、二〇、四〇、一〇〇、合計一六〇、北北西の風、が謎の骨子である。

先に述べたように、私は、第一幕第五場の最終科白、「時計が狂ってる、これを直せ！」以来、時計のイメージが持続していた。地球儀は三六〇度目盛、時計は六〇分の目盛。ここでは、一六〇の目盛を作れ、とシェイクスピアは指示しているのだ。

ところで、子供芝居の件から地球座の部分までは、フォリオ版にのみ存在するのだそうだ（角川版注記p81）。おそらく、観客が北北西の風の謎解きができなかったのであろう。それゆえ、円いものを連想させるために地球座を持ち出して来たとしか考えられない。「子供芝居に地球座がやられっぱなし」という話は、『ハムレット』の本質には必要性も必然性も全くない。「襁褓」から慢性性病を連想させるために、ポローニアスとレナルドーとの会話の中に女郎屋の話をくどくど入れ込んだのと同じ動機であろう。

地球座の話など聞いても誰も喜ばない。しかし、円い物の連想を促すために、出さざるを得なかった。こうすることによって、観客は「円を描け！」という指示だと受け取ったのであろう。当然、その円の目盛は二〇、四〇、一〇〇の合計一六〇でなければならない。第2クォート版には、四〇と一〇〇の間に「五〇」が入っており、フォリオ版にはそれがないそうである（角川版注記p82）が、「五〇」があったのでは、新判例（インベーション）の数字ではないのみならず、謎が全く解けないのだ。

しつこく、地球座のイメージ、すなわち円のイメージを持ち込み、一六〇の数にシェイクスピアがここまで拘ったということは、謎解きの暗示以外、説明がつかないのではないか。クローディアスの肖像画の値段なんて、どうだっていいはずだ。

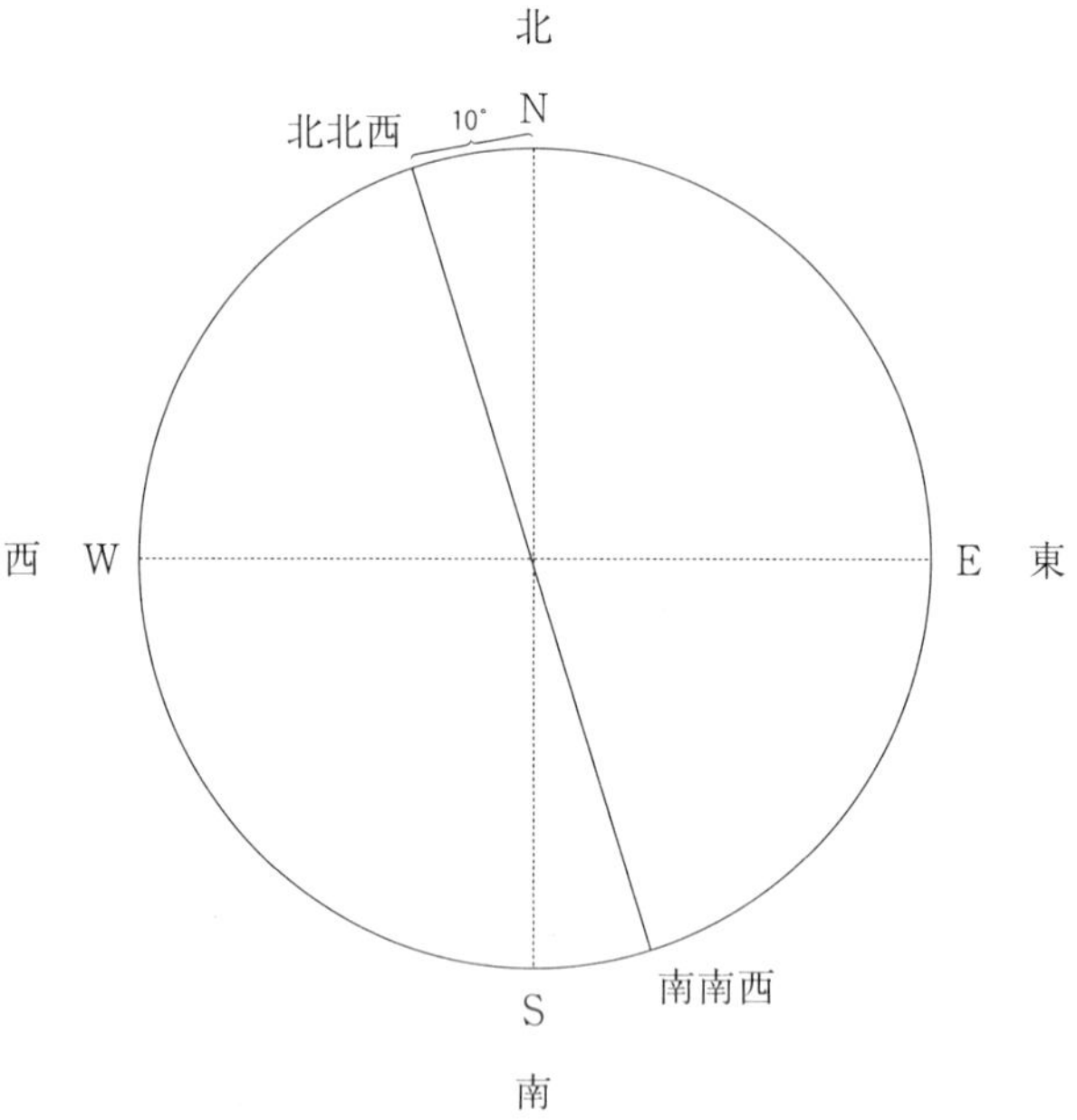

一六〇度の目盛の円を作ってみよう。0は北N、40は東E、80は南S、120は西Wとなる。

北北西は、三六〇度の円だと、Nから左へ二二・五度になる。しかし、一六〇度の円であると、北北西は左へ一〇度の所に位置する。

北Nから一一度の所までアルファベットを記入する。一六〇度・N、一五九度・M、一五八度・L、一五七度・K、一五六度・J、一五五度・I、一五四度・H、一五三度・G、一五二度・F、一五一度・E、一五〇度・D、一四九度・Cとなる。

北北西は、一五〇度のDとなる。Dでは何らの意味もない。Cであれば意味が出てくる。クローディアス。北北西はクローディアス。父がクローディアスであったので気が狂った、となる。どうしても一目盛ずらさなければ、意味が出てこない。

一方、南風のほうは、少し気が楽である。北北西のように固定がない。南の風なら、物の見分けはつく。「南の風なら、気が狂わんですんだのに」である。

念のため、S南から右へ一〇度行くと、南南東はIである。H（ハムレット）は南南東から右へ一度移動する。南南東から一度位ずれても、南のほうからの風（Southerly）と言えるであろう。「父がハムレットであったら、気が狂わなかったのに」である。

しかし、北北西で一目盛移動させるのが気に入らない。「一七六度の円を作れ」と命じればピッタリと来るのに、と考える。

例えば、ハムレットに「おい、ローゼンクランツ、正気の者にとっては三六〇と見えても、俺の気違い頭で考えると、一七六になるのだ！　何たることだ。今さら修繕もできない」とでも言わせればよかった。

どうしても、「二〇、四〇、一〇〇、合わせて一六〇」という数字にシェイクスピアは拘りたかったのだろうか。それとも、一目盛の誤差など許容範囲と見たのだろうか。

三本の謎の鍵は、何と、第一幕第一場、即ち三千行も前にその答えが書いてあった。だとすれば、どこかに「一つ下」といった科白を入れてくれれば、私も安心したのだが！　シェイクスピアを恨みたくなる。

それ故、北北西の謎解きはどうでもいい余興とした次第である。

ただ、シェイクスピアは、円とアルファベットで謎を作ったことだけは間違いない。「一つ下」の謎も、円とアルファベットで作られている。

この謎掛け遊びが、シェイクスピアの発明なのかどうか。すでに当時、似たような謎掛け遊びがあったのかもしれない。今後の研究課題だ。ただし、どうでもいい研究課題だ。

第11章『ハムレット』創作の動機

1 『ハムレット』劇の真相

ハムレットはウイッテンバーグ大学で学んでいた。同大学は当時としては新しい息吹をもっていたらしい。その息吹き吸収し、いずれデンマークに戻り、次の王になる予定であっただろう。

ところが、父王ハムレットが急死し、母王妃は先王の弟と早々と結婚した。二カ月も経たない内、いや一カ月も経たないで！ ということは、あの涙も偽りの涙であったのだ。以前から？ いつからだろうか？ 自分が生まれたのは、先王がノルウェイを打ち負かした日である。いつも聞かされ、かつその時の先王の姿は銅像として王宮の前に建っていたであろう。

ここで、ハムレットは想いを進めた。新婚時代の先王は、戦いにつぐ戦いであった。だが、あのクローディアスが戦場に行ったとは聞いたこともない。もしかすると……ハムレットは真実を、即ち父がクローディアスであることをを知り、そしてその苦悩は「表現できないほどのもの」であり、「口が裂けても言わない」と誓った。

その絶望も、オフィーリアに対する愛によって癒される思いがしただろう。この愛だけは確かだ。今まで、自分が父と思い、仰ぎ見ていた先王が、実は父ではないと分かったが、オフィーリアとの愛の中には偽りはない。生きてみよう、と感じた。絶望を癒すためにオフィーリアに傾斜したとも言える。

そこへ、先王の亡霊が現れたという。しかも、ハムレットが生まれた日に着けていたあの甲冑姿で。さらに、顔つきは亡くなる前の老齢の王の姿！

亡霊は言った。不義密通だ！　しかし、ハムレットにはもう心の準備はできていた。真実を隠して生きるのだ。オフィーリアとの愛の中には偽りはない。ところが、亡霊は言った。「デンマーク王の高貴な臥床を淫楽と呪わしい近親相姦の床としてはならぬ」と。ハムレットは打ち砕かれた。

ハムレットは二度目の絶望の淵に落とし込まれた。おそらく、自ら命を絶とうとしたであろう。だが、オフィーリアに対する恋慕は断ち切れなかった。「あと一度、会おう。そしてもう一度、オフィーリアの顔を見てみよう」

そして、地獄の一丁目から帰って来たような様子で、オフィーリアの前に現れた。画家が肖像画を描く時のように、オフィーリアの顔を見つめ、やっぱりそうだった、と三度うなずいた。オフィーリアの顔の中にあったのは、クローディアスであった。そして、オフィーリアの顔を見つめながら、永遠の「さようなら」を告げた。

その後、オフィーリアの前に出た時、ハムレットは「尼寺へゆけ」と言った。もし、どこか自由な場所にオフィーリアがいたのでは、会いたくなるかもしれない。そして、自分が何をしでかすか分からない。一時の衝動で、異母妹を犯すという「呪われた近親相姦」を行うかもしれない。だから、会いたくても会えない場所へ行ってくれ、とハムレットは懇願したのだ。

女子修道院は（湯の川天使園のこと）、外囲いがあって、修道女はこの外囲いより外へ出ることができないようになっていたそうだ（三木羅風著『修道院生活』新潮社、一九二六年、p111）。また、シェイクスピアも書いている。女子修道院では「院長様の前でないと男のかたと話をしてはならないのです」（『尺には尺を』小田島雄志訳、白水ブックス、p29）と。

ハムレットはオフィーリアに、会いたくても会えない場所へ行ってくれ！と懇願したのだ。事実を述べる勇気もない。「実はオフィーリア、そなたは私の異母妹だ。呪われた近親相姦をするわけにはいかない」と言わせるほうが無理であろう。

ハムレットは、オフィーリアが自分を嫌がるように、そして、気が狂ったとでも思ってくれ！と心の中で叫びながら、悪態をついた。墓堀りの場でハムレットは、レアティーズ、オフィーリアと同じ墓に入りたいかのような科白を吐く。

ハムレットは、ようやくオフィーリアに対する愛を諦め、兄として妹オフィーリアを愛する心になっていたのであろう。そうでなければ「呪われた近親相姦」になってしまうから。

母王妃は毒杯を自ら飲み、そして死んだ。

クローディアスは、息子レアティーズの毒剣をもってハムレットに刺され、自ら準備した毒入りの酒を飲まされて死んだ。息子二人の手で殺されたも同然だ。

あとはホレイショーに、偽りのハムレットの生きざま、死にざまを、後世に伝えてもらうだけ。死に際しては、王者よろしく、次の王を指名するという格好良さまで演じて。

いみじくもハムレットは、尼寺の場で言っている。

「おれはひどく高慢で、執念ぶかく、野心家だ」（p147）

「自惚れ強く、復讐を狙う野心家」（角川版p102）

この自分に対する評価は適切であろう。あくまで先王ハムレットを我が父としておく、即ち偽りの姿で生きていくのだから、高慢と言えるであろう。「執念ぶかく」または「復讐を狙う」という点は、三十年前に、母とクローディアスの間を忙しく行ったり来たりして、二人の仲を取り持った女衒役のポローニアスを殺害することを述べているのであろう。そして、死に際しては、デンマークの王として次の王を指名するという格好良さを演じるとすれば、正に野心家だ。しかも、将来にわたって、自分の虚像をホレイショーに語らせるのだから、正に野望に燃えている。

そして、王の挑発を促すためにポローニアスを殺した。ポローニアスはオズリックとして復活し、ハムレットを刺すはずの剣に毒を塗ることで、復讐を果たしたのである。

オフィーリアとその母はユニオンとなって王と王妃に復讐した。

ハムレットの死は自業自得の死であった。オフィーリアの死に比べる時、そこには真の哀しみはない。

以上がハムレットを中心とする劇の真相である。大いに反論してもらいたい。

ただ、批判する場合、次の点を充分に説明した上でのことにしてもらいたい。

第一　私の言う二つの仕掛け、或いは二つの構想が、『ハムレット』の中に存在することを認めるのか、認めないのか？

1　「誰か？　ハムレットとは何者なのか？」という問いかけに始まり、「それは言わない」で終わる。即ち、真実は語らないという構成をとっていること。

2　亡霊の甲冑の意味は、墓掘り道化の言葉で明確になること。即ち、ハムレットが生まれた時、墓掘りが開始されたという構想。不義の子。しかも、途中で「道化の言葉」の重要性を指示するという異様な構想。さらに、道化はこの劇の一つのテーマである「心を汚さない復讐」、即ち正当殺人を連想させる「正当攻撃」という言葉を発しているということ。

この二つの大きな構想の存在を肯定するのか、否定するのか？　それに対する自分の見解を述べなければ、私に対する反論はその第一歩につくことさえできない。

第二　私は六つの謎（沈黙）を挙げた。すべて重要な場面で語られるが、その謎に対する私の解答は、ハムレットの父はクローディアスであるということ、それだけである。もし、私の解答が間違いであるのなら、六つの謎に対する解答を述べてもらいたい。そうでなければ先に進めないはずである。

第三　すべての人は、母の早過ぎる再婚が、または早過ぎる再婚をした母の汚れた情欲が自分の血の中に流れているということが、ハムレットの苦悩であると言っているようだ。もしそうだとした場合、その苦悩は、先述の二つの大きな構想とどう結びつくのか。

第四　オフィーリアに対する愛。多くの人は、母の情欲に対する嫌悪感が「尼寺へゆけ」などという言葉、即ち性的なものに対する拒否反応につながっているかのごとく主張する。では、ハムレットが何故、亡霊に会う前まではオフィーリアに愛を告白し、彼女の前では正常な青年であったかということを、どのように理解しているのかを示されたい。何故、亡霊に会った後、ハムレットはオフィーリアに対して愛を語らなくなったのか？　に答えてもらいたい。

第五　〃ハムレットの異様な仕草〃は何を意味するのか？　明確に説明されたい。訳の分かったような分からないような、他人《ひと》をだます言葉ではなく、端的に、何を意味するのかを明確にすること。

第六　ハムレットは何故、ポローニアスに対し、「魚屋」、「エフタ爺さん」、「襤褸をしている」という科白を吐いたのか？　その理由を示されたい。

第七　亡霊はハムレットに何を命じたのか、それを明確に述べられたい。それが分からなければ、劇の進行も分からないのではないか。

第八　オフィーリアは愛する人のあとを追って死ぬ、とレアティーズは言っている。この愛する人とは誰なのか？

せめて、以上の八つの点に答えた上で、私に反論してもらいたい。私には、ただの一つの回答も出てこないことが分かっている。あちらを立てれば、こちらが立たず……になってしまうはずだ。現在まで、誰もシェイクスピアの人格を認めていなかったとしか言いようがない。シェイクスピアを愛するのなら、書かれたものを素直に読んでみなければならない。

勿論、四百年前の人々は正しく理解していたと考える。母の再婚で気が狂った男の物語など、ロンドンっ子が喜ぶはずがない。

2　唯一つしか存在しない形式の物語

シェイクスピアは、『ハムレット』に先だって『ジョン王』という劇を書いている。この劇では私生児が登場し、大活躍をする。この私生児は、母が、夫が外地にあった時、獅子心王と不義密通して生まれた子である。私生児はこのことを苦にする様子もない。むしろ、母が不義を働いたおかげで、獅子心王の子として出生できたことを喜んでいる。実にあっけらかんとして大活躍する。

シェイクスピアは、この私生児とは反対の物語を書いてみたかったのであろう。即ち、不義密通で出生した点では同じであるが、その事実を隠す、いや、それ以上に、できたら認めたくないと思っている青年を書いてみたかったのであろう。事実を拒否し隠して生きる時、一体、その人間はどのように行動するだろうか、と考えたのであろう。

シェイクスピアの人間観察力がすばらしかったことは、エルンスト・クレッチメルが『体格と性格――体質の問題および気質の学説によせる研究』（相場均訳、文光堂、一九六〇年）という、現代性格学の名著にして基本書の冒頭に、シェイクスピア作の『ジュリアス・シーザー』の中の一節、「わたしのそばに頭の禿げた、しかし夜となればぐっすり眠る肉づきのよい男共をひかえさせよ」云々を挙げたことでも分かろうというものである。

このように人間観察の超人であったシェイクスピアであるから、事実を拒否して生きる人間をたくさん観察してきたことであろう。しかし、創作するには多大の苦労がつきまとったであろう。事実を拒否するといっても、色々な形態があり得るだろう。借金を抱えて首の回らなくなった人間が、大金持をよそおって高級旅館に長逗留し、揚げ句の果てに刑務所行きになったとしたら、うまくいって喜劇、腕が悪ければドタバタ劇が関の山である。

例えば、或る日本人が、自分はアメリカ人であることを望み、アメリカ人風の服装をして、カタコト英語で生活しているとすれば、喜劇にもなるし、うまくいけば悲劇にさえなるだろう。

しかし、ハムレットの場合は、真実は観客にも知られたくない、少なくとも幕が降りるまでは、と念願するので、シェイクスピアは困り果てたに違いない。一〇〇%先王の子であるように書けば、真実を拒否する悲劇ではなくなる。全く真実が分からないとすれば、真実は無いのも同然だから、それを拒否する悲劇（或いは喜劇）になるはずがない。

真実は充分観客に知ってもらう、しかし、それを十二分に隠すという離れ技をとらざるを得ないのだ。あまり早めに真相が分かってしまうと、「あのハムレットは馬鹿じゃないか！　格好つけやがって。こんな劇は観たくねえ。木戸銭返せ！」になりかねない。

主人公がこのように、真実を隠して生き、そして死ぬことになると、即ち主人公が表と裏のはざまを生きるとなると、レアティーズやオフィーリアも似たような者にしたくなったのであろう。そうすることによって、より悲劇性が増すと思ったのだろうか。オフィーリアが異母妹であることで、劇がダイナミックに展開することとなった。レアティーズの復讐も、真実は、兄（異母兄）殺しである。ハムレットの復讐が実父殺しであったように、血と血の殺し合いという悲劇になった。

人物の構成はどうにか出来上がった。

おそらく、その前後頃であったと考えられるが、イギリスで、ある殺人事件が発生した。J・ベイカー『イングランド法制史概説』（小山貞夫訳、創文社、一九七五年）によれば、次のようなことが認められる。もし要約の仕方が悪いとすれば、著者、訳者にお詫びすることをあらかじめ断っておく。

イギリスでは当時、（現在も）殺人は二つに分類されていた。事前に殺意を持っていて、殺人を犯すこと、これを「謀殺《ぼうさつ》」と言う。突発的闘争の過程での殺人、これを「故殺《こさつ》」と言う。

謀殺は死刑であるが、故殺の場合は、聖職者であれば特権適用可能で、動産の没収で済んだ。聖職者特権というと、よほど高位な宗教指導者だとつい思ってしまうが、実際は「聖書を嘆願する」と言えば、「聖書の一節……を渡されるのが常であった。そしてもし、これを読み、あるいは暗誦することができたならば、聖職者であることが証明されたとみなされた」（同書p483）。聖職者であれば（聖書の一節が読めれば）、そして初犯であれば、刑罰を免責され得たとのこと。分かりやすく言えば、計画殺人（謀殺）でなく、計画性のない故殺であれば、初犯であって、聖書の一節が読めさえすれば、無罪放免もあり得るということになる。謀殺なら死刑、故殺なら無罪放免の可能性ありであるから、地獄と天国の差である。

ところで当時、冷静な血（計画的殺意）による殺害は謀殺、興奮した血（カーッとなって）による殺害は故殺、という考え方だったそうだ。

ところが、一六〇〇年のある事件で、顧客の侮辱行為に立腹した商店主が、その顧客を殴打して殺害したそうだ。商店主は、故殺のかどで正式起訴され有罪と決定された。しかし、被害者の未亡人が私訴（おそらく、故殺ではなく謀殺であるという）を提起し、裁判官は謀殺と判定した。その理由は、喧嘩を始めるに足る充分な理由がなかった、故殺というためには「血が興奮してなしたか」ではなく、「挑発」の有無が判断基準となるということであったらしい。この判決は、この本の殺人の部分で唯一紹介されている事件であるということ、さらには一六〇四年の制定法により補足された、とも記載されている。

おそらく、当時としては世間を騒がせたことであろう。判決文を読むと、商店主は絞首刑になったようだ。未亡人が私訴を提起し、夫の仇を討ったのである。さらに、判決文によると、十二人の陪審員の内、十人が罰金に処せられている。おそらく、陪審員の協議方法に何か問題があったのであろう。陪審員が罰金を納めなかったのかどうか判然としないが、収監《しゅうかん》されているようだ。未亡人が訴えて、犯人は縛り首に、担当した十二人の陪審員の内の十人が刑務所送り。色々な意味で、人々の口に上った事件であろう。「挑発」の有無こそ正義と不正義を区分するのだ。「よし！　これで行こう」ということになったに違いない。勿論、聖書が「正当殺人」を明記していることも確認しての上で、「挑発なければ正当殺人はない」という構成をシェイクスピアは考えついたのであろう。

末尾に、この事件の判決文の原文と和訳を記載しておく。元のコピーは熊本学園大学図書館から入手したものである。

亡霊が「正しい殺人（復讐）をせよ」と命令しているので、何はともあれ、聖書とイギリスの当時の刑事裁判に関する本を読むこととし、この判決にまでたどりつくことができた。私は、この判決をシェイクスピアは知っていた、いや、おそらく見た、と推理している。そして、「正当殺人」の構想を得た。悪い殺人と正当殺人。次いで、良い近親相姦と呪われた近親相姦、暴力による殺人と言葉による殺人、という表と裏の構想に発展したのであろう。登場人物も表と裏、殺人も近親相姦も正と邪という形に分け、しかも、そのように分けたことをぼんやりとした表現でしか示さないという手法をとることにした。

真相を隠すために、すべての構想及び表現方法にも、直接法と間接法を交錯させることとなった。むしろ、表を直接法で、裏（真実）を間接法で表現することとなった。そうすることによって、ハムレットの真相を分かりにくくした。しかし、一方では、明確に「この物語の真相は隠されていること」を堂々と表明した。「誰だ？」、しかし「それは言わない」と。

今まで書き忘れていた点がある。これも、この劇は真実を語っていませんよ、ということを明々白々に表現している部分である。

亡霊の言葉。「わが牢獄の秘密を明かすことは禁じられている。もし明かすことが許されれば、ただの一言《ひとこと》で汝の魂は苦悶にもだえ、汝の若い血潮は凍《い》てつこう。その両の眼《まなこ》は軌道を外れた星のごとく眼窩から飛び出し、その美しく束ねた髪も解け乱れて、猛り狂った豪猪《やまあらし》の針毛さながら、一本一本、逆立つであろうに」（p66）

ハムレットの第三独白。「もしあの役者に、おれの悲しみの動機ときっかけがあったら、どうするだろう？　舞台を涙で浸し、恐しい科白で観客みんなの耳をつんざき、罪ある者の気を狂わせ、罪なき者を怯えさせ、無知な者を動転させ、見物の目も耳も、その働きは一切、混乱の極みに達しよう」（p133）

右の二つに相当するような場面、即ち、眼が飛び出し、髪の毛が逆立ち、気を狂わせるような場面は、『ハムレット』の中には現れない。即ち、右に相応する事実は隠されていることの動かぬ証拠である。

一応、構想はまとまった。この構想だけでも奇想天外である。しかも、手の込んだ謎掛けまでしている。「北北西」の謎である。研究者は、この頃では謎扱いしないようだ。「佯狂《ようきょう》の科白」であるという安全地帯に逃げ込んでしまったようだ。

表と裏、正と邪、真実と虚偽。この世にどこにでもある二面性を描き尽くすことを、シェイクスピアは決断したのだ。『ジョン王』の私生児の〝反対物〟を作るという単純な動機が、正当殺人のアイディアでやたらと無限に広がってしまったのであろう。

しかし、何故、世界の二面性を描きたくなったかという動機を見なければならない。一言で言えば、この世の二面性、この世の裏の裏まで見通す力が備わったのであろう。シェイクスピアの成長変化の一つの過程である。

動機について色々なことを言う人はあるが、私に言わしめれば、『ハムレット』を一行も読まないで動機云々はおこがましい。フロイトは三行位は読んだだろうが、エディプス概念が出てきたぞ！という先入観に固着してしまい、さらなる大きな謎の世界、事実とは？認識とは？言語化とは？という精神分析の根幹に関わる問題を提起しているかもしれない『ハムレット』の真相を読むことはなかった。

ちなみにフロイトは、『夢判断』（新潮文庫、上巻、高橋義孝訳、p337以下）の中で、自分の父とは知らず父を殺し、母とは知らず母と結婚してしまい、その後真相を知り、「不幸のおぞましい波間に呑まれてしまった」エディプス王について述べた後、『ハムレット』について論評している。「もうひとつの大悲劇、シェークスピアの『ハムレット』も、『エディプス王』と同じ地盤に根ざしている。（略）『ハムレット』は、主人公ハムレットに与えられた復讐《ふくしゅう》という任務を果すことをハムレットが一寸のばしにのばすという点のうえに組みたてられている。何が、この逡巡《しゅんじゅん》の根拠ないしは動機であるか、これは本文を読んだところで一向にはっきりしない。また数多くの『ハムレット』論もこれまではこの点を明快に説明することができなかった」と述べた後、次のように結論づけている。

「お前自身（ハムレット王子を指す）は、お前が殺そうとしているあの叔父よりもよりよい人間ではないのだ」（傍点原文）

右の言葉を分かりやすく言い換えれば、次のような意味であろう。

叔父にして現在の王クローディアスは、先王ハムレットを毒殺した上、ハムレット王子の母たるガートルードと結婚した。ところが、先王ハムレットの亡霊が、ハムレット王子にクローディアス殺害を命じた。しかしハムレットは、なかなか復讐を実行しようとしない。その理由は何か？

一言で言えば、ハムレットだって、叔父クローディアス王を殺す権利があると言えるほど立派ではないのだ。ハムレットよ、お前だって、叔父クローディアスと同じように、心の内では、父たる先王ハムレットを殺して、母ガートルードと結婚したがっているのだ！　認めたくはないだろうが、お前の深層にある欲望はそのようなものなのだ。

だとすれば、叔父クローディアスより、お前さんは立派な人間と言えるかい？　言えないだろう。どっちもどっちだ。正々堂々と叔父を殺害することなど、お前にはできっこないのだ。それゆえ、何か訳の分からない理由をつけて、復讐を一日のばしにしているのだ。これがハムレット王子の深層心理であり、『ハムレット』劇の基礎である、と

しかし、私に言わしめれば、前提が間違っている。

先王の亡霊は「なにがなんでも復讐せよ！　一日でも早く復讐せよ！」などとは命じていない。「心を汚さない、正しい復讐をせよ！」と命じているのだ。即ち、クローディアスがハムレットに攻撃を仕掛けた時、即ち挑発が明白になった時、復讐せよ、と命じているのだ。

それ故、フロイトの論理の、「直ちに復讐せよ」と言われたのに一寸のばしにした、という前提が存在しない。フロイトはエディプス・コンプレックスで説明できると自己満足し、それ以上の闇や謎を読み進める眼を失ってしまっていたのだ。

読まない人の言う動機云々は、聞くだけ野暮《やぼ》というものだ。すべてを漠然とさせ、結末の「それは言わない」で、初めて真相が分かるようになっている（人によっては、分からずじまいになったと言うかもしれないが）。私に言わしめれば、最後になって真犯人が分かる推理小説みたいなものである。心理的と言うより、言葉の魔術で作り上げた推理小説とも言うべきもの。この世に唯一つしか存在しない形式の物語である。謎掛けと謎解きを、言語の洪水でもって次々に仕掛けてくるのだ。

しかし、シェイクスピアは謎掛けはしたが、墓掘りの場で立派に謎の仕掛けを教えてくれている。どのような作品でも、「この物語は、どう進むのかな？」という謎掛けがある。サスペンスである。例えば夏目漱石の作品は、私にはその内容を理解する力はないが、少なくとも「一体どうなるのだろうか？」という不安だけは湧き起こるように書かれている。それゆえ、謎掛けは文芸作品の共通的要件なのだ。『ハムレット』ではそれが破壊寸前まで推し進められている。

何故、人は推理小説を読むのか？ 何故、人は推理小説を書くのか？ という理由が分からない限り、『ハムレット』創作の動機は分からない。何故だ？ と聞かれても、全く答えを見出すことができない。なぜ、そんな分かりもしないことを聞くのだ、と攻撃したくなる。しかし、答えが分からないということは、答えが分かりすぎていて見えないということでもあるのだ。

この世は、一寸先は闇なのだ。危険がいっぱいなのだ。何か妙な現象が目の前に見えたら、一体何なのだ？ と考えて、対応策、逃げ道を探す等々、何らかの思索が必要なのだ。それなくしては、生物は一日たりとも生き延びることができない。

生きていくことは、大小様々な謎解きの連続である。人間が生きていくためには、毎日毎日、無意識の内に謎解きをしているのだ。それゆえ、人間という生物は、いや生物は、きっと謎解きが好き、いや必要なのだ。外界の様子が変化した時、または人間の内面の成長、変化の結果、新しい世界が見えてきた時、人間は謎解きに没頭せざるを得ない。その時、その人間の神経はとぎすまされていなければならない。

シェイクスピアは、それまでは五千の心は知っていたであろう。『ハムレット』を書く時、万の心を知る力を身につけつつあったのであろう。世の中のことが表も裏も手に取るように見えてきたのであろう。謎だらけに見えた時期でもあったのであろう。それが、この壮大な謎掛け・謎解きの物語創作の動機である。

CASE 12. WATTS *against* BRAINS.

No words or gestures, however provoking, will justify homicide from the crime of murder ; and if a jury give a verdict without being agreed, they shall be fined. *Ant.* 695.

Noy, 171. 1 Sid. 277. 1 Lev. 180. Hob. 121. Jones, 432. R. 189. Kely, 55. 61. 131. Cro. Jac. 296. 12 Co. 87. 5 St. Tr. 296. 7 St. Tr. 422. Styles, 467. Foster, 316. 1 Hawk. 124. 1 Hale, 455. Cowp. 830.

Jurors fined for giving a collusive verdict.

Noy, 49. 3 Bulst. 173. Vaugh.152. 1 Roll. Abr. 219. 2 Hale, 309. Dyer, 78. 1 Burr. 274. 1 Strange, 642. 1 Term Rep. B.R.11. R.670.

The plaintiff brought an appeal of murder for the death of her husband ; to which the defendant pleaded not guilty. Upon evidence at the Bar it appeared, that two days before her husband's death, he and the defendant fighting, upon a quarrel then betwixt them, the defendant was hurt in that fray ; and the third day after, the plaintiff's husband passing by the defendant's shop, the defendant pursued him suddenly, and the husband's back being towards him, so as he perceived him not, the defendant struck him upon the calf of his leg, whereof he instantly died. The defendant to excuse himself affirmed, that he who was slain, when he came by his shop, smiled upon him, and wryed his mouth at him, and therefore, for this mocking of him, he pursued him. It was much inforced by the defendant's counsel, that it was a new [779] cause of quarrel ; and so the stroke is not upon any precedent malice, and therefore it is not murder. —But all the Court severally delivered their opinions, that if one make a wry or distorted mouth, or the like countenance upon another, and the other immediately pursues and kills him, it is murder : for it shall be presumed to be malice precedent ; and that such a slight provocation was not sufficient ground or pretence for a quarrel ; and so delivered the law to the jury, that it was murder, although what the defendant pretended had been true.

Whereupon the jury going from the Bar, notwithstanding the evidence was pregnant against the defendant, eight of them agreed to find him not guilty ; but the other four withstood them, and would not find it but to be murder. On the next day morning, two of the four agreed with the eight, to find him not guilty ; and afterwards the other two consented in this manner, that they should bring in and offer their verdict not guilty ; and if the Court disliked thereof, that then they all should change the verdict, and find him guilty. Upon this agreement they came to the Bar, and the foreman pronounced the verdict, that the defendant was not guilty. The Court much mis-liking thereof, being contrary to their direction, examined every one of them by the poll, whether that was his verdict? and ten of the first part of the pannel severally affirmed their verdict, that the defendant was not guilty : but the two last affirmed how they agreed, and discovered the whole manner of their agreement : whereupon they were sent back again, and returned, and found the defendant guilty.

For this practice, Harris, the foreman, was afterwards fined 100 marks ; and the other seven, who agreed with him at the first, every of them was fined 40 ℓ. The other two, who agreed with the eight, although they affirmed that it was because they could not endure or hold out any longer, yet because they did not discover the practice, being examined by poll, but affirmed the verdict, they were fined each of them at 20 ℓ. and all of them imprisoned. The other two were dismissed, yet blamed for such a manner of consenting in abuse of the Court. And afterwards the defendant was adjudged to be hanged.

ケース12　原告ワッツ対被告ブレインズ

判決要旨

1　被害者の言葉あるいは身振りではなく，被害者の挑発の有無が謀殺と故殺を分けるものである。

2　もし，陪審員が同意せずに評決をなした時は，罰金に処せられる。

3　陪審員が通謀して評決した時は，罰金に処せられる。

原告は，夫の死は謀殺罪に該当するとして，被告を提訴した。被告は，無罪だと主張した。裁判所に提出された証拠によれば，被害者たる原告の夫は，死亡の二日前に，被告と口論・格闘し，被告を傷つけた。この三日後に被害者が被告の店の前を通過したところ，被告は店舗を飛び出して，被害者が背中を彼に向け被告に気づかないうちに，被害者のふくらはぎを打ち，そのために被害者は直ちに死んでしまった。被告は，殺された被害者は店の前を通過する時，彼に向かって笑ったり，口をしかめたりしていたので，被害者を追いかけたと弁解した。被告の弁護士は，それは喧嘩の新しい理由であるので，打撃（暴行）は前の敵意に基づいてはいない，そのため被告の行為は謀殺ではない，と強調した。

しかし，このあと裁判官全員がそれぞれ述べた意見によると，もし人が他人に口をしかめたり，他の人にこのような表情をしたりした場合，その人が追いかけられ，殺されるとすれば，その件は謀殺である。なぜならば敵意が先行している（犯行までの間に故意を抱く時間があった）と推定されるべきだからである。このような軽い挑発は，喧嘩の充分な根拠，口実にならない。

そこで裁判官は陪審団に対し，被告が言ったこと全部が事実としても，それは謀殺であるという意見を伝えた。

しかし陪審団は陪審席を立ったあと，証拠は被告に不利であったにもかかわらず，陪審団の中で８人が被告は無罪であるという意見を出した。しかし他の４人はこの意見に反対し，被告は謀殺犯であるしかないと思っていた。翌日の午前中，この４人中二人は前の８人に同意して被告は無罪であると意見した。そのあとで，他の二人も同じように意見を一致させ，無罪の評決を出すべきである，もし裁判所がこの意見を採用しないならば陪審はすべて評決を変えるべきであり，有罪にすべきであると言った。

陪審団は合意に基づき，陪審席に着き，陪審長は被告は無罪であるという評決を宣告した。

この評決は裁判所の指示と異なったため，裁判所はこの評決を忌避した。その結果，裁判官は陪審員一人ずつに，この評決はあなたの意見かどうかと質問した。最初の10人はそれぞれ無罪の評決を確認した。しかし，最後に同意した二人は，合意した過程及び合意の形成過程をすべて明らかにした。そこで，陪審団は陪審室に戻されて，有罪の評決を出した。

この件でハリスという陪審長は100マルクの罰金を科せられた。また他の７人，即ち最初にハリスの意見に賛成した人は，一人ずつ40ポンドの罰金を科せられた。この８人の意見に賛成した二人は，長く絶えられなかったので賛成したと弁解したが，裁判所から質問された時，意見の形成過程を明らかにせずに評決は自分の意見であると断言したので，一人ずつ20ポンドの罰金を科せられた。さらにこの10人は全部投獄された。最後の二人は罰を受けなかったが，裁判権を濫用する行為に賛成したことを責められた。この後，被告は絞首刑の判決を受けた。

注記

1　謀殺・故殺という区分は，日本の法律には存在しない。よって，大変なじみのない言葉であるが，イギリスでは1600年頃は，そして現在もこの法律用語が使用されている。謀殺は重い殺人，故殺は軽い殺人という感じである。

2　1600年のこの新判例以前は，カーッとなって人を殺した場合は故殺として軽い処罪，運が良ければ，即ち初犯であり，聖書の一節でも読めれば無罪放免もあり得たようだ。この判例によって，被害者の挑発がない限り，軽い刑にはできない（故殺とは言えない）ということになったようだ。まさに『旧約聖書』が明記するところの，「挑発なければ正当殺人なし」という原点に回帰する新判例であったようだ。

3　この判決は，ミカエル祭の開廷期に出されているようである。だとすれば，西暦1600年９月29日頃の判決である。そうであるなら，シェイクスピアは，同年の年末頃には『ハムレット』を書きはじめたと推察できる。

4　判例の翻訳については，大塚芳典氏のご助言をいただいたが，最終的に著者の判断で決定した。よって，誤訳があるとすれば，それは著者の責に帰するものである。

5　12人中10人の陪審員は罰金に処せられた上，その後全員が投獄されている。判決要旨には「罰金に処せられる」とのみ記されている。ということは，罰金プラス投獄ではなく，罰金を納めなかったので投獄されたものであろう（今後検討の要あり）。

6　いずれにせよ，12人の陪審員中10人が投獄されたこと，被害者の未亡人が提訴して，故殺を謀殺に変更させた上，加害者を絞首刑にまで持っていった事件である。英国刑事判決の内，最も有名な画期的なものであったのみならず，世間的にも話題になった事件であろう。

【主な登場人物の関係図】

＊（　）は表向きで、網を掛けた部分が真実の続柄

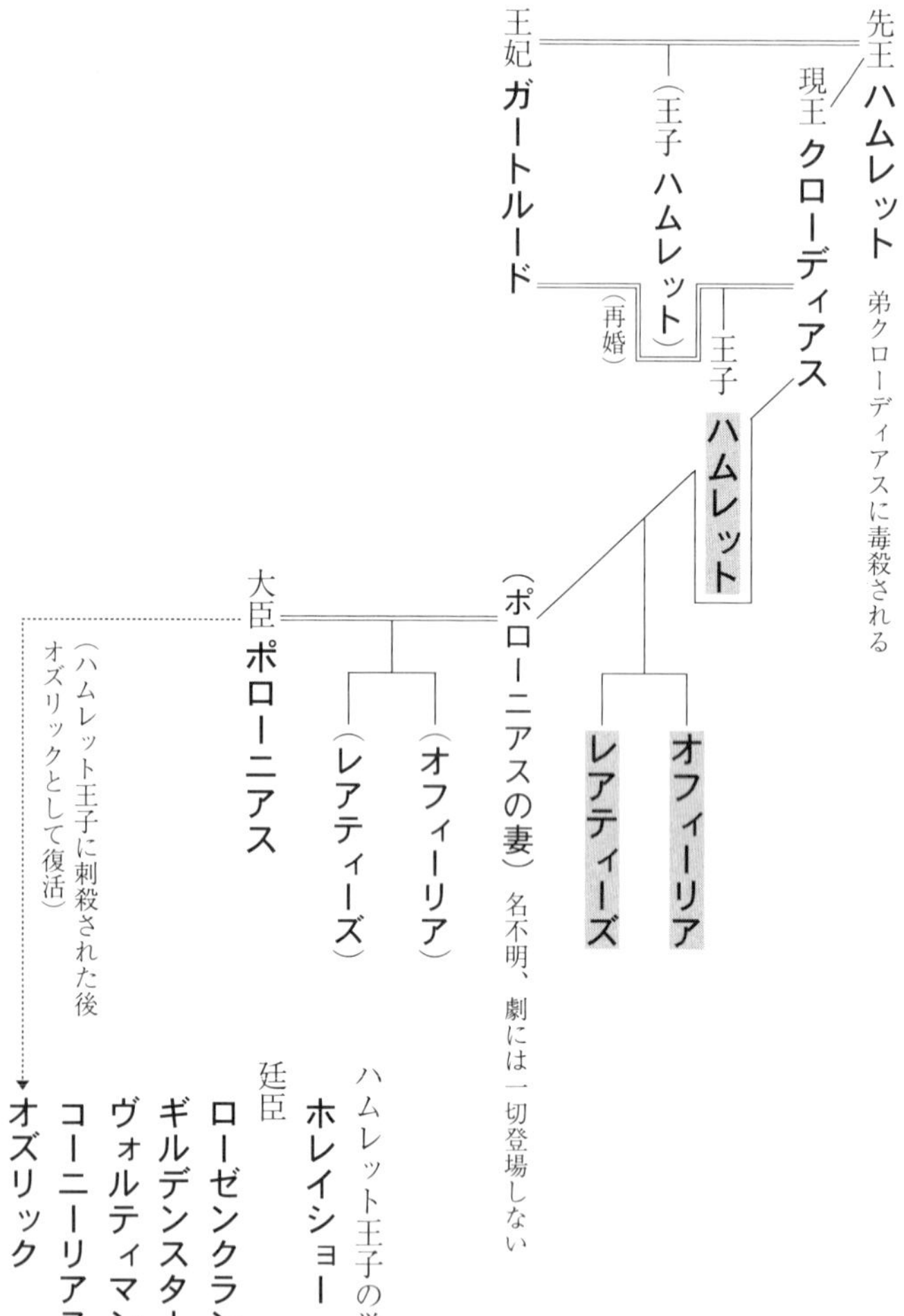

終　章　『ハムレット』、四百年の誤読

1

六カ月かけて『ハムレット』を一通り読み終えることができた。基本的なことは記述したつもりである。今後も、小さい発見はあり得たとしても、話の筋が大きく変更されるようなことはない。

私は、岩波文庫版の『ハムレット』を読み進めた。その訳文の中に、シェイクスピアの魂がそのまま残っている箇所に出会うことができた。訳者の解説にも批判を加えたが、この本によって受けた恩恵には充分な謝意を表したい。

また、当然のこととして、他の訳文も眺めさせていただいた。訳の元になった英文のテキストは、今のところ、第2クォート版とフォリオ版の二つが信頼できるであろうということだ。勿論私は、英文テキストの良否などを比較検討する能力は持ち合わせていない。ただ、フォリオ版のテキストの中に、シェイクスピアの明白な息吹を感じる部分があったことを記さねばならない。

フォリオ版を基本とした訳文は角川文庫版との由である。この本も色々な点で参照した。少なくとも『ハムレット』に関しては、フォリオ版でないと、真相も、そして深い哀しみも見えない点がある。

先行する研究に多大な批判をなしたが、これは致し方ない。「シェイクスピアが書いたとおりを読む」という当然の方針を貫く限り、批判は必然である。もし、もう一度『ハムレット』を読む時間があったならば、いくつかの版本を見比べながら眺めてみたい。或いは、シェイクスピアの他の物語も読んでみたいとも思う。

ただ私は、『ハムレット』は、シェイクスピアの人間描写力の最も充実していた時期に書かれたものではなかろうかと感じる。他の物語を読まないでそんなことを言えるはずがない、と反問されるだろう。しかし、『ハムレット』における描写力、特に短い科白ですべてを描写する力は、空恐ろしいぐらいだ。

死にゆくオフィーリアの短い叫び。母王妃の最終場面、母王妃が自殺をハムレットに約束する場面。或いは、オフィーリアが兄にやりかえす場面。オフィーリアの若さ、精神の自由さ、当時の社会における種々の重圧を受けてはいるだろうが、それでも若い健康な女性の笑い声さえ聞こえてくるようだ。

謎掛けをする気分。シェイクスピアが、通常はこの世と一メートルの距離を置いていたとしたら、『ハムレット』の時は二メートル位距離を置いているように感じられる。この世の表も裏も見ることができるようになったという自信なのか、それとも、見え過ぎて冷笑したくなるような気分だったのか？　それは分からない。下手な作家であったら、この作品は出来損ないの半喜劇にしかならなかったであろう。

しかし、やがてシェイクスピアは悲劇の激流に飛び込んでいく。曲がりくねった『ハムレット』の流れは消えて、一直線の激流が現れる。

2

たまたま『ハムレット』を手にしたことは幸運であった。今まで誰も読まなかった『ハムレット』の真実を、読み抜く機会を偶然手に入れたのだから。私の英語力はせいぜい義務教育程度。しかし、訳本を通してすら、シェイクスピアの魂はストレートに伝わってくる。四百年前のロンドンっ子は、活字で読むのではなく、耳で聴いていたのだ。そのほうがはるかに真実を看取し得るものだ。ましてロンドンっ子は、訳文ではなく自分の母国語でこの劇を聴いていたのである。すぐにこの物語の真相に気づいたに違いない。

とはいっても、事実を拒否し、見せかけで生き、そして死んでいくという物語である。誤読され得る要素を本質的に含有していることも否定できない。『オセロー』や『マクベス』に見られる悲劇の激流と比べると、かなり遊び心の横溢《おういつ》した作品のようである。

オセローやマクベスは、私には何だかスーパーマン的人物のように感じられる。それに比べると、『ハムレット』にはスーパーマン的人物はいない。強いて探すとすれば、ヘラクレスにも比すべき先王ハムレットであろう。しかし、この先王の亡霊ですら、床下に隠れてハムレットの話を盗み聞きをするような小物《こもの》ぶりを発揮する。

このように、スーパーマン的な人物が登場しない分、かえって『ハムレット』では人間の性格や心理描写が生き生きとしているとも思える。近代性格学を確立したクレッチメルが、シェイクスピアを天才の中の天才、人間観察の天才と見たことが首肯できる。

私は、この本の中では「話の筋を正しく読む」ことを中心に述べたつもりである。その意味においては、どうにか格好はついたようだ。

今後の問題点としては、テキストについて、特にフォリオ版の質の高さについて、具体的に考察すること、シェイクスピアの全作品の中における『ハムレット』の位置づけ、そして『ハムレット』研究史批判などをする必要がありそうだ。

それ以上に、シェイクスピアの他の作品も読んでみたいと思う。先日、『ロミオとジュリエット』を眺めてみたが、私は、「正しく読まれていない！」と思った。シェイクスピアの想いが全く無視されている。せめてこのことだけでも、適当な機会に述べておく社会的責任があると考えている。

私には芸術作品を論評する能力はない。せめて、作者が作った話の筋を見損なわないこと。これは作者に対する礼儀というものだ。

『ハムレット』を悲劇だとすれば、その悲劇の主人公はオフィーリアの母である。入水自殺して棺架にのせられ、顔も露わにしたその母を、「お母さん」と後追いしながら、真の愛の涙雨で、この世で一番悲しく、愛に満ちた葬送をしたオフィーリア。この二つの怨霊が「ユニオン」となり、力を合わせて王と王妃を殺すのだ。無惨にも刺殺された大臣ポローニアスは、オズリックとして復活し、剣に毒を塗り、結果的にはハムレットを殺す。ハムレットは復讐されるに値する人間であった。

『ハムレット』という世にも珍しい物語を読み得たこと、そして〝四百年の誤読〟に終止符を打ち得たことに、私は無限の誇りと満足感を持っている。

或る人の本を読んでいたら、シェイクスピアは果報者であることが分かった。その本によると、或る芸術家は、千三百年も読み間違えられっぱなしというのだ。それに比べれば、四百年で正しく読まれるようになったシェイクスピアは果報者であろう。

先程まで夜空の中で沙翁、エリザベス女王、そしてホームズが楽しそうに談笑していた。その懐かしい三人の姿も、薄い光の彼方へと消え去った。

月が西の彼方の山の辺へと渡っているのが見える。どこか遠い所で雷が鳴っているようだ。

よみがえる「ハムレット」
正《ただ》しい殺人《さつじん》／死者《ししや》の復讐《ふくしゆう》

■

2008年５月15日　第１刷発行

■

著者　坂本佑介《さかもとゆうすけ》

発行者　西　俊明

発行所　有限会社海鳥社

〒810-0074 福岡市中央区大手門３丁目６番13号

電話 092(771)0132　FAX 092(771)2546

http://www.kaichosha-f.co.jp

印刷　有限会社九州コンピュータ印刷

製本　日宝綜合製本株式会社

ISBN978-4-87415-668-1

[定価は表紙カバーに表示]